öbv

Caminos 3

Austria

Claudia Casanova
Sergio Garde

Anda Stöcklhuber
María del Rocío Ruiz Sola
Margarita Görrissen
Marianne Häuptle-Barceló
Juana Benito Sánchez
Bibiana Wiener

unter Mitarbeit von
Veronica Beucker
Paloma Martín Luengo
Burkhard Voigt

GERS B1

www.oebv.at

Inhaltsverzeichnis

So arbeitest du mit Caminos Austria

Caminos Austria öffnet dir den Weg in die spanischsprachige Welt.

Band 3 besteht aus neun Lektionen. Jede Lektion (Unidad) ist einem Thema gewidmet.

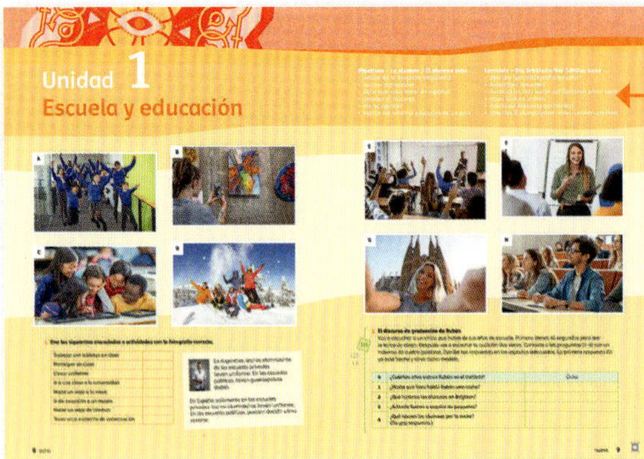

Auf der **Einstiegsdoppelseite** wird das **Thema** vorgestellt und die **Lernziele sind aufgelistet**.

Jede Lektion ist in **vier Unterkapitel** (**A**, **B**, **C** und **D**) zu verschiedenen Aspekten unterteilt.

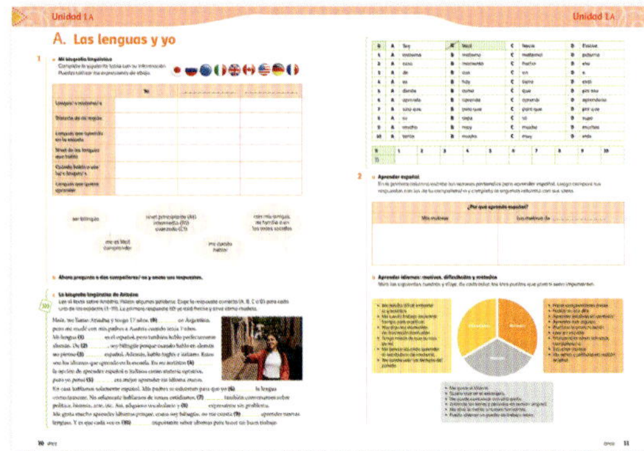

Die Abschnitte A und B **trainieren** in zahlreichen Übungen die verschiedenen **Kompetenzen**.

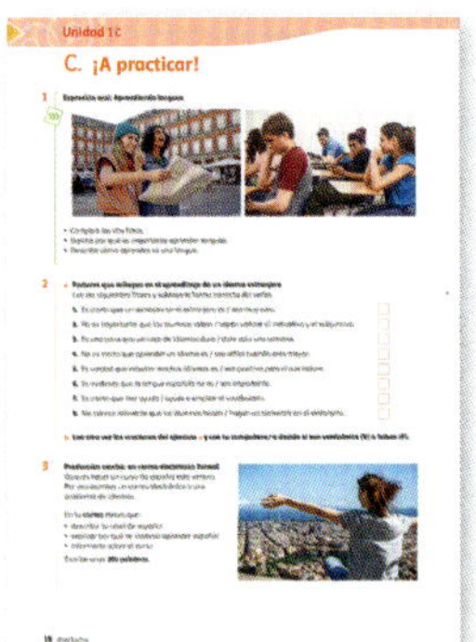

Unterkapitel C (**¡A practicar!**) festigt das in der Lektion Gelernte mit vielfältigen Übungen. **Unterkapitel D** (**Expresión oral**) trainiert speziell mündliche Fertigkeiten.

> Este condicional expresa situaciones que se pueden realizar en el **presente** o en el **futuro**.

Merkzettel weisen dich auf **Besonderheiten** hin (u.a. zu Varietäten und zur Grammatik) und geben **nützliche Tipps**.

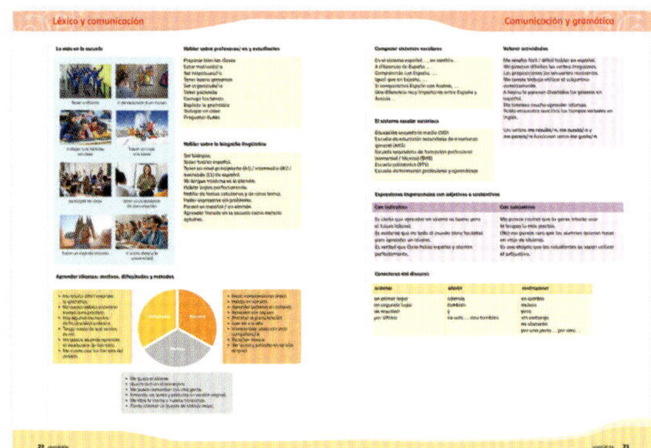

Jede Lektion schließt mit einer **Doppelseite**, auf der die wichtigsten **Redemittel**, der **Themenwortschatz** sowie die **Grammatik** übersichtlich zusammengefasst sind.

Vokabel sind in **blauen** Kästen, **Redemittel** in **gelben** und die **Grammatik** in **lila** Kästen zu finden. Das gilt auch für die Kästen innerhalb der Lektion. Dort wirst du öfters aufgefordert, selbst eine Tabelle oder Regel zu vervollständigen, denn was man selbst erarbeitet, prägt sich am besten ein.

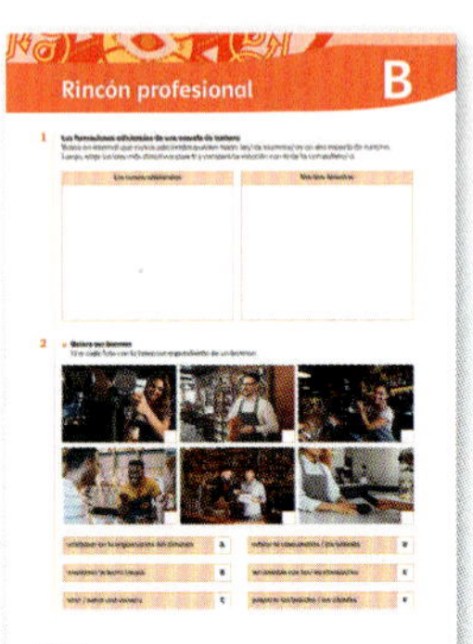

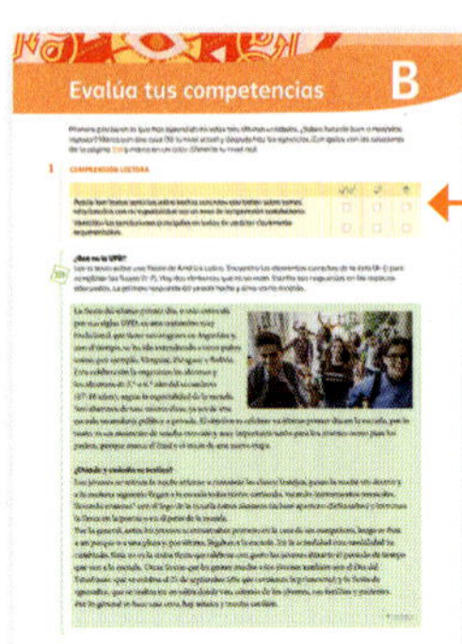

Nach jeweils drei Lektionen widmet sich der Abschnitt **Rincón profesional** berufsbezogenen Themen und ein **Kompetenzcheck** (**Evalúa tus competencias**) bietet die Möglichkeit zu überprüfen, wie gut du die Fertigkeiten der vorangegangenen drei Lektionen erworben hast. **Die Beschreibungen in den gelben Kästen** geben dir näheren Aufschluss über die überprüfte Fertigkeit. Sie sind an die **Deskriptoren** des Gemeinsamen Europäischen Referenzrahmens für Sprachen (**GERS**) und die **Teilkompetenzen der Lehrpläne** angelehnt. Die **Lösungen** findest du auf Seite 239.

Die Kästchen dienen der **Selbsteinschätzung**:

✓✓ bedeutet, dass du die Fertigkeit **sehr gut** beherrschst
✓ dass du sie **normalerweise** beherrschst
!! dass du hier noch **mehr üben** musst

Die **Aufgabenformate** orientieren sich an denen der **Standardisierten Reife- (und Diplom-)Prüfung** und sind mit **grünen Pfeilen** gekennzeichnet. Auch innerhalb der Lektionen trainierst du mit zahlreichen so gekennzeichneten Aufgaben von Anfang an bereits die Maturaformate.

Ein umfangreicher **Anhang zum Nachschlagen** ergänzt den Lektionsteil.

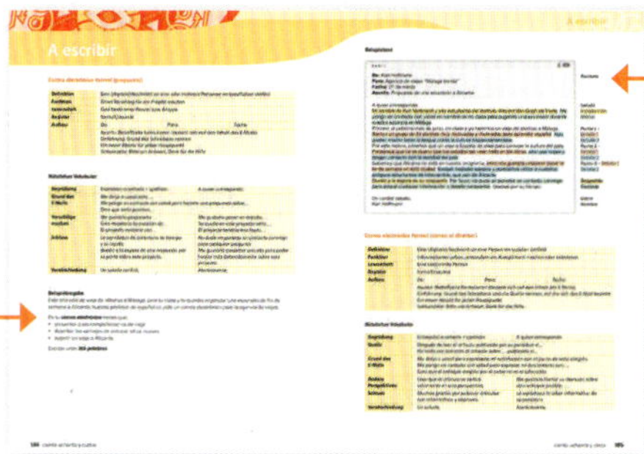

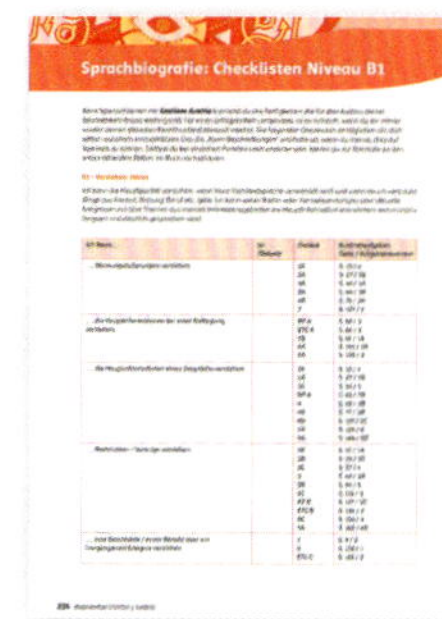

A escribir vermittelt einen Überblick über die **Besonderheiten der maturarelevanten Textsorten**. **Prototypische Aufgaben** und **Beispieltexte** zeigen dir, worauf es bei der Bearbeitung ankommt.

Der systematische **Grammatiküberblick** fasst die wichtigsten Grammatikthemen übersichtlich zusammen, das **Vokabular** enthält den Lernwortschatz in der Reihenfolge, wie er in den Lektionen vorkommt. Zum Abschluss bietet die **Sprachenbiographie** Checklisten, in denen du dich selbst realistisch einschätzen kannst. Verweise auf die entsprechenden Stellen im Buch ermöglichen ein gezieltes Wiederholen und Üben.

Alle Audios kannst du bequem über die kostenlose **öbv QuickMedia App** aufrufen und abspielen.

QuickMedia App

Android

1. Scanne den QR-Code und lade die App auf dein Smartphone oder dein Tablet.
2. Scanne deinen Buchumschlag oder wähle dein Schulbuch in der App-Medienliste aus.
3. Scanne eine mit [QuickMedia-Symbol] gekennzeichnete Buchseite oder wähle ein Audio aus der App-Medienliste aus.
4. Spiele das Audio ab.

iOS

Im **E-Book+** sind die Schulbuchdoppelseiten mit verschiedenen multimedialen Angeboten angereichert. Alle **Audiodateien** können durch einfachen Klick auf das Lautsprechersymbol [🔊] direkt geöffnet und angehört werden. In der Rubrik **Verstehen** helfen **Erklärvideos** dir beim Verstehen wichtiger Grammatikinhalte. Der Bereich **Üben** bietet weiteres, genau auf die Lektionsinhalte abgestimmtes interaktives Übungsmaterial zu allen Fertigkeitsbereichen. In der **Selbstkontrolle** kannst du selbständig überprüfen, wie weit du die Lektionsinhalte bereits beherrschst und wo du noch Übungsbedarf hast.

Viel Freude und Erfolg beim Spanischlernen!

Unidad 1
Escuela y educación

A

B

C

D

1. Une los siguientes enunciados o actividades con la fotografía correcta.

Trabajar con tabletas en clase	
Participar en clase	
Llevar uniforme	
Ir a una clase a la universidad	
Hacer un viaje a la nieve	
Ir de excursión a un museo	
Hacer un viaje de idiomas	
Tener un/a asistente de conversación	

En Argentina, las/-os alumnas/-os de las escuelas privadas llevan uniforme. En las escuelas públicas, llevan guardapolvos (bata).

En España, solamente en las escuelas privadas las/-os alumnas/-os llevan uniforme. En las escuelas públicas, pueden decidir cómo vestirse.

Objetivos – La alumna / El alumno sabe…
- hablar de la biografía lingüística
- valorar actividades
- decir qué sabe hacer en español
- ordenar el discurso
- dar su opinión
- hablar del sistema educativo de un país

Lernziele – Die Schülerin/Der Schüler kann …
- über die Sprachbiografie sprechen
- Aktivitäten bewerten
- ausdrücken, was sie/er auf Spanisch schon kann
- einen Diskurs ordnen
- ihre/seine Meinung ausdrücken
- über das Bildungssystem eines Landes sprechen

E

F

G

H

2. El discurso de graduación de Rubén

1–2

Vas a escuchar a un chico que habla de sus años de escuela. Primero tienes 45 segundos para leer la tarea de abajo. Después vas a escuchar la audición dos veces. Contesta a las preguntas (1–4) con un máximo de cuatro palabras. Escribe tus respuestas en los espacios adecuados. La primera respuesta (0) ya está hecha y sirve como modelo.

0	¿Cuántos años estuvo Rubén en el instituto?	Ocho
1	¿Hasta qué hora habló Rubén una noche?	
2	¿Qué hicieron los alumnos en Brighton?	
3	¿Adónde fueron a esquiar de pequeños?	
4	¿Qué hacían los alumnos por la noche? (Da <u>una</u> respuesta.)	

A. Las lenguas y yo

1 a **Mi biografía lingüística**

Completa la siguiente tabla con tu información. Puedes utilizar las expresiones de abajo.

	Yo	________________	________________
Lengua/-s materna/-s			
Dialecto de mi región			
Lenguas que aprendo en la escuela			
Nivel de las lenguas que hablo			
Cuándo hablo o uso la/-s lengua/-s			
Lenguas que quiero aprender			

ser bilingüe

nivel principiante (A1)
intermedio (B1)
avanzado (C1)

con mis amigos, mi familia o en las redes sociales

me es fácil comprender

me cuesta hablar

b **Ahora pregunta a dos compañeras/-os y anota sus respuestas.**

c **La biografía lingüística de Ariadna**

Lee el texto sobre Ariadna. Faltan algunas palabras. Elige la respuesta correcta (A, B, C o D) para cada uno de los espacios (1–10). La primera respuesta (0) ya está hecha y sirve como modelo.

Hola, me llamo Ariadna y tengo 17 años. **(0)** ______ en Argentina, pero me mudé con mis padres a Austria cuando tenía 7 años. Mi lengua **(1)** ______ es el español, pero también hablo perfectamente alemán. De **(2)** ______ , soy bilingüe porque cuando hablo en alemán no pienso **(3)** ______ español. Además, hablo inglés e italiano. Estos son los idiomas que aprendo en la escuela. En mi instituto **(4)** ______ la opción de aprender español o italiano como materia optativa, pero yo pensé **(5)** ______ era mejor aprender un idioma nuevo.

En casa hablamos solamente español. Mis padres se esfuerzan para que yo **(6)** ______ la lengua correctamente. No solamente hablamos de temas cotidianos, **(7)** ______ también conversamos sobre política, historia, arte, etc. Así, adquiero vocabulario y **(8)** ______ expresarme sin problema.

Me gusta mucho aprender idiomas porque, como soy bilingüe, no me cuesta **(9)** ______ aprender nuevas lenguas. Y es que cada vez es **(10)** ______ importante saber idiomas para tener un buen trabajo.

0	**A** Soy		**B** Nací		**C** Nacía		**D** Estaba
1	**A** materna		**B** materno		**C** maternal		**D** paterna
2	**A** caso		**B** momento		**C** hecho		**D** eso
3	**A** de		**B** con		**C** en		**D** a
4	**A** es		**B** hay		**C** tiene		**D** está
5	**A** donde		**B** como		**C** que		**D** por eso
6	**A** aprendo		**B** aprenda		**C** aprendí		**D** aprendería
7	**A** sino que		**B** pero que		**C** para que		**D** por que
8	**A** se		**B** sepa		**C** sé		**D** supe
9	**A** mucho		**B** muy		**C** mucha		**D** muchos
10	**A** tanto		**B** mucho		**C** muy		**D** más

0	**1**	**2**	**3**	**4**	**5**	**6**	**7**	**8**	**9**	**10**
B										

2 **a** **Aprender español**

En la primera columna escribe tus razones personales para aprender español. Luego compara tus respuestas con las de tu compañera/-o y completa la segunda columna con sus ideas.

¿Por qué aprendo español?	
Mis motivos	Los motivos de ____________

b **Aprender idiomas: motivos, dificultades y métodos**

Mira los siguientes cuadros y elige, de cada color, los tres puntos que para ti sean importantes.

- Me resulta difícil entender la gramática.
- Me cuesta trabajo encontrar tiempo para practicar.
- Hay algunos momentos de frustración/confusión.
- Tengo miedo de que se rían de mí.
- Me parece aburrido aprender el vocabulario de memoria.
- Me cuesta usar los tiempos del pasado.

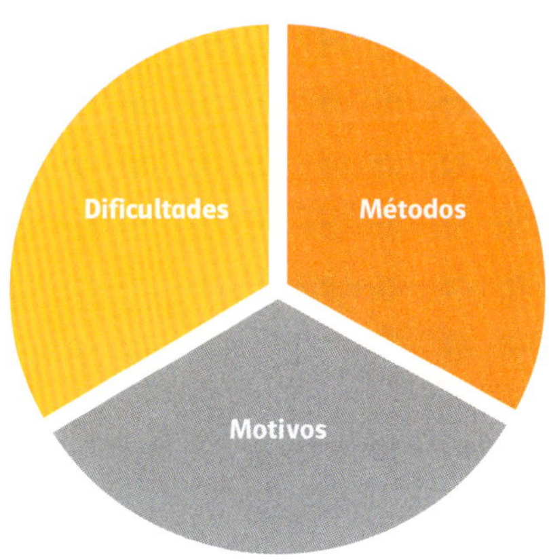

- Hacer comprensiones orales
- Hablar en voz alta
- Aprender palabras en contexto
- Aprender con alguien
- Practicar la pronunciación
- Leer en voz alta
- Intercambiar ideas con un/a compañero/-a
- Escuchar música
- Ver series y películas en versión original

- Me gusta el idioma.
- Quiero vivir en el extranjero.
- Me puedo comunicar con otra gente.
- Entiendo las series y películas en versión original.
- Me abre la mente a nuevos horizontes.
- Puedo obtener un puesto de trabajo mejor.

c **Compara tus respuestas con las de tu compañera/-o.**

d **Me cuesta trabajo – Una encuesta en clase**
Aprender una lengua extranjera cuesta mucho trabajo. ¿Qué te resulta fácil o difícil? ¿Y a tus compañeras/-os? Haz preguntas a dos de ellas/-os y anota sus respuestas.

MODELO > Ana, cuando aprendes español, ¿qué te cuesta trabajo?
◆ Me cuesta mucho trabajo aprender la gramática.

	actividad
Le cuesta trabajo	
Le parece fácil	
Le resulta difícil	
Le parece divertido	

	actividad
Le cuesta trabajo	
Le parece fácil	
Le resulta difícil	
Le parece divertido	

valorar actividades	
Me resulta fácil / difícil.	Los / Las encuentro necesarios/-as.
Me parece aburrido/-a.	Me cuesta/-n trabajo.

Los verbos **me resulta/-n**, **me cuesta/-n y me parece/-n** funcionan como **me gusta/-n.**

3 **Producción escrita: un comentario de blog**
Estás de viaje de idiomas en Málaga. Tu escuela de español quiere conocer la opinión de los estudiantes sobre el curso. Ha publicado esta entrada. Tú decides escribir un comentario.

Escuela de español "La Alcazaba" 19 de septiembre / 13:45

Queridas/-os alumnas/-os: Nos interesa mucho vuestra opinión para poder mejorar nuestros cursos.

¿Qué os ha gustado del curso de español?

¿Qué os ha parecido aburrido? Dejad un comentario.

En tu **comentario** tienes que:

- presentar tu curso de español en Málaga
- dar tu opinión sobre el curso
- proponer ideas para futuros grupos

Escribe unas **200 palabras**.

4 **Opiniones de algunos hispanohablantes**

3–4

Escucha a un grupo de hispanohablantes que viven fuera de sus países. Primero tienes 45 segundos para leer la tarea de abajo. Después vas a escuchar la audición dos veces. Elige la respuesta correcta (A, B, C o D) para las frases (1–7). La primera respuesta (0) ya está hecha y sirve como modelo.

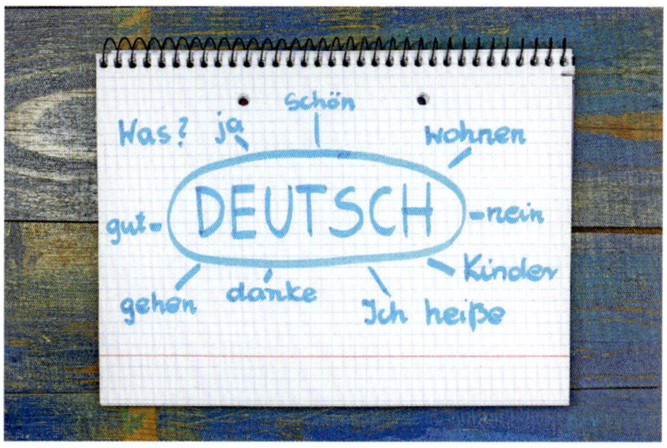

0 El grupo de hispanohablantes ha tenido que aprender

A	español.	
B	a cocinar.	
C	alemán.	x
D	a vivir en otro país.	

1 Cuando nombran el acusativo y el dativo, se refieren a la dificultad de

A	los artículos.	
B	el vocabulario.	
C	la conjugación.	
D	las declinaciones.	

2 Para Ernesto, lo más difícil es/son

A	los verbos con preposición.	
B	las preposiciones.	
C	los casos.	
D	la pronunciación.	

3 Cuando forman la voz pasiva, no siempre saben

A	el uso de la pasiva en alemán.	
B	dónde poner los verbos.	
C	qué verbos utilizar.	
D	los participios irregulares.	

4 Para los latinos, lo difícil de la pronunciación es/son

A	las terminaciones.	
B	los grupos de consonantes.	
C	la voz pasiva.	
D	la entonación.	

5 Lo más fácil para Olga fue

A	traducir al español.	
B	decir *Zwetschke*.	
C	hacer pausas después de cada palabra.	
D	la lectura.	

6 Los latinos no están de acuerdo en

A	cómo pronunciar algunas palabras.	
B	qué les parece fácil.	
C	la dificultad de la conjugación.	
D	dónde colocar el adjetivo.	

7 Los alemanes se ríen cuando una de las chicas

A	no sabe conjugar los verbos.	
B	no pronuncia una palabra correctamente.	
C	utiliza mal los sustantivos compuestos.	
D	no recuerda una palabra.	

0	1	2	3	4	5	6	7
C							

5 **a** **¿Es mejor aprender una lengua extranjera en el país donde se habla?**
En grupos de tres o cuatro alumnas/-os, pensad en argumentos a favor y en contra.

b **Para valorar**
Lee el cuadro naranja y completa estas oraciones con el adjetivo correspondiente. Hay más de una respuesta posible.

Las expresiones impersonales con **adjetivo / sustantivo + que** que expresan certeza (*es cierto, es verdad, es evidente*) llevan indicativo en su forma positiva y subjuntivo en la forma negativa.
Me parece + adjetivo + que va con subjuntivo.

Con indicativo	Con subjuntivo
Es ______ que hay que aprender el idioma en el país.	Me parece ______ que la gente intente usar la lengua lo más posible.
Es ______ que no todo el mundo puede pagar un curso en el extranjero.	(No) me parece tan ______ que los alumnos vayan al país.
Es ______ que yo estoy motivado.	Es una ______ que sea tan caro.

c **Ahora tú**
Utiliza las expresiones del ejercicio **b** para formular tus propias ideas del ejercicio **a**.

6 **La opinión de Jacobo**
Lee la opinión de Jacobo. Faltan algunas palabras. Completa el texto con una palabra para cada uno de los espacios (1–8) en las casillas adecuadas en la tabla de abajo. La primera respuesta (0) ya está hecha y sirve como modelo. Después, marca los argumentos a favor y en contra con un color diferente.

Jacobo (18): Para mí, es evidente que hay que aprender el idioma en el país **(0)** ______ se habla. Solo así ves **(1)** ______ puedes hacer cosas con la lengua, como pedir algo de comer o comprar un billete de metro. Además, **(2)** ______ escuchando español todo el día y no **(3)** ______ en las horas de clase. Tienes más posibilidades de **(4)** ______ la televisión y de hablar con personas nativas. Es cierto que no **(5)** ______ el mundo puede pagar un curso **(6)** ______ el extranjero. Es **(7)** ______ pena que sea tan caro. Pero si no se puede ir al país, me parece fundamental que la gente intente usar la **(8)** ______ lo máximo posible: puedes leer un periódico o una revista, o ver series o películas.

0	donde	**3**		**6**	
1		**4**		**7**	
2		**5**		**8**	

B. Sistemas educativos

1

a El sistema educativo español

5–6

Vas a escuchar una presentación sobre el sistema escolar español. Primero tienes 45 segundos para leer la tarea de abajo. Después vas a escuchar la audición dos veces. Escucha y contesta a las preguntas (1–4) con un máximo de cuatro palabras. La primera respuesta (0) ya está hecha y sirve como modelo. Después de escuchar la audición dos veces tienes 45 segundos para revisar tus respuestas.

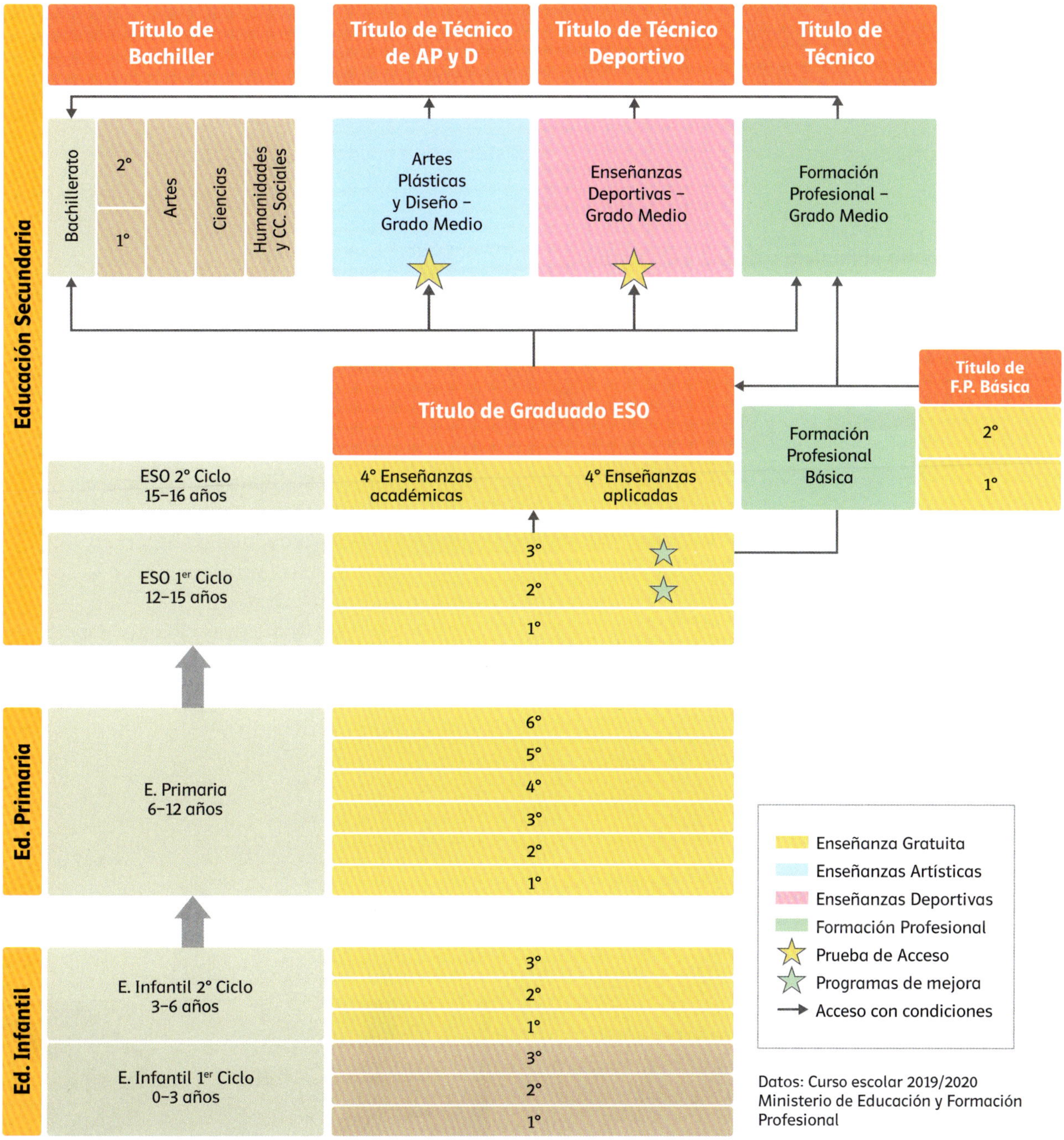

Datos: Curso escolar 2019/2020
Ministerio de Educación y Formación Profesional

0	¿Cuántos años dura la Educación Primaria?	Seis años
1	¿A qué edad se termina el Bachillerato?	
2	¿Cuántos exámenes tiene la Selectividad?	
3	¿Cuál es la mejor nota posible en España?	
4	¿Cuánto dinero cuestan los libros de texto?	

b El modelo austriaco

El sistema educativo austriaco contiene algunas siglas particulares. Une las definiciones con las siglas adecuadas.

1	Mittelschule (MS)	☐	Escuela politécnica
2	Allgemeinbildende höhere Schule (AHS)	☐	Escuela secundaria de formación profesional (comercial / técnica)
3	Berufsbildende höhere Schule (BHS)	☐	Escuela de educación secundaria de enseñanza general
4	Polytechnische Schule (PTS)	☐	Escuela de formación profesional y aprendizaje
5	Berufsschule und Lehre	☐	Sistema de educación secundaria media

c Comparando el modelo español y el austriaco

Escribe en la tabla las diferencias que has aprendido entre el sistema educativo español y el austriaco.

Comparar

- En el sistema español…, en cambio…
- A diferencia de España, …
- Comparando con España, …
- Igual que en España, …
- Si comparamos España con Austria, …
- Una diferencia muy importante entre España y Austria…

2 Dialogando sobre educación

La directora de tu instituto quiere saber cómo mejorar la calidad de la educación. Un/a amigo/-a y tú queréis proponer ideas y tenéis cinco puntos para debatir.

- Las asignaturas
- Los horarios
- Los exámenes
- La cafetería
- La digitalización

Poneos de acuerdo en tres para presentárselos a vuestra directora.

3

a Conectores

Mira los siguientes conectores y ordénalos según su función comunicativa.

en primer lugar | en cambio | incluso | además | también | pero | en resumen | sin embargo | no obstante | en segundo lugar | por último | y | no solo … sino también | por una parte… por otra

ordenar	
añadir	
contraponer	

b Un semestre en el extranjero

Una diferencia entre el sistema educativo español y el austriaco son las estancias en el extranjero. Lee el texto sobre el semestre en el extranjero de Katarina. Faltan algunas palabras. Elige el elemento correcto de la lista (A–I) para cada uno de los espacios (1–6). Hay dos elementos que no se usan. Escribe tus respuestas en las casillas adecuadas. La primera respuesta (0) ya está hecha y sirve como modelo.

El semestre pasado estuve en Lima. Fue una experiencia muy hermosa ya que conocí a mucha gente nueva, viví con una familia anfitriona **(0)** ______ mejoré mucho mi español. **(1)** ______, pasar un semestre en el extranjero es bastante caro. No creo que todos los alumnos tengan esta oportunidad.

Por las mañanas iba a una escuela y, a diferencia que en Austria, en Lima tenía que llevar uniforme. Era muy cómodo porque no tenía que pensar en qué me ponía cada mañana, **(2)** ______ no me gustaba nada ir siempre con falda. Los uniformes siempre son un poco sexistas.

Durante la semana, estudiaba mucho y, los fines de semana, hacía excursiones con mi familia anfitriona. Normalmente venían otras dos familias y en total éramos 12 personas. **(3)** ______, la mayoría de las veces nos íbamos a hacer senderismo. **(4)** ______, llevábamos algo de comer para hacer un pícnic. **(5)** ______ a veces llevábamos una tarta pequeña si era el cumpleaños de alguien.

Ahora he vuelto a Austria y ya estamos planificando para que mi familia anfitriona venga a visitarme el verano que viene. **(6)** ______, me encantó la experiencia.

A	Además	**D**	En resumen	**G**	Sin embargo
B	en cambio	**E**	Incluso	**H**	también
C	En primer lugar	**F**	pero	~~**I**~~	y

0	**1**	**2**	**3**	**4**	**5**	**6**
I						

C. ¡A practicar!

1 **Expresión oral: Aprendiendo lenguas**

- Compara las dos fotos.
- Explica por qué es importante aprender lenguas.
- Describe cómo aprendes tú una lengua.

2 **a Factores que influyen en el aprendizaje de un idioma extranjero**
Lee las siguientes frases y subraya la forma correcta del verbo.

1. Es cierto que un semestre en el extranjero es / sea muy caro. ☐
2. No es importante que los alumnos saben / sepan utilizar el indicativo y el subjuntivo. ☐
3. Es una pena que un viaje de idiomas dura / dure solo una semana. ☐
4. No es cierto que aprender un idioma es / sea difícil cuando eres mayor. ☐
5. Es verdad que estudiar muchos idiomas es / sea positivo para el currículum. ☐
6. Es evidente que la lengua española no es / sea importante. ☐
7. Es cierto que leer ayuda / ayude a ampliar el vocabulario. ☐
8. Me parece relevante que los alumnos hacen / hagan un semestre en el extranjero. ☐

b Lee otra vez las oraciones del ejercicio a y con tu compañera/-o decide si son verdaderas (V) o falsas (F).

3 **Producción escrita: un correo electrónico formal**
Quieres hacer un curso de español este verano. Por eso escribes un correo electrónico a una academia de idiomas.

En tu **correo** tienes que:
- describir tu nivel de español
- explicar por qué te interesa aprender español
- informarte sobre el curso

Escribe unas **200 palabras.**

4 a **Cualidades de un/a buen/a profesor/a y alumno/-a**

Lee las siguientes características y decide si son de un/a profesor/a (P), de un/a estudiante (E) o de ambos (A).

preparar bien las clases		estudiar		explicar la gramática	
estar motivado/-a		ser organizado/-a		trabajar en clase	
ser respetuoso/-a		tener paciencia		hacer las tareas	
tener buena presencia		corregir las tareas		preguntar dudas	

b **Ahora compara tus respuestas con las de tu compañera/-o. ¿Qué características corresponden tanto a profesoras/-es como a estudiantes?**

c **Forma oraciones sobre las cualidades del ejercicio a usando las siguientes expresiones.**

Es necesario que • Está bien que • Es fundamental que • Me parece importante que

MODELO Me parece importante que el profesor tenga paciencia.

1. ______________________________
2. ______________________________
3. ______________________________
4. ______________________________
5. ______________________________
6. ______________________________
7. ______________________________
8. ______________________________
9. ______________________________
10. ______________________________
11. ______________________________

5 **Me cuesta trabajo**

Forma oraciones usando las formas adecuadas de los verbos y de los adjetivos.

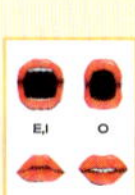 de, a, para, en  quise, comí, puede  	no	me nos lo la los	costar encontrar gustar interesar parecer resultar	(muy)	mucho. sencillo / complicado. aburrido / interesante. útil /necesario. fácil / difícil. divertido. trabajo.

MODELO Limpiar la clase no me parece divertido.

6 **Los pronombres**

Lee los diálogos y elige los pronombres correctos en cada uno.

1. > ¿ **Te / Lo / Se / Me** gustó la última película de Ricardo Darín?
   ◆ Sí, aunque **yo / te / me / la** resultó un poco difícil entenderla. **Se / Le / La / Lo** vi con Ana.
2. > ¿Elvira sabe que la semana que viene damos una fiesta?
   ◆ Sí, **se la / se lo / se los / se las** dije, pero no **te / se / nos / me** contestó. Mañana **se la / se lo / se los / se las** digo de nuevo.
3. > Este libro **lo / nos / mi / tú** gustó mucho porque la historia **la / -- / ti / les** cuenta una niña.
   ◆ ¡Qué interesante! A **vosotras / ellos / yo / mí** me pareció bastante aburrido.

7 **La enseñanza del español**

»»

Lee el texto sobre los aspectos más importantes de la enseñanza del español. Faltan algunas palabras. Usa los términos entre paréntesis para formar la palabra correcta (1–11). Escribe tus respuestas en los espacios adecuados. La primera respuesta (0) ya está hecha y sirve como modelo.

¿Qué es importante en la enseñanza del español?

1. Pues, a mí me parece muy **(0)** ______ (importancia) la lectura. La gente tiene que leer en español también en su casa. Es cierto que no **(1)** ______ (tener) mucho tiempo, pero hay que motivarla para que **(2)** ______ (leer).
2. Para mí es fundamental la **(3)** ______ (comunicar). Me gusta mucho cuando la gente habla de forma **(4)** ______ (espontaneidad), así… sin miedo. No importa que se **(5)** ______ (cometer) errores. Eso no tiene ninguna importancia. Para mí, lo más importante es que las personas **(6)** ______ (hablar).
3. A mí me parece que la gente tiene que **(7)** ______ (preocupación) mucho por el vocabulario. Tiene que aprender **(8)** ______ (bueno) el vocabulario. Es una pena que a veces no hablen porque les **(9)** ______ (faltar) las palabras. A mí me parece muy importante.
4. Para mí, lo esencial es que las clases **(10)** ______ (ser) divertidas. Es fundamental que el profesor **(11)** ______ (tener) humor, buen humor. Ayuda mucho. Es evidente que con alegría en la clase se aprende mucho mejor.

0	importante	4		8	
1		5		9	
2		6		10	
3		7		11	

D. Expresión oral: Monólogo (I)

1 **La escuela analógica y digital**

- Compara las dos fotos.
- Explica la influencia de la tecnología en el aprendizaje.
- Presenta tu opinión sobre tu escuela.

2 **Describir una fotografía**

Mira la siguiente fotografía y une cada expresión con su número correspondiente. Hay más de una respuesta correcta para algunos números.

En el centro (de la fotografía)	
A la izquierda (de la fotografía)	
En primer plano	
Al fondo	
A la derecha	
En segundo plano	

3 **Hablar sobre una fotografía**

Une las siguientes mitades de las oraciones para hablar sobre las fotografías del ejercicio 1.

En la foto podemos	1
En primer plano hay	2
Si miramos bien, se	3
A la izquierda	4
En el centro de la foto	5
Aunque no se ve bien, al	6
Está claro que los chicos	7

A	una mesa marrón de madera.
B	hay una ventana y varias mesas.
C	están pasándoselo bien en clase.
D	ver a tres niños que están…
E	se ve a una chica con unas gafas 3D.
F	observa que los tres alumnos están…
G	fondo hay una pizarra.

1	
2	
3	
4	
5	
6	
7	

4 **El subjuntivo en el punto uno**

Completa el siguiente texto con los verbos entre paréntesis en subjuntivo.

Como están en la pausa, es normal que los estudiantes ________________ (estar) en las escaleras y ________________ (charlar) entre sí. Aunque bueno, también es posible que ellos ________________ (hablar) de un trabajo en grupo, porque una estudiante tiene el ordenador portátil.

La vida en la escuela

llevar uniforme

ir de excursión a un museo

trabajar con tabletas en clase

hacer un viaje a la nieve

participar en clase

tener un/a asistente de conversación

hacer un viaje de idiomas

ir a una clase a la universidad

Hablar sobre profesoras/-es y estudiantes

Preparar bien las clases
Estar motivado/-a
Ser respetuoso/-a
Tener buena presencia
Ser organizado/-a
Tener paciencia
Corregir las tareas
Explicar la gramática
Trabajar en clase
Preguntar dudas

Hablar sobre la biografía lingüística

Ser bilingüe.
Saber hablar español.
Tener un nivel principiante (A1) / intermedio (B1) / avanzado (C1) de español.
Mi lengua materna es el alemán.
Hablar inglés perfectamente.
Hablar de temas cotidianos y de otros temas.
Poder expresarse sin problema.
Pensar en español / en alemán.
Aprender francés en la escuela como materia optativa.

Aprender idiomas: motivos, dificultades y métodos

- Me resulta difícil entender la gramática.
- Me cuesta trabajo encontrar tiempo para practicar.
- Hay algunos momentos de frustración/confusión.
- Tengo miedo de que se rían de mí.
- Me parece aburrido aprender el vocabulario de memoria.
- Me cuesta usar los tiempos del pasado.

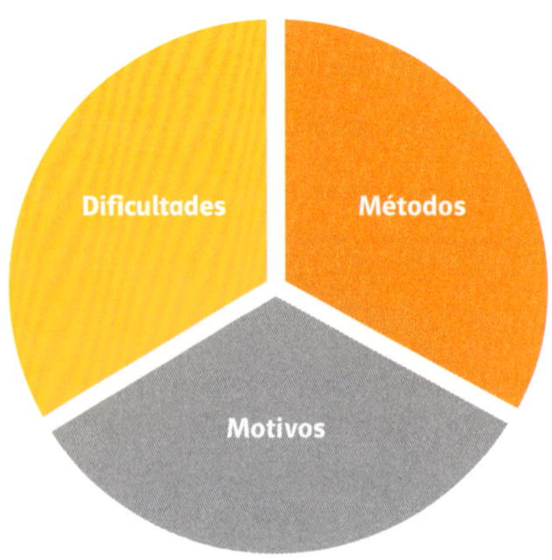

- Hacer comprensiones orales
- Hablar en voz alta
- Aprender palabras en contexto
- Aprender con alguien
- Practicar la pronunciación
- Leer en voz alta
- Intercambiar ideas con un/a compañero/-a
- Escuchar música
- Ver series y películas en versión original

- Me gusta el idioma.
- Quiero vivir en el extranjero.
- Me puedo comunicar con otra gente.
- Entiendo las series y películas en versión original.
- Me abre la mente a nuevos horizontes.
- Puedo obtener un puesto de trabajo mejor.

Comparar sistemas escolares

En el sistema español..., en cambio...
A diferencia de España, ...
Comparando con España, ...
Igual que en España, ...
Si comparamos España con Austria, ...
Una diferencia muy importante entre España y Austria...

El sistema escolar austriaco

Educación secundaria media (MS)
Escuela de educación secundaria de enseñanza general (AHS)
Escuela secundaria de formación profesional (comercial / técnica) (BHS)
Escuela politécnica (PTS)
Escuela de formación profesional y aprendizaje

Valorar actividades

Me resulta fácil / difícil hablar en español.
Me parecen difíciles los verbos irregulares.
Las preposiciones las encuentro necesarias.
Me cuesta trabajo utilizar el subjuntivo correctamente.
A Keanu le parecen divertidos los géneros en español.
Me interesa mucho aprender idiomas.
Pablo encuentra sencillos los tiempos verbales en inglés.

Los verbos **me resulta/-n, me cuesta/-n** y **me parece/-n** funcionan como **me gusta/-n.**

Expresiones impersonales con adjetivos o sustantivos

Con indicativo	Con subjuntivo
Es cierto que aprender un idioma es bueno para el futuro laboral. Es evidente que no todo el mundo tiene facilidad para aprender un idioma. Es verdad que Carla habla español y alemán perfectamente.	Me parece normal que la gente intente usar la lengua lo más posible. (No) me parece raro que los alumnos quieran hacer un viaje de idiomas. Es una alegría que las estudiantes ya sepan utilizar el subjuntivo.

Conectores del discurso

ordenar	añadir	contraponer
en primer lugar	además	en cambio
en segundo lugar	también	incluso
en resumen	y	pero
por último	no solo... sino también	sin embargo
		no obstante
		por una parte... por otra...

Unidad 2
Planeta verde

Separar	Reutilizar, reciclar	No malgastar	la basura
la basura en el suelo	Tomar	No tirar	electricidad

1. Une las siguientes palabras y escribe los consejos debajo de cada fotografía.

Objetivos – La alumna / El alumno sabe…
- expresar sentimientos y emociones
- proponer algo y reaccionar a propuestas
- dejar la decisión a otra persona
- hablar de ecología
- hablar de nuevas formas de energía

Lernziele – Die Schülerin/Der Schüler kann …
- Gefühle und Empfindungen ausdrücken
- etwas vorschlagen und auf Vorschläge reagieren
- anderen die Entscheidung überlassen
- über Ökologie sprechen
- über neue Formen der Energie sprechen

No dejar	el transporte público	No usar	bolsas de plástico
No derrochar	Reducir	la comida	agua

2. Comenta con tu compañera/-o cuáles de estas actividades haces en casa para proteger el medioambiente.

A. Hay que empezar en casa

1 **Una vida contaminante**

Mira las fotografías y, en parejas, elaborad una lista de los aparatos que, en vuestra opinión, consumen más energía. Expresad vuestra opinión utilizando las oraciones de abajo. Luego completa la tabla.

Creo que Pienso que Opino que Estoy seguro/-a de que Me parece que	+ i ______________	No creo que No pienso que No opino que No estoy seguro/-a de que No me parece que	+ s ______________

MODELO Pienso que la calefacción gasta más energía que el horno.

Los numerales multiplicativos

el doble, el triple, el cuádruple

o

dos, tres, cuatro veces más que

Los verbos y las expresiones de sentimientos se pueden usar con sustantivo, infinitivo o **que +** ______________

Compara:

Me gusta salir. → **Mismo sujeto = infinitivo**

Me gusta que la gente salga. → **Distinto sujeto = subjuntivo**

2 **a** **Expresar sentimientos y emociones**

Lee el cuadro de la derecha y completa las oraciones siguientes con el verbo en la forma correcta, en infinitivo o subjuntivo.

1. Me encanta ______________ (ver) las playas limpias.
2. Me molesta que la gente no ______________ (separar) la basura.
3. Te parece bien que la gente ______________ (comprar) alimentos ecológicos.
4. Al instituto le preocupa que los alumnos no ______________ (reciclar).
5. Me gusta que en mi casa mis padres siempre ______________ (apagar) la luz.
6. No soportamos que la gente ______________ (usar) bolsas de plástico.
7. Me enfada que mis amigos ______________ (tirar) comida a la basura.
8. No os importa ______________ (venir) a la escuela en bici.

b **Ahora forma frases con los siguientes verbos y expresiones.**

Me da igual	Nos hace ilusión	Odiamos	Me pone triste	No soportan

3

a Conciencia ecológica

¿Qué haces o harías para cuidar el medioambiente? ¿Qué no haces o harías en ningún caso? Escribe frases combinando estas palabras.

(casi) Siempre (casi) Nunca A veces Normalmente La mayoría de las veces Dos veces a la semana Todos los días A menudo	separar producir dejar encendido/-a apagar bajar subir usar consumir reciclar ahorrar derrochar comprar	(la) basura el coche el aire acondicionado el portátil la bicicleta la calefacción el transporte público el papel el agua el móvil productos regionales bolsas de plástico envases de vidrio bolsas de tela energía en casa	lo menos posible lo más posible

b Opiniones desde diferentes países

7–8

Vas a escuchar una conversación sobre los problemas ecológicos en algunos países. Primero tienes 45 segundos para leer la tarea de abajo. Después vas a escuchar la audición dos veces. Completa las frases (1–9) con un máximo de cuatro palabras. La primera respuesta (0) ya está hecha y sirve como modelo.

Smog es una palabra que viene del inglés. Combina las palabras *smoke* (humo) y *fog* (niebla).

0	Los españoles han empezado a pensar en la	*protección del medioambiente.*
1	Para facilitar el reciclaje de basura, en Madrid hay	
2	La gente en Argentina no está acostumbrada a	
3	En Colombia, la falta de conciencia ecológica ha creado	
4	Muchos colombianos se ganan la vida con	
5	En Chile, se intenta reducir	
6	En Bolivia, ciertos fines de semana estaba	
7	Los españoles que viven en el sur tienen que	
8	Para regular el consumo de agua existen	
9	En Buenos Aires, el agua debería	

4

Producción escrita: un folleto

Tu escuela de intercambio quiere repartir folletos sobre la protección del medioambiente.

En tu **folleto** tienes que:

- recomendar el reciclaje
- presentar qué aparatos contaminan mucho
- dar consejos para ahorrar energía

Escribe unas **200 palabras.**

5 **a** **Nosotros y la naturaleza**

Lee las siguientes ideas y di si se trata de una causa (C), una consecuencia/un problema (P) o una medida (M) del cambio climático. Completa las casillas con la letra correspondiente.

☐ invertir en energías renovables	☐ calentamiento de la Tierra	☐ efecto invernadero
☐ contaminación por petróleo	☐ desarrollo industrial	☐ derroche de energía
☐ agujero de la capa de ozono	☐ lluvias intensas / inundaciones	☐ separación de basura
☐ limitar el consumo de agua	☐ no usar artículos desechables	☐ usar detergentes ecológicos
☐ animales en peligro de extinción	☐ consumo excesivo / consumismo	☐ escasez de agua potable
☐ ruidos de coches y aviones	☐ deforestación / sequías	☐ exceso de anuncios publicitarios
☐ ahorro de energía en casa	☐ insomnio	☐ enfermedades respiratorias
☐ uso de fertilizantes y pesticidas	☐ riesgo de cáncer	☐ usar energía eólica

b **Consejos ecológicos para la casa**

Lee los consejos ecológicos para la casa. Faltan algunos términos. Elige la palabra correcta de la lista (A–K) para cada uno de los espacios (1–8). Hay dos palabras que no se usan. La primera respuesta (0) ya está hecha y sirve como modelo.

en casa

en la cocina

- producir la menor **(0)** ________ de basura posible
- no derrochar agua
- no dejar los aparatos **(1)** ________ en modo de espera*
- cambiar las bombillas de las lámparas por bombillas de **(2)** ________ consumo
- no encender luces si no es necesario y apagarlas **(3)** ________ salir de la habitación
- bajar la temperatura del termostato a 20° y ponerse un jersey
- usar lo **(4)** ________ posible el aire acondicionado

- tapar siempre las ollas al cocinar
- usar una cocina de gas o apagar la eléctrica en los **(5)** ________ minutos para aprovechar el calor
- cocinar con ollas exprés
- poner la lavadora y el lavaplatos sólo cuando **(6)** ________ llenos
- usar rollos de papel reciclado o, mejor, trapos de cocina
- guardar los restos de comida en **(7)** ________ de plástico, no en bolsas de **(8)** ________ y tirar
- usar detergentes y limpiadores ecológicos

*conocido en inglés como *stand by*

A	al	**E**	envases	**I**	primeros
B	bajo	**F**	estén	**J**	usar
~~**C**~~	cantidad	**G**	menos	**K**	últimos
D	encendidos	**H**	mayor		

0	**1**	**2**	**3**	**4**	**5**	**6**	**7**	**8**
C								

6

a Clasificación de residuos

La basura se clasifica por colores. ¿Qué color corresponde a cada tipo de basura? Escribe la respuesta debajo de cada contenedor.

1

2

3
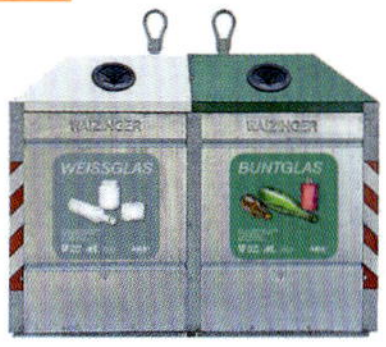

4

5

b ¿Cómo se separa la basura?

En parejas, nombrad los siguientes objetos. Luego escribid el número del contenedor correspondiente. ¡Cuidado! Sobran algunos objetos porque su reciclaje es diferente.

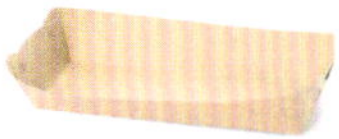
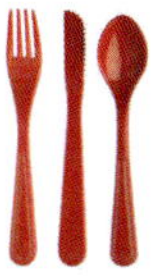

c En parejas, comentad dónde tiráis cada objeto.

MODELO El periódico lo tiro en el contenedor de papel.

d Formación de palabras

Completa los siguientes cuadros con las palabras que faltan de la misma familia.

verbo	sustantivo	adjetivo
reciclar		
	la separación	
		utilizado/-a
	la distribución	
pensar		

verbo	sustantivo	adjetivo
	la estructura	
		consumido/-a
reducir		
		procesado/-a
	la satisfacción	

e La regla de las seis erres

Lee el texto sobre las seis erres. Faltan algunas palabras. Usa los términos entre paréntesis para formar la palabra correcta (1–11). Escribe tus respuestas en los espacios adecuados. La primera respuesta (0) ya está hecha y sirve como modelo.

Algunas organizaciones **(0)** ______ (ecología), como por ejemplo Greenpeace, popularizaron hace unos años el sistema de las 3 erres: reducir, reutilizar y **(1)** ______ (reciclaje). La idea es evitar la generación de basura y, en cambio, reducir nuestro **(2)** ______ (consumir), reutilizar los objetos y reciclarlos en otros nuevos. Con el paso del tiempo, la regla de las 3 erres se ha convertido en la de las 6 erres; los nuevos verbos son repensar, **(3)** ______ (reestructuración) y redistribuir.
Repensar es un sinónimo de **(4)** ______ (reflexión). Es bueno que reflexionemos sobre nuestro modo de **(5)** ______ (vivir). ¿Necesitamos todo lo que tenemos? ¿Podemos vivir sin tantas cosas? Este es el propósito de la erre de repensar. Reestructurar se enfoca en la producción de objetos **(6)** ______ (necesidad). Necesitamos que el precio final del **(7)** ______ (producir) sea accesible para todo el mundo. Sin embargo, también hay que tener en **(8)** ______ (contar) los costes medioambientales. Y por último, redistribuir. Esto **(9)** ______ (significado) que todos debemos tener acceso a los recursos del planeta. Los países más ricos no **(10)** ______ (tener) más derecho a los recursos que los países en vías de desarrollo. Es interesante ver cómo la ecología evoluciona con la **(11)** ______ (social). Antes teníamos 3 erres, ahora tenemos 6. Todo esto nos hace repensar nuestro modo de vivir.

0	ecologistas	**4**		**8**	
1		**5**		**9**	
2		**6**		**10**	
3		**7**		**11**	

7

a Un informe sobre ecología

En la clase, preguntad a todo el grupo cuántas/-os alumnas/-os hacen las siguientes acciones para reciclar en su vida diaria en la escuela.

Acción	Número de alumnas/-os en clase	Número de respuestas positivas
Separar la basura		
Cerrar las ventanas en invierno		
Apagar las luces		
Usar el transporte público		
No utilizar botellas de plástico		
Apagar el ordenador		

b Ahora escribe el informe

Tu clase y tú vais a hacer un intercambio con una escuela de Granada. El director quiere saber si tu clase tiene conciencia ecológica. Tú le escribes un informe.

En tu **informe** tienes que:

- presentar la encuesta del apartado a
- describir qué hace tu escuela para proteger el medioambiente
- proponer un taller sobre ecología para tu escuela

Escribe unas **200 palabras**.

B. Nuevas ideas

1 a **Diferentes formas de energía**

Lee las siguientes definiciones y escribe la letra correspondiente al lado del tipo de energía.

1	Energías renovables	
2	Energías no renovables	

A	Energía cuyas fuentes son limitadas y pueden acabarse (agotables).
B	Energía que se obtiene de fuentes naturales y que no se acaban nunca (inagotables).

b **Diferentes fuentes de energía**

Mira las fuentes de energía y une cada una con su nombre. Luego decide si son energías renovables o no renovables.

1

2

3

4

5

6

7

8

Energía nuclear		Energía hidráulica		Energía solar		Energía eólica	
Energía biomasa		Gas natural		Carbón		Petróleo	

Energías renovables	
Energías no renovables	

c **¿Qué fuentes de energía renovable hay en tu estado federado?**

En grupos, buscad en internet qué fuentes de energía renovable se utilizan en vuestro estado federado. Escribid el nombre y algún dato importante sobre las mismas.

2 Ventajas y desventajas de las energías renovables

En las fotos se ven tres fuentes de energía renovable. A continuación, marca en la lista si las siguientes son ventajas (+) o desventajas (–) de estas energías. Luego decide a qué tipo de energía corresponden. A veces hay más de una energía posible.

Energía eólica

Energía solar

Energía hidráulica

1. ☐ Es una fuente renovable e inagotable.
2. ☐ Es una forma de generación de energía mucho más limpia y segura que otras (p.e. que la energía nuclear).
3. ☐ Es una fuente de energía muy estable si llueve.
4. ☐ Se puede instalar fácilmente en las casas y en las oficinas.
5. ☐ Se produce un impacto visual (destruye la belleza natural del paisaje).
6. ☐ No crea basura (hasta el 95 % de un panel puede ser reciclado).
7. ☐ Es una fuente de energía que se adapta a las necesidades – es muy flexible.
8. ☐ No necesita ningún espacio adicional.
9. ☐ Crea empleo (fabricación, instalación y mantenimiento de células y paneles).
10. ☐ Los costos de instalación son muy altos.
11. ☐ Produce mucho ruido (contaminación acústica).
12. ☐ Ocupa mucho espacio para producir suficiente electricidad.
13. ☐ La producción de energía no es estable, depende del viento.
14. ☐ La construcción de plantas grandes requiere grandes áreas.
15. ☐ En un día nublado y por la noche no es posible generar mucha energía.
16. ☐ Su construcción afecta a la naturaleza y a los peces.
17. ☐ Su impacto ambiental es bajo.
18. ☐ Su instalación tiene ayudas económicas de los gobiernos.
19. ☐ Destruye el hábitat de algunos animales.

3 **a** **Energía eólica**

Mira las siguientes fotos y une cada una de ellas con la palabra correspondiente.

La aeroturbina	1	El parque eólico	2	El molino de viento	3

b **Energías alternativas**

Vas a escuchar un programa de radio sobre las ventajas y las desventajas de la energía eólica. Primero tienes 45 segundos para leer la tarea de abajo. Después vas a escuchar la audición dos veces. Escucha y elige la respuesta correcta (A, B, C o D) para las frases (1–5). Pon una cruz (X) en la casilla correcta. La primera respuesta (0) ya está hecha y sirve como modelo.

9–10

0 **Al programa “Energías alternativas” han invitado también a**

A	un director.	
B	una presidenta.	
C	un alcalde.	
D	una alcaldesa.	x

1 **Para Don Quijote nuestros molinos de viento serían**

A	una alegría.	
B	una sorpresa.	
C	un susto.	
D	una verdadera catástrofe.	

2 **Las aeroturbinas modernas producen**

A	2.502 megavatios.	
B	2.500 megavatios.	
C	2.050 megavatios.	
D	2.052 megavatios.	

3 **La energía del viento ayuda a**

A	limpiar los molinos.	
B	asegurar la producción de CO_2.	
C	ahorrar grandes cantidades de CO_2.	
D	hacer predicciones sobre la ecología.	

4 **Según la señora Izaga, un parque eólico**

A	da empleo a la gente.	
B	sólo tiene ventajas.	
C	necesita poco espacio.	
D	es muy tranquilo.	

5 **La gente de Vinarós se preocupa porque**

A	en Holanda mueren muchos peces.	
B	hay planes para un parque eólico cerca de la costa.	
C	construirán turbinas en sus campos.	
D	esta energía no es limpia.	

0	1	2	3	4	5
D					

4 **a** **Catástrofes naturales**

Mira las siguientes fotos y completa los nombres de las catástrofes naturales con las vocales que faltan.

GR__N__Z__D__

T__RM__NT__

__V__L__NCH__

T__RR__M__T__

__N__ND__C__ __N

__R__PC__ __N

S__Q__ __ __

__NC__ND__ __

b **Una catástrofe real en La Palma**

Lee el texto sobre la erupción del volcán de La Palma, en las Islas Canarias. Encuentra los elementos correctos de la lista (A–H) para cada uno de los espacios (1–5). Hay dos elementos que no se usan. Escribe tus respuestas en las casillas adecuadas. La primera respuesta (0) ya está hecha y sirve como modelo.

Ninguno de los habitantes de la isla de La Palma **(0)** ________ que el día 19 de septiembre de 2021, cuando la pandemia del Covid aún no había desaparecido, otra catástrofe natural iba a cambiar sus vidas. El volcán Cumbre Vieja **(1)** ________ ese día y no se apagó hasta el 13 de diciembre, pocos días antes de Navidad. El volcán expulsó lava y ceniza durante muchas semanas, **(2)** ________ de muchas personas por la desaparición de sus viviendas. En algunos momentos, la lava alcanzó una velocidad de 1 metro por segundo. Además, también provocó la destrucción de hectáreas de terrenos, **(3)** ________ por ejemplo, plátanos y aguacates. Estos productos son muy importantes para la economía local de la isla.

Sin embargo, no todo son malas noticias. Cuando la lava **(4)** ________, se enfrío y se convirtió en nuevo terreno para la isla. En otras palabras, gracias a la erupción, La Palma **(5)** ________ 47 hectáreas más grande que antes de la catástrofe. En el futuro, este terreno será de uso turístico y agrario.

A	este hecho significó que	**E**	es ahora
~~**B**~~	podía pensar	**F**	entró en erupción
C	llegó al mar	**G**	se ha convertido
D	donde se cultivaban	**H**	lo que provocó el desplazamiento

0	**1**	**2**	**3**	**4**	**5**
B					

5 a **Un proyecto para tu instituto**

Tu instituto quiere organizar un proyecto verde y el/la director/a ha propuesto a tu clase estas cuatro ideas. Lee la información sobre cada proyecto.

Intercambio de ropa
Las/-os alumnas/-os pueden traer la ropa que ya no se ponen y cambiarla por otras prendas de segunda mano.

Lo mío por lo tuyo
Si tienes un videojuego antiguo, libros que ya no lees o material escolar, puedes traerlos y cambiarlo por algo que te guste.

Reciclaje en las clases
Esta idea consiste en tener varios cubos de basura; por ejemplo, uno para orgánico y uno para aparatos electrónicos usados.

Instalar placas solares
La producción de energía verde es muy importante, por eso la escuela quiere instalar placas solares para autoabastecerse.

b **Elige un proyecto**

En grupos, elegid un proyecto para realizar en vuestra clase o escuela. Utilizad las oraciones de abajo para la conversación.

proponer	reaccionar	dejar la decisión a otro/-a
• ¿Qué tal si hacemos…? • ¿Por qué no tomamos…? • ¿Qué te parece si organizamos…? • ¿Y si compramos…?	• De acuerdo. / Buena idea. • Me parece bien. • Está bien. • Creo que lo mejor sería… • No está mal, pero…	• Lo / El / La que tú quieras. • Como tú prefieras. • Como tú desees. • Donde tú quieras. • Con quien tú quieras.

c **Producción escrita: un correo electrónico formal**

Ya has elegido un proyecto para tener una escuela verde y ahora quieres presentárselo a tu director/a. Le envías un correo electrónico.

En tu **correo electrónico** tienes que:

- presentar el proyecto
- dar tu opinión sobre el proyecto
- proponer otras ideas o proyectos

Escribe unas **200 palabras**.

d **Una publicidad para tu proyecto**

En los mismos grupos, grabad un anuncio publicitario sobre vuestro proyecto. La idea es animar a las/-os demás estudiantes a participar. Tened en cuenta los siguientes aspectos:

- El anuncio debe durar unos 3 minutos. Podéis añadir ejemplos visuales (por ejemplo, reciclaje).
- Todos los miembros del grupo tienen que hablar y participar en el video.

C. ¡A practicar!

1 **Expresión oral: salvar el medioambiente**

- Compara las dos fotos.
- Describe los diferentes tipos de contaminación.
- Explica qué haces tú para ayudar al medioambiente.

2 **a** **Expresar emociones**

Relaciona cada principio de oración con su correspondiente final.

1. ____________________

A) Odio que mis amigos
B) Me molesta que mi hermana
C) No soporto que

☐ no apague la luz cuando se va de casa.
☐ a ti no te interese el medioambiente.
☐ no reciclen la basura.

2. ____________________

A) Me encanta que mi clase
B) A mi profesora le gusta que
C) A mi director le parece interesante que

☐ utilicemos papel reciclado.
☐ separe los residuos.
☐ nosotros queramos instalar placas solares.

3. ____________________

A) Es lógico que la gente
B) Me parece normal que
C) Nos parece interesante que

☐ no tire las pilas a la basura.
☐ no sepas reciclar.
☐ las personas tengan conciencia ecológica.

b **¿Qué emoción se expresa en cada bloque de oraciones?**

Escribe la palabra correcta al lado del número (1 a 3).

alegría	enfado	agrado

3 »» **Noticias sobre el medioambiente**

Lee el resumen de las noticias. Faltan algunas palabras. Completa el texto con una palabra para cada uno de los espacios (1–9) en las casillas adecuadas. La primera respuesta (0) ya está hecha y sirve como modelo.

Las Noticias

1. Aniversario (0) ______ la catástrofe ecológica del Prestige
Hoy **(1)** ______ recuerda la marea negra que se produjo tras el hundimiento del Prestige frente **(2)** ______ las costas de Galicia y **(3)** ______ afectó profundamente a la flora y fauna **(4)** ______ la región.

2. Aumento de la destrucción por huracanes
Según diferentes estudios, el calentamiento del mar provocado **(5)** ______ el llamado efecto invernadero es el responsable de que estos fenómenos naturales **(6)** ______ cada vez más extremos.

3. Ya no hay peligro de extinción (7) ______ las tortugas
Los programas de protección de la tortuga marina en el Caribe y en el Golfo de México **(8)** ______ dado buenos resultados. Tras 25 años de esfuerzos, su número ha **(9)** ______ a aumentar.

0	de	**4**		**8**	
1		**5**		**9**	
2		**6**			
3		**7**			

4 »» **Incendios en Buenos Aires**

11–12

Vas a escuchar las noticias de la radio argentina. Primero tienes 45 segundos para leer la tarea de abajo. Después vas a escuchar la audición dos veces. Encuentra los elementos correctos de la lista (A–H) para completar las frases (1–5). Hay dos elementos que no se usan. Escribe tus respuestas en las casillas adecuadas. La primera respuesta (0) ya está hecha y sirve como modelo. Después de escuchar la audición dos veces tienes 45 segundos para revisar tus respuestas.

0	El incendio tiene lugar
1	El desastre natural
2	El fuego creció
3	El origen del fuego
4	La reserva ecológica
5	Los turistas que estaban en la reserva

A	tuvieron que salir corriendo.
B	rápidamente debido al viento que había.
C	comenzó a mediados de semana.
D	aún es desconocido.
E	todavía no está controlado.
F	tiene muchos tipos de plantas.
~~**G**~~	en la zona más verde de la ciudad.
H	afecta a muchos tipos de animales.

0	**1**	**2**	**3**	**4**	**5**
G					

5

a Correo electrónico formal: una propuesta

Lee la siguiente tarea de expresión escrita.

Tú estás haciendo un curso de español en el Instituto Cervantes pero no estás contento/-a. Decides enviarle un correo electrónico al director o a la directora.

En tu **correo electrónico** tienes que:

- dar información sobre ti mismo/-a
- presentar tu queja
- proponer una posible solución

Escribe unas **200 palabras**.

b Expresiones útiles

En parejas, buscad en internet expresiones para las siguientes funciones comunicativas.

Proponer una idea	
Explicar ventajas	
Proponer soluciones	
Pedir una respuesta y despedirse formalmente	

c La queja

En parejas, anotad posibles problemas para el punto 2 del correo electrónico.

d Ahora escribe el correo electrónico.

D. Expresión oral: Diálogo (I)

1 **Una presentación sobre ecología**

Un/a compañero/-a y tú tenéis que hacer una presentación para la clase de español sobre cómo tener una vida más amigable con el medioambiente. Tenéis que poneros de acuerdo en el contenido de la presentación en base a estas ideas:

- Reciclar más y mejor
- Ahorrar energía
- Ahorrar agua
- Usar medios de transporte públicos
- Organizar talleres en el instituto

Poneos de acuerdo en tres puntos para la presentación.

2 a **Preparar tu contenido**

Antes de empezar, anota tres ideas por punto para poder utilizarlas durante el diálogo.

Reciclar más y mejor	
Ahorrar energía	
Ahorrar agua	
Usar medios de transporte públicos	
Organizar talleres en el instituto	

b **Preparar tu respuesta**

Intercambia tus ideas con tu compañera/-o y anota tres aspectos en los que estáis de acuerdo, y tres en los que estáis en desacuerdo.

De acuerdo	
En desacuerdo	

3 a **Dar y quitar la razón**

Decide si las siguientes frases son para expresar acuerdo (A) o desacuerdo (D).

Me gusta que tengamos la misma opinión porque…		Sinceramente creo que en este punto tienes razón.	
Bueno, no es posible que tengas razón en este punto.		Lo siento, pero no puedo darte la razón en este punto.	
Estoy totalmente de acuerdo contigo en este aspecto.		Yo tengo otro punto de vista diferente sobre esto.	
No creo que tengas razón en esto.		Sobre esto pensamos igual.	

b **Ahora haced el diálogo y utilizad las ideas y las expresiones de los ejercicios 2 y 3.**

Consejos para una vida verde

No tirar la comida

Separar la basura

No derrochar el agua

Tomar el transporte público

No dejar la basura en el suelo

No usar bolsas de plástico

Reutilizar, reciclar, reducir

No malgastar electricidad

Reciclar la basura

papel y cartón

residuos orgánicos

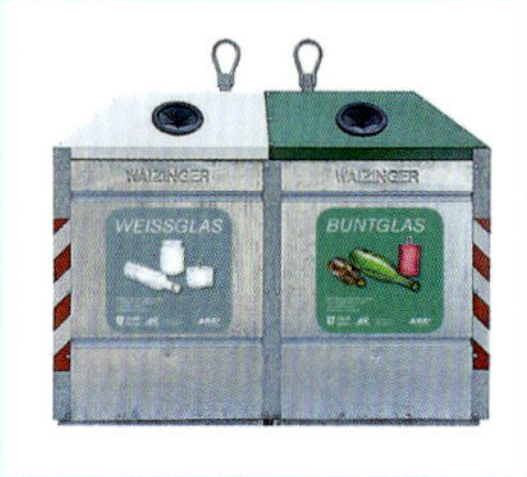

vidrio

plásticos y envases

basura general

El cambio climático

- Invertir en energías renovables
- Limitar el consumo de agua
- Ahorrar energía en casa
- No usar artículos desechables
- Separar la basura
- Usar detergentes ecológicos
- Usar energías renovables

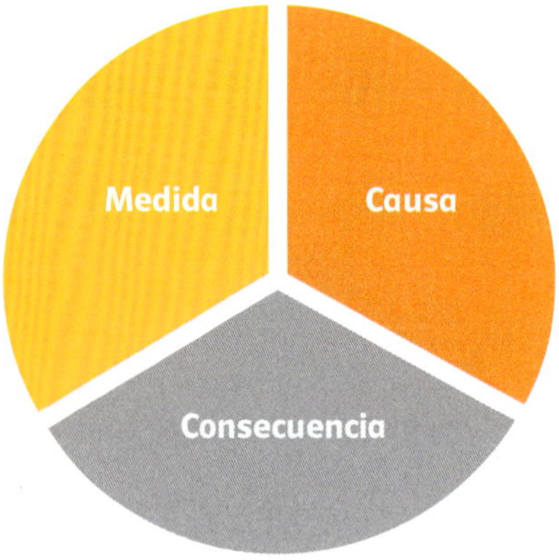

- Contaminación por petróleo
- Ruidos de coches y aviones
- Uso de fertilizantes y pesticidas
- Desarrollo industrial
- Consumo excesivo / consumismo
- Derroche de energía

- Agujero de la capa de ozono
- Animales en peligro de extinción
- Calentamiento de la Tierra
- Lluvias intensas / inundaciones
- Deforestación / sequías
- Insomnio / riesgo de cáncer
- Efecto invernadero
- Escasez de agua potable

Energías (no) renovables

energía solar

energía eólica

petróleo

energía hidráulica

energía nuclear

gas natural

energía biomasa

carbón

Catástrofes naturales

granizada

tormanta

avalancha

terremoto

inundación

erupción

sequía

incendio

Expresar sentimientos y emociones

Con indicativo	Con subjuntivo
Creo que es bueno reciclar el plástico. Pienso que no hacemos lo suficiente por el medio-ambiente. Opino que en el futuro las olas de calor serán peores. Estoy segura de que gastamos demasiada agua. Me parece que la gente no está concienciada.	Me molesta que la gente no entienda la situación. Te preocupa que tus amigos no reciclen en su instituto. Me gusta que mis padres siempre apaguen la luz cuando salen de casa.
	Los verbos y las expresiones de sentimientos se pueden usar con **sustantivo**, **infinitivo** o **que + subjuntivo**.

Hacer una propuesta y reaccionar

proponer	reaccionar	dejar la decisión a otro/-a
• ¿Qué tal si hacemos…? • ¿Por qué no tomamos…? • ¿Qué te parece si organizamos…? • ¿Y si compramos…?	• De acuerdo. / Buena idea. • Me parece bien. • Está bien. • Creo que lo mejor sería… • No está mal, pero…	• Lo / El / La que tú quieras. • Como tú prefieras. • Como tú desees. • Donde tú quieras. • Con quien tú quieras.

Unidad 3
Ocio y cultura

A

B

C

D

E

F

1. a Haz una lista con todas las actividades de tiempo libre que conozcas.
b Ahora compara tu lista con la de tu compañera/-o.

Objetivos – La alumna / El alumno sabe…
- expresar impersonalidad
- pedir y dar información
- hablar de actividades culturales
- recomendar y valorar actividades
- hablar sobre el papel de la televisión, las plataformas digitales y la lectura

Lernziele – Die Schülerin/Der Schüler kann …
- Ereignisse unpersönlich ausdrücken
- Information erfragen und geben
- über kulturelle Aktivitäten sprechen
- Aktivitäten empfehlen und bewerten
- über die Rolle des Fernsehens, der Streaming Plattformen und der Lektüre sprechen

G

H

I

J

13

2. a Vas a escuchar a diferentes personas que dejan un mensaje de voz. Vas a escuchar la audición dos veces. Relaciona las notas de voz (1–8) con las fotos (A–J). Hay dos fotos que no se usan. Escribe tus respuestas en las casillas adecuadas.

Nota de voz 1		Nota de voz 5	
Nota de voz 2		Nota de voz 6	
Nota de voz 3		Nota de voz 7	
Nota de voz 4		Nota de voz 8	

b Ahora es tu turno

Quieres hacer algo con un/a amigo/-a. Vas a grabar una nota de voz para invitar a esa persona. No te olvides de incluir la siguiente información:
- lugar y hora
- información sobre la invitación (por ejemplo, qué película vais a ver)
- sugerir una actividad posterior

A. Tiempo de ocio

1 (audio 14)

a Géneros musicales

Vas a escuchar un programa de radio en el que hablan sobre los géneros musicales favoritos de la gente joven. Escucha y marca qué géneros musicales mencionan.

Música clásica	
Banda sonora	
Jazz	
Blues	
Pop	
Country	
Disco	
Tecno	
Reggae	
Salsa	
Flamenco	
Ranchera	
Reguetón	
Metal	
Funk	
Bossa nova	

(audio 15–16)

b Sobre gustos...

Vas a escuchar un programa de radio con entrevistas a varios jóvenes. Primero tienes 45 segundos para leer la tarea de abajo. Después vas a escuchar la audición dos veces. Escucha y elige la respuesta correcta (A, B, C o D) para cada frase (1–5). Pon una cruz (X) en la casilla correcta. La primera respuesta (0) ya está hecha y sirve como modelo.

0	**Carolina hace entrevistas sobre**	
~~A~~	gustos musicales.	x
B	asistencia a festivales.	
C	tipos de intérpretes.	
D	descargas de música en internet.	

1	**La música de Francisco depende**	
A	de la gente.	
B	de una película.	
C	del momento.	
D	del día de la semana.	

2	**Sergio y sus amigos bailan**	
A	música folclórica.	
B	tango.	
C	salsa.	
D	tecno.	

3	**Marta está en Argentina**	
A	por amor.	
B	por sus estudios.	
C	por trabajo.	
D	de viaje.	

4	**Marta dice que la música**	
A	le ayuda a estudiar mejor.	
B	le molesta cuando estudia.	
C	la pone nerviosa.	
D	le da igual.	

5	**En el extranjero, Valentina**	
A	aprendió a bailar salsa.	
B	dio clases de flamenco.	
C	tomó clases de country.	
D	se enamoró de la música local.	

0	1	2	3	4	5
A					

2 17

a **Pedir información de manera formal**
Vas a escuchar cuatro diálogos de personas que llaman pidiendo información sobre un concierto en el Teatro Colón de Buenos Aires. Completa las oraciones de abajo con las palabras que faltan. Escribe entre una y tres palabras en cada hueco.

1. Me gustaría saber ______________ todavía tienen entradas para el concierto.
2. ¿Podría decirme ______________ cuestan?
3. Quisiera preguntar ______________ empieza el concierto.
4. ¿Y sabe ______________ se puede entrar al teatro?
5. Me interesaría saber ______________ dura el concierto.
6. También quiero saber ______________ el Teatro Colón tiene bar.
7. Querría saber ______________ puedo retirar las entradas en la taquilla antes de entrar al teatro.

b **Hacer preguntas indirectas**
Lee la tabla sobre cómo formular preguntas indirectas. Luego lee la información sobre un festival de música en Austria. En parejas, formulad las preguntas indirectas correspondientes.

Me gustaría Quisiera Me interesaría Querría Quiero	saber preguntar	si cómo qué cuál dónde a qué hora cuánto cuándo	hay entradas disponibles. se llega hasta el lugar. tipo de música es. es la banda que toca. se pueden sacar las entradas. empieza el concierto. cuestan las entradas. se puede entrar al teatro.
¿Podría ¿Sabría	decirme	si a qué hora	hay entradas disponibles? empieza el concierto?

1. El Festival de la Isla del Danubio comienza el día 24 de junio.
2. Los primeros conciertos empiezan a las 13:00.
3. Las entradas para el festival son gratuitas.
4. El festival cuenta con seis escenarios diferentes.
5. El festival tiene espacios para familias y niños pequeños.
6. El sábado y el domingo hay más visitantes.
7. Se puede llegar al festival en transporte público.

MODELO Me gustaría saber cuándo empieza el Festival de la Isla del Danubio.

c **Ahora escribe las preguntas indirectas y corrígelas en clase.**

3 a **Hábitos de lectura**

Lee el formulario de abajo. Ahora tienes que preguntar a tus compañeras/-os de clase por sus hábitos de lectura. Escribe el número de respuestas de tus compañeras/-os.

¿Con qué frecuencia lees?
- A diario ______
- Varias veces a la semana ______
- Solo los fines de semana ______
- Casi nunca ______
- Solamente para el instituto ______

¿Qué tipos de libros lees?
- Ciencia ficción ______
- Novela policíaca ______
- Novela romántica ______
- Autobiografías ______
- Libros de cocina ______
- Libros de fantasía ______

¿Por qué lees?
- Por placer ______
- Por obligación ______
- Para aprender ______
- Para informarme ______
- Para relajarme ______

¿Dónde lees?
- En mi habitación ______
- En el salón ______
- En el transporte público ______
- En un parque ______
- En el instituto ______
- En el baño ______

b **Presentar los resultados de la encuesta**

En parejas, comparad vuestros resultados, haced un póster con la información y presentadlo al resto de la clase. Utilizad las expresiones de la tabla de abajo.

Expresar impersonalidad	
2ª persona singular (tú)	Siempre **lees** antes de dormir.
3ª persona singular (él/ella)	Normalmente **le** gusta leer libros de cocina.
Se + 3ª persona	**Se lee** mucho como tarea en la escuela.
Pronombres indefinidos	**Algunos** alumnos leen en el baño.
	Nadie lee autobiografías.
	Todas/-os las/-os alumnas/-os dicen que leen por obligación.
	Pocas/-os alumnas/-os leen para relajarse.
Expresiones impersonales	**La mitad de las/-os alumnas/-os** lee a diario.
	La mayoría de las/-os alumnas/-os lee en su habitación.

c **Expresión escrita: un informe**

Tu clase va a pasar una semana de intercambio en Málaga y el director de la escuela de español quiere conocer vuestros hábitos de lectura. Tú has hecho una encuesta en tu clase y decides enviarle un informe con los resultados.

En tu **informe** tienes que:
- presentar los resultados de la encuesta
- explicar las ventajas de leer en una lengua extranjera
- comentar si leer libros durante el intercambio es una buena idea

Escribe unas **200 palabras.**

4 **a Nuevas formas de lectura**

Lee el texto sobre los libros de papel y los digitales. Faltan algunas palabras. Elige el elemento correcto de la lista (A–O) para cada uno de los espacios (1–12). Hay dos elementos que no se usan. Escribe tus respuestas en las casillas adecuadas. La primera respuesta (0) ya está hecha y sirve como modelo.

La importancia de **(0)** ______ no se puede discutir. Leer es una actividad que nos ayuda en muchos aspectos diferentes: leemos para estar informados, para **(1)** ______ de la realidad, para relajarnos y, en el caso de los estudiantes, estos leen para aprender y para **(2)** ______ sus exámenes. Pero la lectura también evoluciona. El último cambio que se ha producido en este sentido es la lectura digital.

¿Te acuerdas **(3)** ______ las personas que iban en el metro o en el autobús con libros enormes y pesados? Bueno, pues esa imagen va dejando **(4)** ______ a otra más actual: lectores que llevan un dispositivo electrónico donde pueden almacenar varias decenas de libros y cuya lectura ahora es, desde luego, más ligera. No obstante, no **(5)** ______ son ventajas, ahora te cuento algunos aspectos interesantes de la lectura digital:

☐ El primer aspecto ya lo he mencionado: los libros electrónicos son más ligeros y más **(6)** ______ de transportar.

☐ Si **(7)** ______ los precios de los libros electrónicos y los libros en papel, verás que la versión digital es significativamente más barata. Por ejemplo, un libro de tapa dura puede costar unos 25€, mientras que su edición electrónica llega solamente a los 14€.

☐ Los libros electrónicos no tienen la misma "magia" que los libros de papel porque ni se pueden tocar, ni se pueden oler. Todos conocemos esa **(8)** ______ cuando compramos un libro, lo abrimos en una página al azar y aspiramos el aroma.

☐ En un libro digital puedes hacer anotaciones y borrarlas después. Además, en el caso de las lenguas **(9)** ______, si no conoces una palabra, puedes buscarla automáticamente en un diccionario.

☐ Los libros electrónicos no requieren de la tala de **(10)** ______ ni de la impresión en papel. Por lo tanto, son más **(11)** ______ y mejores para el medioambiente.

☐ Los libros de papel no dependen de una batería. Puedes leerlos durante horas y nunca necesitarás un cable para cagarlos. Además, como no tienen el **(12)** ______ de la pantalla, son mejores para la vista del lector.

A	aprobar	**F**	difíciles	**K**	maternas
B	árboles	**G**	escapar	**L**	paso
C	brillo	**H**	extranjeras	**M**	sensación
D	comparas	**I**	fáciles	**N**	sostenibles
E	de	~~**J**~~	leer	**O**	todo

0	**1**	**2**	**3**	**4**	**5**	**6**	**7**	**8**	**9**	**10**	**11**	**12**
J												

b En parejas, pensad cuáles de los aspectos mencionados son ventajas (V) de los libros en papel.

5

a **Expresar la opinión sobre música y literatura**

Mira estas fotos y completa los comentarios con las expresiones de abajo.

(1) ________ , la lectura es divertida y apasionante. Sin embargo, **(2)** ________ no todos los jóvenes comparten este entusiasmo.

Yo **(5)** ________ a muchos jóvenes en realidad les gusta leer, pero no lo dicen porque no es una actividad que esté de moda.

Yo **(3)** ________ la música a la lectura. A mí me divierte y **(4)** ________ , pero sé que no es la única forma de disfrutar el tiempo libre.

(6) ________ a los jóvenes nos guste escuchar música. Tiene que ver con la rapidez del ritmo y con el mensaje de las letras.

A	es cierto que	**D**	me interesa
B	Es normal que	**E**	prefiero
C	estoy seguro de que	**F**	Según mi opinión

b **¿Qué opinas del libro que estás leyendo?**

Mira los adjetivos de abajo y, en parejas, expresad vuestra opinión sobre un libro que estéis leyendo.

aburrido/-a	divertido/-a	apasionante
interesante	entretenido/-a	original
fascinante	sorprendente	triste
previsible	imprevisible	profundo/-a
superficial	decepcionante	flojo/-a
tedioso/-a	raro/-a	ameno/-a

Un libro que te deja pensando / que da en qué pensar / que atrapa / que no puedes dejar de leer.

c **Busca en un diccionario algunos adjetivos para describir libros que no estén en la lista.**

d **Recomienda una canción o un libro**

Vuelve a leer los adjetivos del ejercicio **b** y escribe un texto breve (unas 100 palabras) sobre un libro o una canción.

B. Quién te ha visto y quién te ve

1 a **Género, argumento y personajes**

En grupos pequeños, leed los títulos de estas películas y buscad en internet información sobre el género, el argumento y los personajes de cada una de ellas.

para hablar de géneros, argumentos y personajes

género:	Es una comedia (romántica) / un drama / un documental. Es una película histórica / un musical / una película de ciencia ficción / del oeste.
argumento:	Se trata de / Va de / Cuenta la historia de... Se basa en una novela / en un hecho real. / Es un guion original de... Se desarrolla en... / Tiene lugar en... Está rodada (hecha) en La Habana / en exteriores.
personajes:	El/la protagonista / el personaje principal Los actores / las actrices secundarios/-as

b **La caracterización de los personajes**

Lee el texto sobre Mafalda, una historieta muy famosa. Faltan algunas palabras. Completa el texto con una palabra para cada uno de los espacios (1–11). Escribe tus respuestas en los espacios adecuados. La primera respuesta (0) ya está hecha y sirve como modelo.

Mafalda es un **(0)** ______ muy famoso y querido de una historieta argentina cuyo autor es Quino. Existe **(1)** ______ hace unos cincuenta años.

Se **(2)** ______ de una familia de clase media compuesta **(3)** ______ cuatro personas: su padre, su madre Raquel, y su hermano menor, Guille. La **(4)** ______ de este comic es la propia Mafalda, pero también hay otros personajes **(5)** ______, como sus amigos Manuel Goreiro, Felipe, Miguel Pitti, Susanita y Libertad. La historia se **(6)** ______ en un barrio de la ciudad de Buenos Aires y los temas principales de **(7)** ______ que normalmente habla Mafalda son la democracia, los derechos humanos, la paz mundial, etc. Aunque Mafalda es una **(8)** ______ de ficción, algunos personajes están **(9)** ______ en personas reales, como su hermano Guille, y sus amigos Felipe y Manolito. Cada personaje **(10)** ______ ideas diferentes. Manolito, por ejemplo, defiende la ideología capitalista, que no **(11)** ______ gusta a ella.

0	personaje	**4**		**7**		**10**	
1		**5**		**8**		**11**	
2		**6**		**9**			

2

a Ver la televisión

Une los siguientes tipos de programas de televisión con su título correspondiente.

la serie	1	el documental	4	el programa de humor	7
el telediario	2	el concurso	5	el programa infantil	8
la telenovela	3	la película	6	el programa deportivo	9

b ¿Cuándo ves la tele?

Haz una encuesta en tu clase sobre el consumo de televisión de tus compañeras/-os.

	________	________
¿Ves más programas en la televisión o en las plataformas digitales? ¿Por qué?		
¿Qué tipos de programas ves?		
¿Cuándo ves estos programas?		
¿Sueles ver estos programas solo/-a o acompañado/-a?		

3 **a** **¿Cuánto cuesta una suscripción?**

Busca en internet cuánto cuesta la suscripción a las dos plataformas digitales más populares.

______ : ______ €	______ : ______ €

b **Una nueva forma de ver la televisión**

Lee el texto sobre las nuevas plataformas digitales. Faltan algunas palabras. Cambia el término entre paréntesis para formar la palabra que falta para cada uno de los espacios (1–14). Escribe tus respuestas en los espacios adecuados. La primera respuesta (0) ya está hecha y sirve como modelo.

La tele "a la carta"

27 de octubre

Martes por la tarde. Después del instituto y de mi clase particular de **(0)** ______ (musical) vuelvo a casa súper cansado. Ceno con mi familia y luego me tumbo en el sofá a **(1)** ______ (descanso) un rato. ¿Qué pondrán hoy en la tele? **(2)** ______ (yo) da igual, sólo quiero desconectar.

¿Dónde está el error en este comentario? ¡Exactamente! Hoy en día ya no **(3)** ______ (nosotros) sentamos a ver "qué ponen en la tele", sino que **(4)** ______ (elección) de antemano lo que vamos a ver, ya sea una película, una serie, un **(5)** ______ (documento) o un programa de telerrealidad. El **(6)** ______ (llamar) *streaming* está cambiando el negocio de la televisión, haciendo que **(7)** ______ (aumento) la producción y también el consumo. Con **(8)** ______ (nosotros) televisión inteligente, ordenador, tableta o teléfono móvil tenemos **(9)** ______ (acceder) a una paleta casi ilimitada de **(10)** ______ (programación), pues toda la información llega a través de Internet. Por ejemplo, cuando lanzan una **(11)** ______ (novedad) serie, la temporada completa está a **(12)** ______ (disponer) del espectador en todo el mundo a la vez, para que los suscriptores **(13)** ______ (decidir) cuándo y cuántos episodios quieren ver. Ya no tienen que esperar una semana hasta el **(14)** ______ (seguir) capítulo. ¡Y sin publicidad! Es la televisión "a la carta". Una vez más las pantallas se apoderan de nuestro tiempo y nosotros las dejamos actuar sin oponer resistencia.

0	música	**5**		**10**	
1		**6**		**11**	
2		**7**		**12**	
3		**8**		**13**	
4		**9**		**14**	

4 **a Hablar sobre la televisión**

Lee estas oraciones y completa la regla gramatical del cuadro de abajo.

- Aunque muchas personas ***piensen*** que algunos programas son telebasura, los ven.
- Mientras ***estudio***, no puedo ver la televisión porque no me concentro.
- Cuando ***llegue*** a casa, voy a terminar de ver el episodio de ayer.
- Aunque los jóvenes ahora ***ven*** películas por internet, yo prefiero ir al cine.
- Mientras no ***pagues*** la suscripción a la plataforma digital, yo decido qué vemos.
- Cuando ***hay*** una película nueva en la plataforma, siempre la veo con mis amigos.

En las frases con **cuando**, **aunque** y **mientras** se usa el ______________ cuando nos referimos al futuro o a un hecho posible.

b Diálogos incompletos

Lee los siguientes diálogos. Faltan algunas palabras. Cambia el término entre paréntesis para formar la palabra que falta para cada uno de los espacios (1–6). Escribe tus respuestas en los espacios adecuados. La primera respuesta (0) ya está hecha y sirve como modelo.

> Pero, papá, ¡no apagues la música! ¡Puedo escuchar música mientras **(0)** ________ (estudiar)!

◆ ¡Mientras **(1)** ________ (vivir) en esta casa, harás lo que yo te diga!

> Uf, ¡qué harto estoy! Cuando me **(2)** ________ (ir) de casa, me echarás de menos.

> Clara, ¿vamos al cine a ver la última película de Alejandro Amenábar?

◆ Espera, no la conozco. Sigue hablando mientras **(3)** ________ (buscar) información en internet.

> No te preocupes, Amenábar siempre hace buenas películas. Y aunque la película **(4)** ________ (ser) mala, luego podemos ir a tomar algo.

> ¿Cuándo es el concierto de Pink?

◆ No lo sé. Pero cuando **(5)** ________ (llegar) a casa, lo busco en internet. Aunque el concierto **(6)** ________ (tener) lugar dentro de varios meses, seguro que ya podemos comprar las entradas.

0	estudio	**2**		**4**		**6**	
1		**3**		**5**			

5 **Expresar (des)conocimiento**

Busca información poco conocida sobre una persona que admires. Luego comparte esa información con tu compañera/-o y ella/él tiene que reaccionar con las oraciones del cuadro.

expresar (des)conocimiento

Yo ya sabía que esta persona era de…
(No) sabía que tenía…
(No) me acordaba de que vivía en…
No tenía ni idea de que su pareja era…

C. ¡A practicar!

1 **Expresión oral: la vida cultural de un/a joven**

- Compara las dos fotos.
- Explica la importancia del ocio para los jóvenes.
- Describe las actividades culturales favoritas de los jóvenes austriacos.

2 **Cuando, aunque y mientras**

Marca la opción correcta. Escribe si las oraciones se refieren a una acción en el futuro (F), en el pasado (P) o en el presente (E).

1. Te llamaré cuando **tenga/tengo** tiempo. ☐
2. Todos los días, mientras yo **estudio/estudie**, mi hermana hace su tarea. ☐
3. Cuando **tenga/tengo** las entradas, te aviso. ☐
4. Aunque **descansé/descanse** el fin de semana, hoy sigo cansadísimo. ☐
5. Mientras no **trabaje/trabajo**, no puedo pensar en comprarme un auto. ☐
6. No vas a encontrar entradas más baratas aunque **reserves/reservas** con antelación. ☐
7. Aunque me lo **expliques/explicas** mil veces, no lo entenderé. ☐
8. Cuando **haga/hace** buen tiempo, me gusta leer en un parque. ☐

3 **Pedir información**

Lee esta información sobre el Festival de Cine de San Sebastián y formula las preguntas como en el modelo.

1. El festival comienza a finales de septiembre.
2. Dura más o menos una semana.
3. La oferta de películas es muy variada.
4. El festival se celebra en San Sebastián, en el norte de España.
5. Las entradas se pueden comprar por internet y en la taquilla.
6. Sí, hay diferentes precios y descuentos para niños.

MODELO Me gustaría saber cuándo comienza el festival.

4

Mario y su tiempo libre

Lee el texto sobre los intereses de Mario. Faltan algunas palabras. Elige el elemento correcto de la lista (A–K) para cada uno de los espacios (1–8). Hay dos elementos que no se usan. Escribe tus respuestas en las casillas adecuadas. La primera respuesta (0) ya está hecha y sirve como modelo.

Mario es un chico de 18 años con **(0)** ________ diversos. No es un chico con gustos comunes. A Mario le gusta **(1)** ________ la radio como la televisión. De la televisión lo que **(2)** ________ soporta es la publicidad. El cine no le gusta. **(3)** ________ , le encanta ver una buena obra de teatro. El teatro le atrae tanto que **(4)** ________ viaja a otras ciudades para ver obras interesantes. Le encanta escuchar música, **(5)** ________ nunca se atrevería a bailar. **(6)** ________ jugar al fútbol es su pasatiempo favorito, verlo en la tele le aburre. No lee libros **(7)** ________ tiene tiempo en las vacaciones. No va casi nunca a una exposición. Va **(8)** ________ se la recomiendan mucho.

A	En cambio	**E**	menos	**I**	tanto
B	excepto si	**F**	Mientras que	**J**	todos
C	incluso	**G**	pero	**K**	solo si
~~**D**~~	intereses	**H**	por eso		

0	**1**	**2**	**3**	**4**	**5**	**6**	**7**	**8**
D								

5

Hablando de la radio

18–19

Vas a escuchar una entrevista sobre la radio en Bolivia. Primero tienes 45 segundos para leer la tarea de abajo. Después vas a escuchar la audición dos veces. Escucha y encuentra los elementos correctos de la lista (A–I) para completar las frases (1–6). Hay dos elementos que no se usan. Escribe tus respuestas en las casillas adecuadas. La primera respuesta (0) ya está hecha y sirve como modelo. Después de escuchar la audición dos veces tienes 45 segundos para revisar tus respuestas.

0	La radio es en Bolivia
1	Al estar menos desarrollados,
2	La radio es parte
3	Al levantarse, los bolivianos
4	En comparación a un ordenador, la radio
5	En Bolivia, la radio
6	La radio además

A	de la familia.
B	es más moderna.
~~**C**~~	un medio de comunicación muy importante.
D	fomenta la imaginación.
E	apagan la radio.
F	seguirá siendo actual.
G	la radio en el campo es fundamental.
H	es más barata.
I	encienden la radio.

0	**1**	**2**	**3**	**4**	**5**	**6**
C						

D. Expresión oral: Monólogo (II)

1 **El ocio en casa**

- Compara las fotografías.
- Describe los aspectos positivos y negativos de la tecnología y el tiempo libre.
- Explica cómo pasas tu tiempo libre en familia.

2 **a** **Ideas para el punto 2**
Piensa en diferentes aspectos para el punto 2 del monólogo y escríbelos en las columnas.

Para presentar los aspectos de un punto, tienes dos opciones:
1. Puedes hacer una **pequeña introducción al principio** y mencionar todos los puntos (por ejemplo, "en este punto voy a hablar de…").
2. Puedes **presentar directamente el primer punto** (por ejemplo, "en este punto hay varios aspectos, por ejemplo…").

Aspectos positivos	Aspectos negativos

b **Diferentes formas de presentar la información**
Lee las siguientes frases y decide si son para presentar todos los aspectos al principio (I) o para presentarlos sin introducción previa (P).

En este punto me gustaría hablar de los siguientes aspectos…	
En este segundo punto, el primer aspecto es…	
Lo primero por comentar en este punto es…	
Creo que los aspectos más importantes de este punto son…	

c **Ahora elige un modelo para presentar la información y escribe un texto breve sobre el que se basa tu monólogo (unas 100 palabras).**

Actividades de tiempo libre

escuchar música

ir al cine

jugar a videojuegos (en línea)

esquiar

tocar un instrumento

leer

cocinar

quedar con amigos

jugar al fútbol

ir a un concierto

Géneros musicales

música clásica	banda sonora	jazz	blues
country	disco	tecno	reggae
flamenco	ranchera	reguetón	metal
bossa nova	pop	salsa	funk

Hablar de libros

aburrido/-a	divertido/-a	apasionante
interesante	entretenido/-a	original
fascinante	sorprendente	triste
previsible	imprevisible	profundo/-a
superficial	decepcionante	flojo/-a
tedioso/-a	raro/-a	ameno/-a

Un libro que te deja pensando / que da qué pensar / que atrapa / que no puedes dejar de leer

Programas de televisión

la serie
el telediario
la telenovela
el documental
el programa de humor
el programa infantil
el concurso
la película
el programa de deportes

Expresar desconocimiento

Yo no sabía que esta persona era de...
(No) sabía que tenía...
(No) me acordaba de que vivía en...
No tenía ni idea de que su pareja era...

Hablar de películas

género:	Es una comedia (romántica) / un drama / un documental. Es una película histórica / un musical / una película de ciencia ficción / del oeste.
argumento:	Se trata de / Va de / Cuenta la historia de... Se basa en una novela / en un hecho real. / Es un guion original de... Se desarrolla en... / Tiene lugar en... Está rodada (hecha) en La Habana / en exteriores.
personajes:	El/la protagonista / el personaje principal Los actores / las actrices secundarios/-as

Cuando, mientras, aunque

Cuando vengas mañana, iremos a comer a un restaurante.
Aunque no me guste la televisión, la veo de vez en cuando.
Mientras viajemos por un país extranjero, tenemos que respetar sus costumbres.

En las frases con *cuando*, *aunque* y *mientras* se usa el subjuntivo cuando nos referimos al futuro o a un hecho posible.

Hacer preguntas indirectas

Me gustaría Quisiera Me interesaría Querría Quiero	saber preguntar	si cómo qué cuál dónde a qué hora cuánto cuándo	hay entradas disponibles. se llega hasta el lugar. tipo de música es. es la banda que toca. se pueden sacar las entradas. empieza el concierto. cuestan las entradas. se puede entrar al teatro.

¿Podría ¿Sabría	decirme	si a qué hora	hay entradas disponibles? empieza el concierto?

Expresar impersonalidad

2ª persona singular (tú)	Siempre **lees** antes de dormir.
3ª persona singular (él/ella)	Normalmente **le** gusta leer libros de cocina.
Se + 3ª persona	**Se lee** mucho como tarea en la escuela.
Pronombres indefinidos	**Algunos** alumnos leen en el baño. **Nadie** lee autobiografías. **Todas/-os las/-os alumnas/-os** dicen que leen por obligación. **Pocas/-os alumnas/-os** leen para relajarse.
Expresiones impersonales	**La mitad de las/-os alumnas/-os** lee a diario. **La mayoría de las/-os alumnas/-os** lee en su habitación.

Rincón profesional

A

1

a **Ser una empresa ecológica**

Estás de prácticas en una empresa de logística en Barcelona. Colaboras con el nuevo departamento de desarrollo sostenible. Vuestra misión es hacer de vuestra empresa un lugar más ecológico para trabajar. ¿Cómo se puede hacer una oficina más verde? En parejas, pensad en ideas para ser más sostenibles y anotadlas.

b **¿Qué ideas han tenido vuestras/-os compañeras/-os? Comparad vuestras notas en clase.**

2

Una empresa, tres direcciones diferentes

Vas a leer diferentes medidas que puede hacer una empresa para ser más ecológica. En parejas, decidid si son acciones destinadas a las/-os clientas/-es (C), a las/-os empleadas/-os de la oficina (E) o a la imagen de la empresa (I).

establecer la firma digital de contratos		bajar el aire acondicionado	
donar dinero a ONG ecologistas		reciclar toda la basura de la oficina	
llevar ropa fresca en días de calor		realizar reuniones digitales	
promocionar campañas de concienciación		reducir el uso de materiales de oficina	
subvencionar el abono de transporte público a las/-os empleadas/-os		ofrecer precios especiales en proyectos desarrollados de manera ecológica	

3 Qué hace mi empresa

20–21

Vas a escuchar a diferentes personas hablando sobre la empresa donde trabajan. Primero tienes 45 segundos para leer la tarea de abajo. Después vas a escuchar la audición dos veces. Relaciona a las empresas (1–7) con sus afirmaciones (A–J). Hay dos afirmaciones que no se usan. Escribe tus respuestas en los espacios adecuados. La primera respuesta (0) ya está hecha y sirve como modelo. Después de escuchar la audición dos veces tienes 45 segundos para revisar tus respuestas.

Ejemplo	0
Empresa 1	1
Empresa 2	2
Empresa 3	3
Empresa 4	4
Empresa 5	5
Empresa 6	6
Empresa 7	7

En esta empresa las/-os empleadas/-os…

A	hacen descuentos a compañías que cuidan del medio ambiente.
B	escuchan desde el principio las políticas verdes de la empresa.
C	no pueden utilizar el transporte aéreo.
D	recibieron un objeto para ser más ecológicos.
E	quieren que sus jefes hagan algo contra el cambio climático.
~~F~~	pueden vestir diferente si las temperaturas son altas.
G	se ayudan para adaptarse a las políticas de la empresa.
H	piensan que los grandes países tienen que ayudar más.
I	no están obligados a hacer nada contra el cambio climático.
J	están obligados a hacer las reuniones de manera presencial.

0	1	2	3	4	5	6	7
F							

4

a Un instituto también puede ser ecológico

Tu compañera/-o y tú estáis de prácticas en una empresa que se dedica a asesorar a otras empresas sobre aspectos ecológicos. Vuestro instituto quiere ser más verde y os ha pedido un proyecto con ideas y recomendaciones. Anotad ideas y luego presentadlas en clase con la ayuda de un póster.

Ideas / recomendaciones para el edificio

Ideas / recomendaciones para el personal

Ideas / recomendaciones para las/-os alumnas/-os

b Expresión escrita: una propuesta formal
Después de la presentación, decides enviar las ideas al instituto en forma de correo electrónico.

En tu **correo electrónico** tienes que:

- presentar las ideas más fáciles de implementar
- describir los beneficios de esas ideas
- sugerir más ideas a largo plazo

Escribe unas **200 palabras**.

5 a Expresión escrita: una comunicación interna
Estás de prácticas en una empresa de logística en Barcelona. Colaboras con el nuevo departamento de desarrollo sostenible. Tu jefa ha decidido introducir algunas medidas para hacer la empresa más verde y ahora tienes que enviar un correo electrónico para informar a las/-os empleadas/-os de las novedades.

En tu **correo electrónico** tienes que:

- describir las nuevas medidas
- explicar cómo van a introducirse
- comentar los beneficios de dichas medidas

Escribe unas **200 palabras**.

b Introducción y conclusión: vocabulario útil
Une el principio de las siguientes oraciones con su final.

1	Siguiendo instrucciones
2	Quedo a vuestra entera disposición
3	Mediante el presente correo
4	Si hay otras novedades, la empresa
5	Tras la reunión del Comité de
6	La empresa cuenta con
7	Procedo a informaros de
8	Muchas gracias por

A	en caso de dudas o preguntas.
B	la colaboración de todas y de todos.
C	Dirección, os anuncio que…
D	las novedades en cuanto a…
E	del Director General, os informo de…
F	vuestro trabajo y dedicación.
G	os contactará inmediatamente.
H	me gustaría informaros sobre…

1	2	3	4	5	6	7	8

c Ahora decide si las oraciones del ejercicio b deben ir en la introducción o en la conclusión de la información interna. Escribe el número de cada oración.

Introducción	Conclusión

6 **¿Qué es el turismo ecológico?**

Lee el texto sobre un tipo de turismo que está de moda: el turismo ecológico. Faltan algunos elementos. Encuentra los elementos correctos de la lista (A–J) para cada uno de los espacios (1–7). Hay dos elementos que no se usan. Escribe tus respuestas en las casillas adecuadas. La primera respuesta (0) ya está hecha y sirve como modelo.

A todos nos preocupa el medioambiente pero **(0)** ______ cambiar su estilo de vida para, por ejemplo, reducir su huella de CO_2. ¿Cómo conseguimos que nuestro día a día se vuelva más sostenible? Pues con imaginación y creatividad, y **(1)** ______. Hoy hablamos del turismo ecológico.

El turismo ecológico existe oficialmente desde hace más de dos décadas y **(2)** ______ del patrimonio cultural y natural. Como las agencias de viajes y los proveedores quieren evitar que se convierta en una forma de turismo de masas, **(3)** ______ pequeños y viajeros independientes. Además, a la hora de elaborar una oferta turística, tiene en cuenta a la comunidad local y a la población rural. Se trata de que los habitantes del nuevo destino turístico puedan beneficiarse de los ingresos extra que dejan los turistas sin por ello tener que sufrir las calamidades del turismo de masas.

¿En qué consiste realmente el turismo ecológico? ¿Qué puede esperar un turista? El abanico de posibilidades es muy amplio y **(4)** ______ hasta la observación de animales o el desarrollo de actividades deportivas al aire libre. Hablamos por ejemplo de hacer escalada en paredes de piedra real, dar paseos a caballo por el monte o, **(5)** ______. En cualquier caso, todas las opciones permiten a los viajeros estar en permanente contacto con la naturaleza y descubrir un entorno natural nuevo.

En resumen, **(6)** ______ como estar un tiempo fuera de casa, la naturaleza nos ofrece opciones más saludables y ecológicas que viajar en avión o **(7)** ______. Ahora solamente podemos esperar que esta nueva moda no se convierta en otro tipo de turismo de masas.

A	con la opción de reciclar más y mejor
B	va desde jornadas enteras de senderismo
~~**C**~~	muy pocas personas están realmente dispuestas a
D	permite disfrutar de la naturaleza sin estar preocupado
E	tiene como objetivo principal la conservación
F	ser parte del turismo de masas
G	buscando nuevas formas de hacer las cosas
H	tanto si lo que queremos es pasar un fin de semana de descanso
I	este tipo de turismo se enfoca en grupos
J	incluso, hacer paracaidismo o volar en parapente

0	1	2	3	4	5	6	7
C							

7

a Los desafíos más comunes del turismo ecológico

Como otros sectores de la economía verde, el turismo ecológico está viviendo un momento muy bueno. Sin embargo, eso también supone problemas y desafíos para sus proveedores. En grupos, pensad en los siguientes aspectos y el riesgo que pueden presentar.

- **Mayor número de turistas**
  - **Hoteles**
  - **Impacto en el ecosistema**
  - **Financiación**

b Los ecologistas hablan

22–23

Vas a escuchar una charla con dos ecologistas. Primero tienes 45 segundos para leer la tarea de abajo. Después vas a escuchar la audición dos veces. Escucha y contesta a las preguntas (1–5) con un máximo de cuatro palabras. Escribe tus respuestas en los espacios adecuados. La primera respuesta (0) ya está hecha y sirve como modelo. Después de escuchar la audición dos veces tienes 45 segundos para revisar tus respuestas.

0	¿Qué estudió la experta?	Biología
1	¿Qué se aprende con este tipo de turismo? (Da una respuesta.)	
2	¿Cómo se puede ser un turista ecológico en una ciudad?	
3	¿Qué sube cuando una localidad es popular?	
4	¿Qué produce un gran número de turistas?	
5	¿Qué riesgo existe en España?	

8 »

a Los lavados de imagen

Lee el texto sobre una práctica empresarial. Faltan algunas palabras. Elige el elemento correcto de la lista (A–L) para cada uno de los espacios (1–9). Hay dos elementos que no se usan. Escribe tus respuestas en las casillas adecuadas. La primera respuesta (0) ya está hecha y sirve como modelo.

Hace unos años, cuando los compradores y las compradoras elegíamos un **(0)** ______, nos fijábamos en las características propias del mismo como los materiales, la calidad, la vida útil y el **(1)** ______. Algunas marcas eran más conocidas que otras y dicha reputación se basaba, **(2)** ______, en el "boca a boca". Es decir, en los comentarios y las experiencias que contaban aquellas personas que ya usaban ese producto. Actualmente, existe un criterio **(3)** ______ a los mencionados anteriormente: la responsabilidad social. Todos queremos ahora que la empresa cuyo producto compramos no solamente nos ofrezca **(4)** ______, sino que también dedique una parte de sus beneficios a alguna causa social.

Sin **(5)** ______, no todas las empresas tienen realmente esas ganas de ayudar sino que, simplemente, consideran los proyectos sociales como parte de su **(6)** ______ de marketing. Esto significa que intentan vender sus productos con anuncios engañosos y llenos de mentiras. Esto puede pasar de dos maneras: por un **(7)** ______, algunas empresas dan dinero a algunos proyectos sociales para que su nombre aparezca en la publicidad. Por otro, otras empresas dicen que implementan ideas y proyectos dentro de su estructura y día a día, como **(8)** ______ ejemplo, el uso de alimentos ecológicos cuando se trata de empresas de comida. Mentir a los compradores se **(9)** ______ *washing* o lavado de imagen y existen varias formas de este tipo de marketing.

A	adicional	**E**	embargo	**I**	por
B	al	**F**	lado	**J**	precio
C	calidad	**G**	llama	~~**K**~~	producto
D	campaña	**H**	normalmente	**L**	publicidad

0	**1**	**2**	**3**	**4**	**5**	**6**	**7**	**8**	**9**
K									

b Tipos de lavado de imagen corporativo

En grupos, elegid un tipo de lavado de imagen y preparad una pequeña presentación.
Buscad información sobre los siguientes aspectos:

- traducción del término al español
- definición
- dos empresas que hacen este tipo de lavado de imagen
- dos empresas que realmente ayudan a esos proyectos sociales.

purplewashing

pinkwashing

greenwashing

rainbow-washing

Evalúa tus competencias A

Primero piensa en lo que has aprendido en estas tres últimas unidades. ¿Sabes hacerlo bien o necesitas repasar? Marca con una cruz (X) tu nivel actual y después haz los ejercicios. Corrígelos con las soluciones de la página 239 y marca en un color diferente tu nivel real.

1 COMPRENSIÓN LECTORA

	✓✓	✓	!!
Puedo leer textos sencillos sobre hechos concretos que tratan sobre temas relacionados con mi especialidad con un nivel de comprensión satisfactorio.	☐	☐	☐
Identifico las conclusiones principales en textos de carácter claramente argumentativo.	☐	☐	☐

La importancia de hablar idiomas

Lee el texto sobre la importancia de hablar idiomas. Faltan algunos elementos. Encuentra los elementos correctos de la lista (A–K) para cada uno de los espacios (1–8). Hay dos elementos que no se usan. Escribe tus respuestas en las casillas adecuadas. La primera respuesta (0) ya está hecha y sirve como modelo.

Hoy, después de haber terminado la escuela secundaria, te puedo decir que **(0)** ______ y útil para nuestra vida. Si piensas en todas las posibilidades que te da esta actividad, te das cuenta de que vale la pena dedicarle tiempo al estudio de otro idioma.

El saber idiomas te enriquece en muchos aspectos de tu vida, no solo el aspecto cultural y social, sino también el laboral. Se abre una gran variedad de posibilidades como por ejemplo: viajar, comunicarte y **(1)** ______ de distintas partes del mundo, conocer sus costumbres como una persona del lugar y no como turista. Pero, sobre todo, te abre la cabeza a nuevos horizontes.

En cuanto al mundo laboral, uno de los requisitos principales hoy en día es saber idiomas. Esto te brinda la oportunidad de **(2)** ______ con un buen sueldo y con la posibilidad de hacer carrera.
Yo, en la escuela, estudié inglés, francés y alemán. En ese momento **(3)** ______ totalmente diferente al de ahora con respecto a la importancia de saber idiomas. Pero claro, todo esto es entendible si ahora pienso en los exámenes, y en esa situación de estrés de algunos días en la escuela. Esos días en los que nosotros **(4)** ______ que no entendíamos y otras que no nos gustaban.

Además, cuando en la clase de algunos de los idiomas llegaba el momento de hablar, se producía un silencio absoluto. Nadie quería hablar, el aula parecía estar vacía, sin alumnos. Para mí siempre lo más fácil fue **(5)** ______ y la gramática. Pero lo más difícil era hablar porque me daba mucha vergüenza cometer errores. Sin embargo, ahora, entendí que la mejor manera de **(6)** ______ es cometiendo errores. En general, con el paso del tiempo, todos **(7)** ______ se aprende, y de que la tecnología está cada vez más presente en el momento del aprendizaje de idiomas, ya sea para ejercitar la comprensión auditiva, lectora y la gramática. Además, en el último tiempo, ya **(8)** ______ un sistema de conversación artificial que le permita practicar a toda la gente que le cuesta hablar en otro idioma.

A	teníamos muchas asignaturas
B	entrar en contacto con gente
C	aprendo las palabras
D	hablar bien un idioma
E	conseguir un puesto de trabajo
F	me comunico bien
~~**G**~~	saber idiomas es súper importante
H	nos damos cuenta que de los errores
I	tenía otro punto de vista
J	se está desarrollando en algunas herramientas
K	aprender el vocabulario

0	**1**	**2**	**3**	**4**	**5**	**6**	**7**	**8**
G								

2 **EXPRESIÓN ESCRITA**

	✓✓	✓	!!
Puedo escribir textos sencillos y cohesionados sobre una serie de temas cotidianos dentro de mi campo de interés enlazando una serie de distintos elementos breves en una secuencia lineal.	☐	☐	☐
Elaboro descripciones sencillas y detalladas sobre una variedad de temas conocidos dentro de mi área de interés.	☐	☐	☐

El Día Internacional del Libro

Es el Día Internacional del Libro y tu escuela organiza un concurso con artículos para el periódico escolar. Cada alumna/-o puede escribir un artículo sobre la lectura, pero tiene que escribir en una lengua extranjera. Tú decides participar y escribir en español.

En tu **artículo** tienes que:

- comentar la importancia de la lectura para las/-os jóvenes
- presentar las (des)ventajas de los libros digitales y en papel
- hablar de tu última lectura

Escribe unas **200 palabras**.

Una empresa verde
Estás de prácticas en una empresa austriaca que quiere proteger el medioambiente. Esta empresa va a abrir una filial nueva en España. Ahora tienes que escribir un folleto para hacer publicidad de la nueva filial.

En el **folleto** tienes que:

- presentar la empresa
- describir los proyectos de la empresa
- hablar de la inauguración de la nueva filial

Escribe unas **200 palabras**.

3 COMPRENSIÓN AUDITIVA

	✓✓	✓	!!
Comprendo las principales ideas de un discurso claro y en lengua estándar que trate temas cotidianos relativos al trabajo, la escuela, el tiempo de ocio, incluyendo breves narraciones.	☐	☐	☐
Puedo seguir generalmente las ideas principales de un debate largo que ocurre a mi alrededor, siempre que el discurso esté articulado con claridad en un nivel de lengua estándar.	☐	☐	☐

Mi tiempo libre
Vas a escuchar a tres jóvenes hablar sobre sus aficiones. Primero tienes 45 segundos para leer la tarea de abajo. Después vas a escuchar la audición dos veces. Escucha y encuentra los elementos correctos de la lista (A–K) para completar las frases (1–8). Hay dos elementos que no se usan. Escribe tus respuestas en las casillas adecuadas. La primera respuesta (0) ya está hecha y sirve como modelo. Después de escuchar la audición dos veces tienes 45 segundos para revisar tus respuestas.

24–25

0	Durante la semana, Maximiliano no
1	De vez en cuando, él y su familia
2	Antes de dormirse, Maximiliano
3	La mejor amiga de Johanna
4	Ella y su familia
5	Johanna y sus amigos
6	Por la tarde, Joaquín
7	Joaquín escucha la radio para
8	Los fines de semana, Joaquín

A	suele leer un libro.
B	saber sobre cultura.
C	suelen hacer actividades culturales.
D	estar informado.
E	ve series en su móvil.
~~F~~	tiene mucho tiempo libre.
G	salen a pasear los fines de semana.
H	es la lectura.
I	suelen hacer actividades deportivas.
J	está en la escuela también.
K	ven una peli en casa.

0	1	2	3	4	5	6	7	8
F								

4 LENGUAJE EN CONTEXTO

	✓✓	✓	!!
Dispongo de un buen alcance léxico relacionado con temas conocidos y situaciones cotidianas.	☐	☐	☐
Utilizo con razonable corrección un repertorio de "fórmulas" y patrones lingüísticos de uso frecuente relacionados con las situaciones más predecibles.	☐	☐	☐

Cuidando el medioambiente

Lee esta entrada de blog sobre el cuidado del medioambiente. Faltan algunas palabras. Cambia el término entre paréntesis para formar la palabra que falta para cada uno de los espacios (1-11). Escribe tus respuestas en los espacios adecuados. La primera respuesta (0) ya está hecha y sirve como modelo.

Ayudadesdedondeestés 23 de septiembre / 12:15

Queridos niños, jóvenes y adultos: salvar el medioambiente parece un problema imposible de solucionar y la preocupación aumenta con el paso de los días, pero en realidad no es tan difícil como todos pensamos. Yo les **(0)** ______ (propone) que sigan esta lista de consejos y verán lo fácil que es aportar un granito de arena desde el lugar donde estén para vivir en un planeta mucho mejor.

- Cuida la energía eléctrica: hoy en día el precio de la electricidad es tan caro para nosotros como para la naturaleza. Por eso, debemos apagar las luces de las **(1)** ______ (habito) donde no hay nadie. Además, si queremos **(2)** ______ (colaboro) un poquito más, podríamos usar las bombillas de bajo consumo porque gastan menos energía y duran más.
- Evita dejar el agua corriendo si no es necesario. Es **(3)** ______ (importa) ahorrar la mayor cantidad de agua posible. Por eso, evita lavar el auto y no derroches agua ni en la cocina ni en el baño, porque esto también es **(4)** ______ (negar) para nuestro planeta.
- Usa el contenedor correspondiente cuando tires la basura. Otro aspecto a tener en cuenta es la **(5)** ______ (separo) de la basura respetando los colores de los contenedores. Esta **(6)** ______ (medir) es muy importante para ayudar a **(7)** ______ (creo) conciencia ecológica para las nuevas generaciones.
- Utiliza productos **(8)** ______ (reutilizo): otra forma de cuidar el medioambiente es comenzar a utilizar servilletas o pañuelos de tela en lugar de papel. La tela se puede lavar y **(9)** ______ (vuelto) a utilizar. Igualmente deberías llevar **(10)** ______ (bolso) propias al supermercado para evitar las de plástico.
- Usa el transporte público en lugar del auto: este es uno de los problemas más grandes debido al gran uso de vehículos para ir al trabajo, para **(11)** ______ (llevo) a los hijos a la escuela o cualquier otro tipo de actividad. No tienes que dejar ninguna de estas tareas o actividades, solo tienes que hacerlas usando los medios de transporte públicos para ayudar a no contaminar al medioambiente.

Después de leer estas propuestas, ¿qué les parece? ¿Es posible cuidar el planeta desde casa, desde la escuela o desde nuestro puesto de trabajo?
Escríbanme y quizás juntos podemos hacer mucho más larga esta lista.

0	propongo	**3**		**6**		**9**	
1		**4**		**7**		**10**	
2		**5**		**8**		**11**	

Unidad 4
Comunicación

A

B

C

D

1. a En parejas, mirad las fotos y pensad qué ha pasado en cada situación. Tomad notas sobre vuestras ideas.

Foto A	
Foto B	
Foto C	
Foto D	

26 **b Vas a escuchar cuatro diálogos. Une cada diálogo con su foto correspondiente.**

Diálogo 1:

Diálogo 2:

Diálogo 3:

Diálogo 4:

Objetivos – La alumna / El alumno sabe…
- hablar sobre medios de comunicación y nuevas tecnologías
- presentar una noticia y reaccionar
- expresar condiciones probables
- formular suposiciones en el pasado

Lernziele – Die Schülerin/Der Schüler kann …
- über Medien und neue Technologien sprechen
- Nachrichten erzählen und darauf reagieren
- Bedingungen formulieren
- In der Vergangenheit zurückliegend Vermutungen äußern

c **¿Has tenido alguna vez un malentendido?**
En parejas, hablad sobre malentendidos que hayáis tenido por la comunicación virtual. ¿Qué pasó? ¿Cómo encontrasteis una solución?

2. **¿Tú usas emoticonos?**
Mira los emoticonos que aparecen abajo. En parejas, leed los mensajes y elegid el emoticono más adecuado para contestar. Puede haber más de una posibilidad. Dibujad vuestra opción en la respuesta.

¿Quedamos mañana después de la escuela para estudiar español?

11:38 ✓✓

¡Oye! Mariela ha roto con el novio. Tenemos que quedar con ella.

11:50 ✓✓

¿Cómo te ha ido en el examen de hoy?

13:10 ✓✓

A. Medios de comunicación

1 a **La tecnología en nuestro día a día**

Relaciona las imágenes con las palabras. Faltan las fotos de cuatro objetos. ¿Cuáles son?

1	la cámara digital	**5**	el portátil	**9**	el disco duro externo
2	la batería externa	**6**	la memoria USB	**10**	la televisión inteligente
3	el parlante inalámbrico	**7**	el navegador	**11**	las gafas de realidad virtual
4	la tableta	**8**	el libro electrónico	**12**	el teléfono inteligente

b **¿Qué aparatos tienes tú?**

Completa la tabla con tus ideas sobre los aparatos electrónicos y después, en pareja, hablad sobre los aparatos que tenéis cada uno/-a.

marca	color	uso	antigüedad

c **El uso del artículo. Lee las frases y completa la regla.**

el artículo

¿Cuándo compraste un móvil por última vez? ¿Tienes el portátil aquí? ¿Tienes un televisor inteligente en tu casa?	¿Tienes libro electrónico? No necesito navegador. El Gobierno da portátiles a los alumnos.
Cuando usamos un sustantivo ______________ **artículo** nos referimos a esos objetos de manera específica.	Cuando usamos un sustantivo ______________ **artículo** nos referimos a objetos de manera general.

d Comentarios sobre algunos medios de comunicación
Lee los siguientes comentarios y complétalos con el artículo cuando sea necesario.

1. Hoy en día es normal tener ______________ televisión inteligente en casa.
2. Odio ______________ móviles. Me molesta la importancia que todos les dan a ______________ móviles.
3. ______________ año pasado mi instituto me dio una tableta para trabajar con ella. Fue ______________ buena idea.
4. En mi casa, ______________ televisor no se usa mucho porque preferimos ver series en ______________ plataformas de *streaming*.
5. En algunos lugares, ______________ internet no es de buena calidad por ______________ mala conexión.
6. Quiero comprarme ______________ móvil, pero no me gustan ______________ móviles baratos de esta tienda de segunda mano.
7. Cada vez más jóvenes quieren tener ______________ aparatos más modernos y se los exigen a sus padres.
8. Hoy en día ______________ redes sociales tienen un gran impacto en la sociedad.
9. Los jóvenes pasan muchas horas al día mirando ______________ móvil o ______________ tableta.

2 Los teléfonos inteligentes
El rápido aceleramiento de los avances tecnológicos en los últimos años ha generado aparatos y dispositivos de comunicación que parecen indispensables en la vida moderna. El móvil, con un exceso de servicios y funciones, ha sido definitivamente una de las creaciones más importantes. En parejas, completad el mapa mental con información y argumentos adecuados para cada columna.

desventajas y peligros

✓ ______________________________
____

✓ ______________________________
____

✓ ______________________________
____

✓ ______________________________
____

✓ ______________________________
____

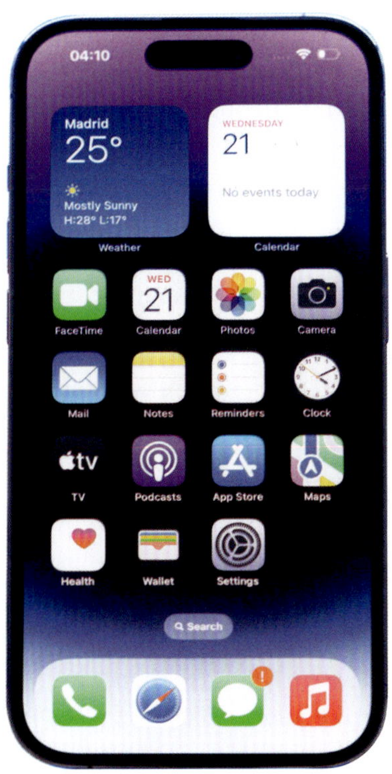

ventajas y beneficios

✓ ______________________________
____

✓ ______________________________
____

✓ ______________________________
____

✓ ______________________________
____

✓ ______________________________
____

3 **a** **El discurso indirecto**

Tu amigo Iván es un chico un poco despistado y no presta atención a las conversaciones. Por eso siempre te pregunta qué ha dicho la gente. Une las oraciones de la conversación del apartado **A** con las del apartado **B**.

Apartado A

A ¿Cenamos juntos mañana?

B No llegues más tarde a la escuela.

C ¿Ha llegado el paquete?

D Ya he preparado la presentación.

E Llámame, por favor.

F ¿A qué hora es la película?

G Quiero cenar pizza.

H El examen es de 9:10 a 10:50.

I Pasa a buscar a Gabriel por la escuela.

Apartado B

1. ☐ Ha preguntado si *ha llegado* el paquete.
2. ☐ Me ha dicho que ya *ha preparado* la presentación.
3. ☐ Me ha pedido que la *llame*.
4. ☐ Dice que el examen es de 9:10 a 10:50.
5. ☐ Quiere saber si *cenamos* juntos mañana.
6. ☐ Me ha exigido que no *llegue* más tarde a la escuela.

b **¿Indicativo o subjuntivo?**

Ahora subraya con azul los verbos en subjuntivo y con rojo los verbos en indicativo. ¿Ves alguna diferencia? ¿Cuándo se usa subjuntivo y cuándo indicativo?

c **La regla gramatical**

Completa los cuadros.

información	**pregunta**	**consejo, orden o petición**
Dice que Cuenta que	Ha preguntado si Quiere saber si Pregunta cuándo	Ha dicho que Ha pedido que Ordena que
→ con ______________	→ con ______________	→ con ______________

Cuando contamos lo que alguien nos ha dicho, **adoptamos los verbos y los pronombres personales y posesivos** a nuestra perspectiva.

"Mañana **te** compro **tu** regalo" → Dice que mañana **me** compra **mi** regalo.

d Escribe las oraciones que faltan del apartado **a** en estilo indirecto.

4

a Beneficios y peligros de internet

Daniel tiene que hacer una presentación en clase sobre los beneficios y peligros del internet, pero se le han mezclado los argumentos. Ayúdalo y marca si se trata de una ventaja (+) o una desventaja (–).

- ☐ crea nuevos empleos
- ☐ ofrece varias formas de entretenimiento
- ☐ elimina las barreras
- ☐ facilita el acceso a información falsa
- ☐ permite el anonimato e identidades falsas
- ☐ permite compartir opiniones
- ☐ se genera correo basura* y virus
- ☐ ofrece varios servicios (servicio bancario electrónico, compras en línea, viajes…)
- ☐ facilita el acceso al aprendizaje
- ☐ hay problemas de privacidad de la información
- ☐ crea adicción y dependencia
- ☐ brinda información inmediata y en abundancia
- ☐ permite el acceso a contenido ilegal o inadecuado
- ☐ fuente de distracción en el colegio/trabajo
- ☐ problemas de piratería y acoso cibernético
- ☐ facilita la comunicación: permite interactuar y conocer a muchas personas

* = *Spam-Mails*

b ¿Qué aspectos son más importantes para vosotras/-os?

En parejas, elegid los tres beneficios y las tres desventajas más relevantes para las/-os jóvenes. Escribid vuestras respuestas en los cuadros correspondientes.

c Producción escrita: un comentario sobre internet y las redes sociales

Un amigo de México ha publicado esta entrada en su blog y tú decides escribir un comentario.

CarlosCuentaCosas 28 de agosto / 21:30

No soporto los dispositivos móviles. Acabo de volver de vacaciones y he quedado con mis amigos por primera vez. ¿Qué han hecho todos? Estar pendientes de sus redes sociales… ¿Y nuestra comunicación? ¿No es más divertido ser comunicativo cara a cara?

En tu **comentario** tienes que:

- describir tu experiencia al respecto
- comentar tu uso del móvil
- explicar por qué el móvil es tan popular

Escribe unas **200 palabras**.

5

a Prensa seria y prensa sensacionalista o amarilla

Relaciona las características con el tipo de periódico correspondiente.

- se basan en hechos y estadísticas
- ausencia de colores llamativos
- respetan la intimidad de las personas
- punto de vista crítico de los hechos
- información desorganizada
- uso de colores muy llamativos
- informan sobre la actualidad
- manipulan la información
- letra muy grande

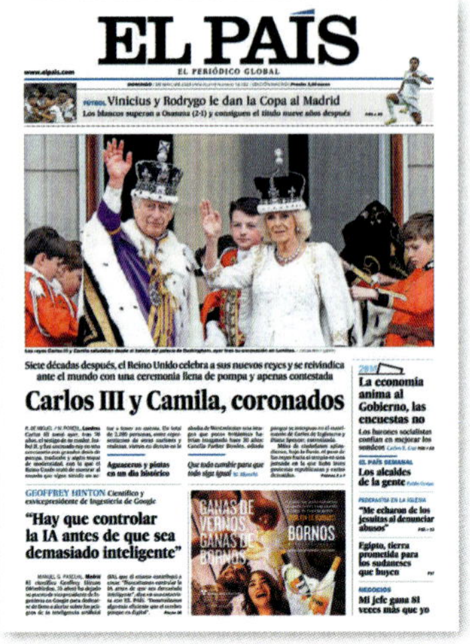
EL PAÍS
EL PERIÓDICO GLOBAL
Vinicius y Rodrygo le dan la Copa al Madrid
Siete décadas después, el Reino Unido celebra a sus nuevos reyes y se reivindica ante el mundo con una ceremonia llena de pompa y apenas contestada
Carlos III y Camila, coronados
"Hay que controlar la IA antes de que sea demasiado inteligente"
La economía anima al Gobierno, las encuestas no
Los alcaldes de la gente

prensa seria

Firme junto al pueblo
crónica
MULTITUDINARIA MARCHA EN APOYO A CRISTINA
"SOY DEL PUEBLO Y DE AHÍ NO ME MUEVO"
MERECIÓ MÁS QUE UN PUNTITO

prensa amarilla

b Comentando las noticias

Busca en internet una noticia en español. Puedes buscar en un periódico serio o en un periódico amarillo. Después, en parejas, cuenta a tu compañera/-o de qué va la noticia. Utiliza las expresiones del cuadro para ayudarte.

para presentar una noticia	para reaccionar
Dicen que… / Aquí pone que… ¿A que no sabes / has oído la última de…? ¿Ya has oído / has leído lo de…? ¿Te has enterado de que…? ¡No te lo vas a creer! ¡Imagínate!	¡Qué caos / locura / bueno / bien! ¡Qué raro! ¡Esto es increíble! Pues, ¡qué bien! ¡Qué suerte! ¿En serio? ¿De verdad? ¡No me digas! ¡No es posible!

c La prensa en Austria

En grupos, hablad sobre los siguientes puntos.

- ¿Qué ejemplos de prensa seria y sensacionalista existen en Austria?
- ¿Conoces ejemplos de prensa rosa y de prensa deportiva? ¿Hay otras categorías?
- Los periódicos ordenan su contenido en secciones para facilitar al lector la búsqueda de información. ¿Cuáles son las secciones más importantes de un periódico?
- ¿Es necesario leer periódicos? ¿Por qué (no)? ¿Qué función cumplen?
- ¿Periódico impreso o digital? Discutid las ventajas y desventajas de cada uno.
- Hablad de vuestros propios hábitos de leer periódicos y/o revistas.

B. Problemas de comunicación

1 **De Egipto a tu pantalla**

Lee el artículo sobre el uso de los emoticonos. Faltan algunos elementos. Encuentra los elementos correctos de la lista (A–J) para cada uno de los espacios (1–7). Hay dos elementos que no se usan. Escribe tus respuestas en las casillas adecuadas. La primera respuesta (0) ya está hecha y sirve como modelo.

Hace varios miles de años, los hombres y las mujeres del Antiguo Egipto **(0)** ______ : los jeroglíficos. ¿En qué consistía esta forma de escritura? Pues la respuesta es bastante sencilla: no se escribían oraciones enteras con verbos y predicados, sino que se pintaban dibujos. Estos dibujos podían ser abstractos, pero normalmente hacían referencia a objetos de uso diario. Por lo tanto, los egipcios, **(1)** ______ de todos los dibujos, eran capaces de entenderlos porque no eran muy complicados. Los arqueólogos piensan que los jeroglíficos empezaron a utilizarse hacia el 3300 a.C., y lo que es más impresionante: el último jeroglífico es del año 394 d.C.

¿En qué se parece la escritura egipcia a la actual? Los seres humanos **(2)** ______ y ahora, poco a poco, hemos vuelto a comunicarnos con dibujos. La diferencia es que ahora nos comunicamos con dibujos digitales y los llamamos emoticonos. Sin embargo, esa no es la única diferencia entre la escritura de antes y la actual. Hoy en día **(3)** ______ no es fácil de solucionar: el significado. No siempre está claro qué quiere decir la otra persona cuando envía un emoticono. Además, una ventaja de la comunicación verbal es **(4)** ______ . El sarcasmo y la ironía no son fáciles de entender cuando solamente los leemos. Estos problemas se entienden mejor con un ejemplo. Imaginemos que tenemos un buen amigo y está pasando un mal momento con su pareja. Nosotros pensamos **(5)** ______ que es mejor estar solo que mal acompañado. A los pocos días, nos dice que ya no están juntos y nosotros le enviamos este emoticono: 
Nuestro amigo a lo mejor nos contesta un poco enfadado porque piensa que nos alegramos de su mal momento, **(6)** ______ que es la decisión correcta. Bueno, pues ya tenemos un problema con un amigo que, además, no está en su mejor momento.

Por este motivo, la utilización de emoticonos no siempre es fácil. Es necesario que las personas se conozcan muy bien y sepan cómo piensa la otra persona. Por otro lado, **(7)** ______ indica un grado alto de informalidad, por lo que no se pueden usar en todo tipo de conversaciones. Si bien algunos problemas no se pueden evitar, es importante tener en cuenta los aspectos mencionados.

A	aunque a veces no conocían el significado
B	que esa relación no es sana y le decimos
C	pero nosotros en realidad queremos decirle
~~D~~	tenían una forma de comunicación especial
E	tenemos un problema que a veces
F	el uso de estos jeroglíficos modernos también
G	pasamos de los jeroglíficos a las palabras
H	más fácil y rápida que los mensajes de voz
I	poder entender el mensaje gracias al tono
J	disfrutamos de un sistema muy nuevo

0	D
1	
2	
3	
4	
5	
6	
7	

2 27–28

a La tecnología a veces da problemas.

Vas a escuchar diferentes quejas sobre el funcionamiento de la tecnología. Primero tienes 45 segundos para leer la tarea de abajo. Después vas a escuchar la audición dos veces. Relaciona las quejas (1–5) con sus afirmaciones (A–H). Hay dos afirmaciones que no se usan. Escribe tus respuestas en los espacios adecuados. La primera respuesta (0) ya está hecha y sirve como modelo. Después de escuchar la audición dos veces tienes 45 segundos para revisar tus respuestas.

0	Queja 0
1	Queja 1
2	Queja 2
3	Queja 3
4	Queja 4
5	Queja 5

A	La línea está siempre ocupada.
B	El rúter no funciona.
~~**C**~~	Se está acabando la batería.
D	No tiene cobertura.
E	No se enciende el ordenador.
F	La página para pagar no funciona.
G	Hay interferencias.
H	Internet no funciona.

0	**1**	**2**	**3**	**4**	**5**
C					

b Expresar condiciones

Condición Si + presente de indicativo,	**Oración principal**
Si no tienes batería,	carga el móvil. (imperativo)
Si la página web no funciona,	tienes que llamar a atención al cliente. (presente)
Si el ordenador no se enciende,	lo llevaré al servicio técnico. (futuro)

Este condicional expresa situaciones que se pueden realizar en el **presente** o en el **futuro**.

c Oraciones condicionales

En parejas, completad las siguientes oraciones.

1. Si no entiendes el significado de un emoticono, ______________________.
2. Si quieres hablar con tu amigo mexicano, ______________________.
3. Si se rompe tu cable del ordenador, ______________________.
4. Si quieres escuchar música en el autobús, ______________________.
5. Si no pagas tu suscripción a la plataforma de *streaming*, ______________________.
6. Si quieres estar bien informado, ______________________.

d Condiciones de los padres

En parejas, formad frases con las condiciones que los padres y las madres ponen a sus hijas/-os.

MODELO Si quieres quedar con tus amigas/-os, tienes que limpiar antes tu habitación.

3 a **No funciona *Teams***

Lee el texto sobre algunos problemas técnicos de la plataforma *Teams*. Faltan algunas palabras. Completa el texto con una palabra para cada uno de los espacios (1–14) en los espacios adecuados. La primera respuesta (0) ya está hecha y sirve como modelo.

Todos tenemos a esos profesores y profesoras **(0)** ______ de vez en cuando nos piden que subamos la **(1)** ______ a *Teams*. Y todos conocemos esa adrenalina que recorre nuestro cuerpo cuando esperamos **(2)** ______ el último minuto para entregar la tarea a través de la plataforma. Hay una norma **(3)** ______ escrita que dice que, aunque hayas hecho la tarea dos días antes, lo normal es entregarla el último día, en **(4)** ______ último momento. Los problemas empiezan cuando tú te sientas **(5)** ______ total confianza delante de tu ordenador y quieres empezar a subir los documentos, pero no todo **(6)** ______ bien. No es que la pantalla del ordenador se apague, no es que el documento haya desaparecido de tu ordenador. No. **(7)** ______, *Teams* no funciona y no sabes por qué. Hay una oración que a veces aparece **(8)** ______ la pantalla: "Estamos teniendo dificultades técnicas. Por favor, inténtalo **(9)** ______ tarde". Pero esa opción no existe porque, más tarde, la tarea desaparece de *Teams* y tu profesor o tu profesora **(10)** ______ que se te ha olvidado entregarla. Al **(11)** ______, decides enviar la tarea por correo electrónico para que quede claro que **(12)** ______ sí has hecho lo que tenías que hacer. ¿Cuál es el siguiente problema? Muy fácil. El documento es muy **(13)** ______ porque la tarea incluye fotografías, gráficos o incluso un video. Y la pesadilla **(14)** ______ de nuevo…

0	que	**5**		**10**	
1		**6**		**11**	
2		**7**		**12**	
3		**8**		**13**	
4		**9**		**14**	

29

b **La ayuda de tu hermano mayor**

Caro tiene problemas para subir su tarea y le pide ayuda a su hermano. Escucha la audición y marca los problemas que menciona la hermana.

Es probable que hayas escrito mal tu contraseña.	
Probablemente la plataforma esté saturada.	
Tal vez esté fallando la conexión a internet.	
Tal vez se haya caído la plataforma.	
Probablemente debas esperar.	

c El perfecto de subjuntivo

Lee la siguiente tabla y completa los huecos con los participios correspondientes.

	haber +	participio
yo	haya	hablar → hablado
tú	hayas	decir → ______
él/ella/usted	haya	poner → ______
nosotros/-as	hayamos	volver → ______
vosotros/-as	hayáis	escribir → ______
ellos/-as/ustedes	hayan	ver → ______

El **perfecto de subjuntivo** se usa en los mismos casos que el presente de subjuntivo, pero cuando hablamos del **pasado**.

d Presente, pasado o futuro

Lee las siguientes oraciones y decide si se refieren al pasado, al presente o al futuro.

		pasado	presente	futuro
1.	No espero que el examen de hoy sea muy fácil.			
2.	Es bueno que hayas hablado con tu amigo.			
3.	¡Ojalá Carmen sea puntual mañana!			
4.	No creo que tengas razón.			
5.	Tal vez Pedro haya roto el ordenador y no quiera decirlo.			

e ¿Qué ha pasado?

Lee las siguientes situaciones y escribe una frase para cada una de ellas.

1. Estás en un examen y el profesor se acerca rápidamente a un/a alumno/-a.

______

2. Vuelves a tu casa después de la escuela y no hay nadie.

______

3. La/El amiga/-o con la/el que has quedado no llega y siempre es muy puntual.

______

4. Tu compañera/-o tiene que enviarte una parte de una presentación, pero no recibes nada.

______

5. Tu portátil hace un ruido muy raro y el sistema operativo va muy lento.

______

f Una excursión en moto

Lee lo que piensan los padres de una pareja que hace una excursión en moto. Completa los huecos con los verbos en perfecto de subjuntivo.

1. Ojalá ______ (llegar) bien.
2. Me sorprende que no ______ (enviar) un mensaje todavía.
3. Espero que no ______ (tener) ningún problema con la moto.
4. Espero que ______ (conducir) con precaución.
5. Ojalá ______ (seguir) nuestros consejos.

C. ¡A practicar!

1 **Expresión oral: medios de comunicación**

- Compara las dos fotos.
- Describe las ventajas y desventajas de los diferentes medios de comunicación.
- Explica cómo te informas tú.

2 **Fiestas familiares**

Lee las frases de algunos invitados a una fiesta y reformúlalas en discurso indirecto.

1. Leonor: "¡Vuestras fiestas son siempre un éxito!"
2. Eduardo: "¡Ha sido una noche muy divertida! ¿Cuándo nos volvéis a invitar?"
3. Maite: "No os olvidéis de venir a la barbacoa el sábado a mi casa."
4. Antonio: "Toma nota de mi nueva dirección, es que me he mudado."
5. Clara: "¿Me quedo y te ayudo a ordenar un poco?"
6. Carlos: "Pide por favor un taxi para la tía Asunción, es que no tenemos lugar en el coche."
7. Laura: "¡Qué bien me lo he pasado! La próxima vez vengo con Raúl, te lo prometo."
8. Ana: "¿Por favor, me pasas la dirección del restaurante que ha traído la comida?"

MODELO Leonor ha dicho que nuestras fiestas…

3 **Un día fatal**

Lee las situaciones y formula las suposiciones con el presente o el perfecto de subjuntivo.

1. En el colegio enciendes tu portátil pero no funciona.

   Tú piensas: Es posible que ____________________

   ¿bloquearse el sistema?
   ¿tener un virus?

2. Al mediodía has quedado en el restaurante con un amigo que no viene.

   Tú piensas: ____________________

   ¿entender mal la hora?
   ¿confundir de lugar?

4

a **Noticias *fake***

¿Cuáles son las características de una noticia falsa? En grupos, escribid cómo se puede saber si una noticia es falsa o no.

31

b **Una experta habla de noticias falsas**

Escucha la presentación de Rosalía Gómez, experta en noticias falsas. Compara las características que menciona con las que habéis anotado en el ejercicio a. Anota las que faltan.

30–31

c **La presentación de Rosalía Gómez**

Escucha a Rosalía de nuevo. Primero tienes 45 segundos para leer la tarea de abajo. Después vas a escuchar la audición dos veces. Escucha y encuentra los elementos correctos de la lista (A–J) para completar las frases (1–7). Hay dos elementos que no se usan. Escribe tus respuestas en los espacios adecuados. La primera respuesta (0) ya está hecha y sirve como modelo.

0	Las *fake news* son
1	Hay muchos ejemplos de noticias falsas
2	La ponente considera un problema
3	Los medios de comunicación tradicionales
4	El título de una noticia falsa
5	La persona que escribe una noticia falsa
6	Las fotos de este tipo de noticias
7	Las páginas web tradicionales cuentan con

A	que todos escribamos en internet.
B	no publica su nombre.
C	contrastan la información.
D	una división clara de secciones.
E	pueden ser de otros eventos.
~~F~~	un fenómeno antiguo.
G	cuestiona el contenido.
H	no siempre habla del contenido.
I	en los conflictos armados.
J	una información clara de contacto.

0	1	2	3	4	5	6	7
F							

d **¿Has escrito alguna vez una noticia falsa? ¿Con qué intención?**

En grupos, escribid una noticia falsa sobre vuestro pueblo o ciudad. Intentad que parezca creíble.

D. Expresión oral: Diálogo (II)

1 **Cómo aprender español**

Tu instituto tiene dinero para ofrecer un apoyo a las clases de español. El director necesita algunas ideas. Una/un amiga/-o y tú queréis proponer algunas:

- Tener perfiles de pago en aplicaciones para móviles
- Pagar cuentas compartidas de plataformas de *streaming*
- Organizar eventos culturales relacionados con el español
- Contratar horas extras con hablantes nativos
- Hacer un viaje de idiomas a España

Poneos de acuerdo en tres puntos para presentárselos al director.

2 a **Preparar tu contenido sobre un punto**

Mira el siguiente punto del diálogo y escribe algunas ideas para utilizarlas en el ejercicio 3.

Hacer un viaje de idiomas a España	

b **En parejas, buscad en internet expresiones o frases que sirvan para expresar duda y para introducir un aspecto nuevo.**

Expresar duda	Introducir un aspecto nuevo
Puede que tengas razón en este aspecto, pero aún no estoy seguro/-a sobre…	*Hay otro aspecto que aún no hemos comentado y se trata de…*

c **Comparad en clase las expresiones que habéis encontrado. Anota las que te faltan.**

3 a **En parejas, hablad sobre el punto 5 del ejercicio 1 y utilizad las expresiones del ejercicio 2b.**

b **¿Has tenido dificultades cuando estabas hablando? Identifica las dificultades y, en parejas, añadid palabras útiles a las siguientes categorías.**

Vocabulario	
Expresiones	

4 **Ahora volved al ejercicio 2a y elegid otro punto del diálogo. Practicad todos los puntos.**

Objetos electrónicos

la cámara digital

el portátil

el libro electrónico

el navegador

la tableta

la televisión inteligente

el teléfono inteligente

el parlante inalámbrico

la batería externa

la memoria USB

las gafas de realidad virtual

el disco duro externo

- Facilita el acceso a información falsa
- Permite el anonimato e identidades falsas
- Se genera correo basura y virus
- Hay problemas de privacidad de la información
- Crea adicción y dependencia
- Permite el acceso a contenido ilegal
- Fuente de distracción en el trabajo y en el instituto

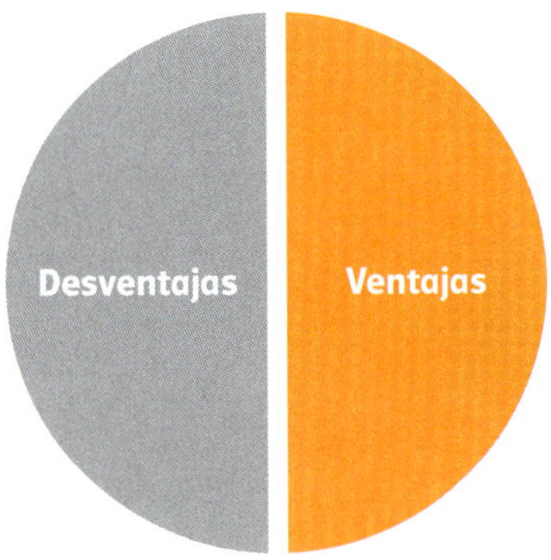

- Crea nuevos empleos
- Ofrece varias formas de entretenimiento
- Elimina barreras
- Permite compartir opiniones
- Ofrece varios servicios digitales
- Facilita el acceso al aprendizaje
- Brinda información inmediata y en abundancia
- Facilita la comunicación entre personas

Hablar sobre noticias

para presentar una noticia	para reaccionar
Dicen que… / Aquí pone que… ¿A que no sabes / has oído la última de…? ¿Ya has oído / has leído lo de…? ¿Te has enterado de que…? ¡No te lo vas a creer! ¡Imagínate!	¡Qué caos / locura / bueno / bien! ¡Qué raro! ¡Esto es increíble! Pues, ¡qué bien! ¡Qué suerte! ¿En serio? ¿De verdad? ¡No me digas! ¡No es posible!

Expresar condiciones

Condición Si + presente de indicativo,	Oración principal
Si no tienes batería, Si la página web no funciona, Si el ordenador no se enciende,	carga el móvil. (imperativo) tienes que llamar a atención al cliente. (presente) lo llevaré al servicio técnico. (futuro)

El perfecto de subjuntivo

	haber +	participio
yo	haya	
tú	hayas	
él/ella/usted	haya	hablar → hablado
nosotros/-as	hayamos	comer → comido
vosotros/-as	hayáis	vivir → vivido
ellos/-as/ustedes	hayan	

El **perfecto de subjuntivo** se usa en los mismos casos que el presente de subjuntivo, pero cuando hablamos del **pasado.**

El artículo

¿Cuándo compraste un móvil por última vez?
¿Tienes el portátil aquí?
¿Tienes un televisor inteligente en tu casa?

Cuando usamos un sustantivo **con un artículo** nos referimos a esos objetos de manera específica.

¿Tienes libro electrónico?
No necesito navegador.
El gobierno da portátiles a los alumnos.

Cuando usamos un sustantivo **sin artículo** nos referimos a objetos de manera general.

Discurso indirecto con indicativo o subjuntivo

Información:
Mis amigos dicen que mañana tenemos examen de inglés.
Mi abuelo siempre cuenta que hace muchos años la vida era más difícil que ahora.

Pregunta:
Mi profesora ha preguntado si hemos estudiado para el examen.
Mi novio quiere saber si quedamos este fin de semana para ir al cine.
Carlos pregunta cuándo empieza la película.

Consejo, orden o petición:
Mi madre ha dicho que haga la tarea esta tarde.
El jefe ha pedido a los alumnos que hagan bien su trabajo.

El discurso indirecto con **oraciones afirmativas** (información) o interrogativas (pregunta) se hace con **indicativo.**
Las **oraciones imperativas** (consejo, orden o petición) se hacen con **subjuntivo.**

Cuando contamos lo que alguien nos ha dicho, **adoptamos los verbos y los pronombres personales y posesivos** a nuestra perspectiva.

"Mañana **te** compro **tu** regalo." → Dice que mañana **me** compra **mi** regalo.

Unidad 5
Vida urbana

1. **Criterios de calidad de vida en una ciudad o pueblo**
Estos son los criterios de calidad de vida según el Instituto Nacional de Estadística de España (INE). En parejas, leedlos y decidid cuáles son los tres más importantes para una persona joven.

Condiciones materiales de vida

Trabajo

Salud

Educación

Entorno y medioambiente

Ocio y relaciones personales

Objetivos – La alumna / El alumno sabe…
- hablar de cambios y transformaciones
- hablar de ciudades, pueblos y barrios
- hablar sobre la calidad de vida
- hablar sobre prioridades
- comparar diferentes modos de vivir

Lernziele – Die Schülerin/Der Schüler kann …
- über Veränderungen sprechen
- über Städte/Dörfer und Stadtviertel sprechen
- über Lebensqualität sprechen
- Prioritäten angeben
- verschiedene Lebensweisen vergleichen

Seguridad física y personal

Gobernanza y derechos básicos

Experiencia general de vida

2. a Las/-os jóvenes y la calidad de vida
Lee los siguientes aspectos de la vida de un/a joven y ordénalos dentro del criterio correspondiente. Puedes usar más de un criterio para cada aspecto.

aspecto	criterio
Quedar para jugar al baloncesto	
Ir al instituto a pie / en transporte público	
Volver a casa por la noche sin miedo	
Votar a partir de los 16 años	
Ayudar en proyectos sociales locales	
Poder elegir entre diferentes institutos	

b Viena a la cabeza del mundo
La encuesta de 2024 muestra que Viena es la mejor ciudad para vivir. ¿Te sorprende este resultado? En parejas, comentad los aspectos positivos y negativos de vivir en Viena.

A. Calidad de vida

1 a **Mi ciudad de Erasmus**

Lee los textos sobre las mejores ciudades para hacer un Erasmus. Elige el texto correcto (A–G) para cada afirmación (1–10). Puedes usar algunos textos más de una vez. Escribe tus respuestas en los espacios adecuados. La primera respuesta (0) ya está hecha y sirve como modelo.

A

Viena
Nunca olvidaré mi año en Viena, ni por la ciudad, ni por la gente, ni por el frío que hizo en invierno. Al principio vivía en una residencia de estudiantes e iba a la universidad en tranvía. En el segundo semestre me mudé a un piso compartido con dos amigos y tengo que decir que la experiencia fue genial. ¿Por qué Viena tiene tanta calidad de vida? Pues porque se puede ir a muchos sitios a pie o en bicicleta, y porque siempre hay alguna actividad cultural: un concierto, una exposición, etc. No creo que haya una ciudad mejor para pasar un año como estudiante Erasmus.

B

Estambul
Para vivir, yo siempre busco ciudades que tengan una intensa vida nocturna y cultural. Y Estambul me ofreció eso y mucho más. Estoy convencido de que el carácter de los habitantes de esta ciudad ayuda mucho a que los y las estudiantes se sientan siempre como en casa. En el Puente de Gálata conocí a muchas personas, tanto locales como estudiantes extranjeros como yo, y aún estamos en contacto. Por otro lado, hay un aspecto muy importante sobre Estambul, es una ciudad bastante barata, lo que siempre viene bien cuando eres estudiante.

C

Niza
La costa francesa del Mediterráneo, la Costa Azul, siempre es garantía de calidad de vida y de buen tiempo. Lo que me encantó de esta ciudad fue la facilidad para encontrar un trabajo. Como Francia es un país un poco caro, tuve que trabajar durante mi año de Erasmus para poder tener un buen nivel de vida. Estuve unos meses en la recepción de un hotel en el centro y pude practicar mucho los idiomas que hablo. ¿Lo mejor de mi Erasmus? Me enamoré. Conocí a mi novio en una discoteca y, después de un tiempo a distancia, nos mudamos a la misma ciudad.

D

Barcelona
Lo más importante de Barcelona en cuanto a calidad de vida son dos cosas: el entorno natural y los desplazamientos por la ciudad. En primer lugar, Barcelona tiene muchos kilómetros de costa y su playa más famosa, La Barceloneta, es visitada tanto por gente local como por turistas. Pero eso no es todo, porque Barcelona también tiene muchos espacios verdes alrededor de la ciudad, como el Parc del Laberint d'Horta. En segundo lugar, Barcelona es, como Ámsterdam, una ciudad para bicicletas. Hay muchísimos carriles bici y puedes moverte por la ciudad sin ningún problema. Es una ciudad simplemente genial para gente joven.

E

Copenhague
Como decimos los españoles, Copenhague da una de cal y una de arena. En otras palabras, la capital de Dinamarca tiene aspectos positivos y otros no tan positivos. Me acuerdo mucho de cuando iba al Tivoli con mis amigos. El Tivoli es un parque de atracciones que está en el centro de la ciudad y, sinceramente, no creo que haya nada mejor en esta ciudad. Además, los habitantes de Copenhague son realmente abiertos y acogen a todas las personas que van a vivir a su ciudad. ¿Los aspectos negativos? La vida en la ciudad no es barata, al contrario, es muy cara. Y no se me va de la cabeza el frío…

F

Granada
Aunque está muy al sur de España y llegar hasta Granada significa tener que pasar varias horas en un avión, esta ciudad tiene de todo, realmente de todo. En invierno mis amigos y yo íbamos a esquiar a Sierra Nevada, unas montañas al norte de la provincia de Granada. Cuando el tiempo empezó a mejorar, solíamos alquilar un coche y marcharnos a la playa. En Granada no se puede hacer surf porque no hay muchas olas, pero tener nieve y playa a un paso de tu casa es sensacional. Pero bueno, la ciudad en sí también ofrece mucha calidad de vida: hay ocio diurno y nocturno, una gran variedad de oferta educativa, muy buenos transportes públicos… Todo lo que se puede decir de Granada es bueno.

G

Heidelberg
Esta ciudad en el suroeste de Alemania no es una ciudad que tenga muchos habitantes, pero sí que tiene una gran cantidad de estudiantes. Hay una cosa muy importante sobre Heidelberg: siempre me sentí segura cuando caminaba por la calle. Nunca tuve miedo cuando volvía a casa por la noche después de haber estado con mis amigos y con mis amigas en un bar. Además, el sistema de transporte público funciona muy bien, sobre todo los tranvías. Pero yo me compré una bicicleta cuando llegué y siempre iba a todas partes en ella.

Esta/-e estudiante…

iba a un parque en el centro de la ciudad.	0	
tenía montañas y mar alrededor de su ciudad.	1	2
pasaba mucho tiempo en un puente.	3	
trabajó durante su Erasmus.	4	
pasaba mucho frío en invierno.	5	6
nunca tuvo miedo cuando estaba de Erasmus.	7	
montaba mucho en bicicleta.	8	9
cree que su ciudad fue la mejor.	10	

0	1	2	3	4	5	6	7	8	9	10
E										

b ¿Reconoces las ciudades?
Une cada fotografía con el texto correspondiente. Falta una ciudad, ¿cuál es?

1

2

3

4

5

6

2

a Diálogo sobre los factores más importantes relacionados con la calidad de vida
Para muchas/-os jóvenes, estas son las cosas importantes de una ciudad o pueblo. En parejas, comentad cuáles son importantes para vosotras/-os y poneos de acuerdo en las tres más relevantes.

1. Contaminación ambiental	**2.** Instalaciones deportivas y zonas verdes
3. Centros comerciales	**4.** Limpieza de las calles y los parques
5. Posibilidad de encontrar trabajo	**6.** Oferta cultural
7. Transporte público	**8.** Vida nocturna
9. Contaminación acústica: atascos y ruido	**10.** Seguridad / criminalidad
11. Precio del alquiler	**12.** Oferta educativa: institutos, universidades…

b Encuesta en clase
Ahora comparad los aspectos más importantes en clase y anotad los resultados.

Número de alumnas/-os en clase: ____________

1. ____________	**2.** ____________
3. ____________	**4.** ____________
5. ____________	**6.** ____________
7. ____________	**8.** ____________
9. ____________	**10.** ____________
11. ____________	**12.** ____________

c Expresión escrita: un informe
El Ministerio de Educación de España quiere saber qué es importante en una ciudad para los estudiantes que hacen un Erasmus. Tú decides enviar un informe con los resultados del ejercicio **b**.

En tu **informe** tienes que:

- presentar los resultados
- explicar la importancia de la calidad de vida para las/-os estudiantes Erasmus
- dar ideas para mejorar la calidad de vida en las ciudades

Escribe unas **200 palabras**.

3

A presentar: una ciudad
Elige una ciudad donde se hable español y haz una presentación en clase. En tu presentación puedes hablar de los siguientes puntos:

- población
- bandera
- idioma
- fiestas populares
- oferta cultural
- seguridad y criminalidad
- ubicación
- monumentos
- oferta educativa
- clima
- comida típica
- celebridades

Ordenar ideas/informaciones:
- *Para empezar/Primero/En primer lugar/ Al principio quiero/voy a…*
- *Seguimos con…/Otro aspecto/punto importante/interesante es/son…*
- *Finalmente/Por último/Para terminar…*

Introducir el tema:
- *Hoy me gustaría informaros sobre…/os presento…*

Saludar y despedirse/dar las gracias:
- *Queridos compañeros y compañeras, estimada profesora/estimado profesor:*
- *Muchas gracias por vuestra atención.*

4 a **Oraciones de relativo con subjuntivo**

Lee el siguiente texto y subraya con dos colores las oraciones de relativo que van con indicativo o con subjuntivo.

La ciudad de mis sueños

Vivo en una ciudad donde los atascos son un fenómeno muy común. Es una ciudad que está muy lejos del mar y que solamente tiene una pequeña montaña. Vivo en una ciudad donde los habitantes no vemos el sol, porque la contaminación lo esconde.

Yo quiero otra cosa. Deseo una ciudad donde no haya atascos y donde la gente utilice el transporte público. Quiero mudarme a una ciudad que se encuentre entre el mar y las montañas, donde pueda nadar y esquiar sin tener que viajar kilómetros y kilómetros. Busco una ciudad que el sol ilumine todos los días, aunque a veces llueva. Esa es mi ciudad ideal.

b **Completa la siguiente tabla con los verbos del texto anterior y completa la regla.**

Quiero/deseo una ciudad ...	Vivo en una ciudad ...
• donde no ____________ atascos. • donde la gente ____________ el transporte público. • que ____________ entre el mar y las montañas. • donde ____________ nadar y esquiar. • que el sol ____________ todos los días.	• donde los atascos ____________ un fenómeno muy común. • que ____________ muy lejos del mar. • que solamente ____________ una pequeña montaña. • donde los habitantes no ____________ el sol.

Las **oraciones de relativo** se usan con ____________ cuando hablamos de algo que todavía no podemos identificar; y con ____________ cuando la persona, cosa o lugar son conocidos.

c **Encuesta en clase**

Primero, escribe los verbos entre paréntesis en subjuntivo o indicativo. Luego haz estas preguntas a tus compañeros/-as.

¿Hay alguien en la clase que ...	¿Quién ...
(saber) ____________ hablar cuatro idiomas?	(saber) ____________ hablar cuatro idiomas?
(conocer) ____________ París?	(conocer) ____________ París?
(entender) ____________ las Matemáticas?	(entender) ____________ las Matemáticas?
(ir) ____________ a pie al instituto?	(ir) ____________ a pie al instituto?
(hacer) ____________ siempre los deberes?	(hacer) ____________ siempre los deberes?

5 **Juan y Carlos se van de Erasmus.**

Completa el texto sobre la nueva ciudad de Juan y de Carlos con los verbos entre paréntesis en la forma correcta, indicativo o subjuntivo.

Carlos y yo nos conocimos en la universidad. Él es de Barcelona, una ciudad donde ____________ (haber) de todo, mientras que yo soy de Ávila, una ciudad que ____________ (ser) pequeña pero ____________ (tener) mucho encanto. Ahora que nos vamos de Erasmus juntos, queremos una ciudad que no ____________ (ser) ni muy grande ni muy pequeña. Además, necesitamos una ciudad donde el transporte público ____________ (funcionar) muy bien. Por eso hemos optado por Copenhague. Una capital pequeña.

6

a Formación de palabras
Muchos sustantivos se forman con la ayuda de sufijos. Completa la tabla.

de adjetivos			de verbos		
-dad		crueldad	-ción	agitar	
-ismo	social	socialismo	-dor/a	gobernar	
-ura	loco		-ante/-ente	comerciar	
-ez/a	pequeño	pequeñez	-amiento/-imiento	conocer	conocimiento
-ía	alegre		-ada/-ida	comer	comida

b ¿Cuál es el adjetivo o verbo correspondiente?

sustantivo	verbo	adjetivo
la libertad		
la gordura		
la vejez		
la actualidad		
la belleza		

sustantivo	adjetivo
la cortesía	
la antigüedad	
el surrealismo	
la amabilidad	
el diseñador	

sustantivo	verbo
el aparcamiento	
la llamada	
el/la cantante	
la investigación	
el nacimiento	

c ¿Cuáles son los sustantivos de estos verbos?
Forma los sustantivos y escríbelos en la columna correspondiente.

motivar	celebrar	salir	entrar	beber
aburrirse	mover	asociar	alojarse	despedirse
llegar	funcionar	tratar	correr	exhibir
elegir	corregir	demostrar	proteger	revisar
reparar	herir	cancelar	operar	organizar

-ción	-ida	-ada	-miento

B. Ciudades y barrios

1 **a** **Lejos de mi ciudad**

32–33

Vas a escuchar una entrevista con Ernesto. Primero tienes 45 segundo para leer la tarea de abajo. Después vas a escuchar la audición dos veces. Elige la respuesta correcta (A, B, C o D) para cada frase (1–7). Pon una cruz (X) en la casilla correcta. La primera respuesta (0) ya está hecha y sirve como modelo.

0 Buenos Aires tiene

A	5 millones de habitantes.	
B	15 millones de habitantes.	×
C	12 millones de habitantes.	
D	50 millones de habitantes.	

1 A la ciudad de Buenos Aires la hace interesante

A	la entrada para los visitantes.	
B	el tiempo para conocerla.	
C	el ambiente caótico.	
D	el visitante típico.	

2 En Buenos Aires

A	hay pocos bares.	
B	hay cosas que existen en todas las grandes ciudades.	
C	no hay violencia.	
D	no hay barrios peligrosos.	

3 Lo que falta en Buenos Aires

A	es aún más caos.	
B	son zonas bonitas.	
C	es más espacio para los niños.	
D	son zonas peatonales.	

4 Los barrios del sur son

A	los más feos.	
B	los más tradicionales de la ciudad.	
C	los más modernos.	
D	los menos interesantes.	

5 El barrio más antiguo de Buenos Aires se llama

A	La Boca.	
B	Santo Domingo.	
C	San Telmo.	
D	La República.	

6 En Buenos Aires se baila

A	en cafés de tango.	
B	en las calles.	
C	en toda la ciudad.	
D	en locales de tango.	

7 Según Ernesto, los porteños son

A	argentinos como todos.	
B	gente especial.	
C	una mezcla.	
D	argentinos típicos.	

0	1	2	3	4	5	6	7
B							

b ¿Cuál es el orden correcto?
Escucha de nuevo el audio y ordena las siguientes oraciones.

33

- ☐ San Telmo y La Boca, los barrios a los que se refiere Ernesto, son muy antiguos.
- ☐ El caos del que habla Ernesto es típico de Buenos Aires.
- ☐ Es una ciudad en la que hay muchas zonas verdes.
- ☐ La violencia que describe Ernesto es igual a la de otras grandes ciudades.
- ☐ Buenos Aires es una ciudad que es fascinante.
- ☐ Buenos Aires es la ciudad en la que nació el tango.

verbos con/sin preposición	oraciones de relativo con preposición
Buenos Aires se conoce **por** el tango. **En** Buenos Aires nació el tango. Ernesto habla **de** los barrios del puerto. Muchos inmigrantes llegaron **a** San Telmo.	Es una ciudad **que** se conoce por el tango. Es la ciudad **en la que** nació el tango. Los barrios **de los que** habla están en el puerto. El barrio **al que** llegaron muchos inmigrantes fue San Telmo.

Entre la preposición y el relativo normalmente se usa el **artículo determinado**.

c Reescribe las siguientes oraciones con una oración de relativo con preposición.

1. Me gustan las ciudades donde puedo ir a pie a todas partes.
____
2. Hice mis prácticas en España.
____
3. Carlos se ha casado con Andrés.
____
4. Voy a estudiar un semestre en Lima.
____

2 Un concurso

La clase forma tres grupos. El/la profesor/a lee una de las siguientes oraciones. Los grupos piensan en una ciudad con esa característica. El primer grupo en contestar gana un punto. No se pueden repetir ciudades.

Vivo en una ciudad...	Busco una ciudad...
• que tiene mar y montaña. • que es famosa por su aeropuerto. • en la que se come muy bien. • en la que no hay ocio nocturno. • a la que se llega en avión. • en la que viven unos reyes.	• en la que no haya casi criminalidad. • donde pueda ir siempre en bicicleta. • de la que sean algunos artistas famosos. • que sea capital de un país. • a la que se asocie con algo bonito. • en la que haya muchos barrios.

3 Buenos Aires y sus barrios

Lee el siguiente texto sobre varios barrios de Buenos Aires. Elige la respuesta correcta (A, B, C o D) para las oraciones (1–5). La primera respuesta (0) ya está hecha y sirve como modelo.

La Ruta del Tango

La Boca: Comienza la ruta con un paseo por Caminito, una calle que es como un museo al aire libre. Tiene el mismo nombre que un tango de Juan de Dios Filiberto. En Caminito hay bailarines de todos los estilos e imitadores de Carlos Gardel, el cantante de tango más famoso de todos los tiempos.

San Telmo: Hora de compras en el mercado de la Plaza Dorrego, que es visitado por turistas nacionales e internacionales. Los domingos hay diferentes espectáculos y se exhiben obras de artistas de la ciudad.

Balvanera: en este barrio nació y vivió Carlos Gardel.

Boedo: En la famosa esquina de San Juan y Boedo, que fue mencionada en el tango "Sur", su autor, Homero Manzi, iba al bar del mismo nombre con otros poetas.

Chacarita: en el cementerio está Carlos Gardel. Ahí tiene una estatua hecha a tamaño natural y muchos turistas y locales van a visitarla. La tradición es ponerle un cigarrillo encendido en la mano derecha y un ramo de claveles en la izquierda.

Montserrat: Por la noche, antes de ir a un espectáculo de tango, tómate un vermut en el Café Tortoni, donde cantó Carlos Gardel.

0	**Caminito es**	
A	un museo.	
B	una calle.	×
C	un barrio.	
D	un ballet.	

1	**Caminito debe su nombre**	
A	al museo.	
B	a Carlos Gardel.	
C	al tango de Juan de Dios Filiberto.	
D	a las bailarinas.	

2	**En San Telmo**	
A	hay sólo argentinos.	
B	siempre hay mucha gente.	
C	hay gente sólo los domingos.	
D	hay exhibiciones de artistas internacionales.	

3	**La esquina de San Juan y Boedo**	
A	es donde murió Homero Manzi.	
B	es mencionada en un tango.	
C	debe su nombre a un bar.	
D	es frecuentada por muchos músicos.	

4	**En el cementerio de la Chacarita**	
A	está la tumba de Carlos Gardel.	
B	está sólo la estatua de Carlos Gardel.	
C	los visitantes fuman mucho.	
D	no hay mucha gente.	

5	**La estatua de Gardel**	
A	es muy pequeña.	
B	es demasiado alta.	
C	no es visitada por los turistas.	
D	es visitada por mucha gente.	

0	**1**	**2**	**3**	**4**	**5**
B					

4 **a** **La voz pasiva: introducción**

Lee las siguientes oraciones, observa el cuadro de abajo y completa las reglas.

Voz activa	Voz pasiva
Artistas locales **exhiben** sus obras en la plaza Dorrego los domingos.	El mercado de la plaza Dorrego **es visitado** por turistas nacionales e internacionales.
Carlos **prepara** la cena para su familia. → La cena **es preparada** por Carlos para su familia.	Mi abuelo **construyó** este edificio. → Este edificio **fue construido** por mi abuelo.

La voz pasiva:

1. Se forma con el verbo **ser** y el ______________ del verbo.
2. El verbo **ser** aparece en pasado, presente o ______________.
3. El ______________ del verbo concuerda en género y número con el sujeto.
4. Se usa la preposición ______________ cuando se menciona quién realiza la acción.

b **¿Activa o pasiva?**

Lee el siguiente texto y subraya con dos colores los verbos en voz activa y los verbos en voz pasiva.

El Barrio Gótico de Barcelona es uno de los barrios más antiguos de la ciudad. Antes era conocido como "barrio de la Catedral". El nombre "Barrio Gótico" fue inventado como parte de una campaña publicitaria, pero ahora todas/-os las/-os vecinas/-os y turistas lo conocen con ese nombre. Aunque ha sido renovado en varias ocasiones, todavía conserva parte de la primera muralla en la Placita de la Seu, frente a la catedral de Barcelona. El Barrio Gótico tiene cuatro líneas de metro, por ello es visitado por muchas/-os turistas cada año.

5 **Mi barrio, mi historia**

34–35

Vas a escuchar a Rubén, un joven español que habla de su barrio. Primero tienes 45 segundos para leer la tarea de abajo. Después vas a escuchar la audición dos veces. Escucha y contesta a las preguntas (1–4) con un máximo de cuatro palabras. Escribe tus respuestas en los espacios adecuados. La primera respuesta (0) ya está hecha y sirve como modelo. Después de escuchar la audición dos veces tienes 45 segundos para revisar tus respuestas.

0	¿De qué época habla Rubén?	De su infancia
1	¿Qué le faltaba a la generación de Rubén?	
2	¿Quién iba al parque después de Rubén?	
3	¿Cómo iba algunos días al instituto?	
4	¿Dónde se celebraban las reuniones? (Da una respuesta.)	

C. ¡A practicar!

1 **Expresión oral: calidad de vida**

- Compara las fotografías.
- Explica el significado de tener calidad de vida para un/a joven.
- Presenta dónde quieres vivir en el futuro.

2 **a** **La calidad de vida en mi barrio**

Marca en cada oración la forma correcta del verbo: indicativo o subjuntivo.

1. Vivo en un barrio donde hay / haya un centro de salud muy bueno.
2. No conozco a nadie que no queda / quede con sus amigas/-os tres veces a la semana.
3. Mi apartamento está cerca de un comedor social que ayuda / ayude a mucha gente.
4. No quiero vivir en un lugar donde la gente tiene / tenga miedo por las noches.
5. En mi barrio hay jóvenes que disfrutan / disfruten mucho de la vida en el parque.
6. Mi barrio no es uno que tiene / tenga mala oferta educativa, pero no tiene universidad.
7. En mi barrio los/-as vecinos/-as se organizan / organicen en una asociación vecinal.

b **Ahora une cada oración anterior con un criterio de calidad de vida.**

- Condiciones materiales de vida ___
- Entorno y medioambiente ___
- Educación ___
- Trabajo ___
- Salud ___
- Ocio y relaciones personales ___
- Seguridad física y personal ___
- Gobernanza y derechos básicos ___
- Experiencia general de vida ___

c **En parejas, pensad en otros aspectos o puntos para cada criterio.**

3

a Producción escrita: un correo electrónico al director
Lee la siguiente tarea de expresión escrita.

Has leído este párrafo en un periódico y decides escribir un correo electrónico al director del diario.

"La calidad de vida en las ciudades es peor que hace unos años. Además, las personas son más infelices y eso es muy negativo."

En tu **correo electrónico** tienes que:
- dar tu opinión sobre el párrafo
- describir la calidad de vida de tu ciudad/pueblo
- proponer ideas para mejorar la calidad de vida

Escribe unas **200 palabras**.

b Expresiones y funciones comunicativas
Lee las siguientes oraciones y decide si expresan una opinión positiva (P), una opinión negativa (N), desacuerdo (D) o petición (E). Luego completa el cuadro naranja.

☐	Es una pena que…	☐	Me parece importante que…
☐	Me parece mentira que…	☐	Me parece muy positivo que…
☐	Me alegra que…	☐	Es necesario que…
☐	No pienso que…	☐	No se puede aceptar que…
☐	Quiero que…	☐	No es verdad que…
☐	Me impresiona que…	☐	Propongo que…
☐	Le ruego que…	☐	No creo que…
☐	No es cierto que…	☐	Espero que en el futuro…
☐	Es una lástima que…	☐	Me encanta que…
☐	Aconsejo que…	☐	Me parece crucial que…

Después de estas oraciones, el verbo se escribe en ____________________

c Ideas para mejorar la calidad de vida
Piensa en dos ideas que puedan mejorar la calidad de vida de tu ciudad o pueblo. Luego piensa cómo se pueden implementar esas ideas.

d Ahora escribe el correo electrónico al director.

D. Expresión oral: Monólogo (III)

1 **En mi ciudad y en mi barrio**

- Compara las fotografías.
- Presenta tu opinión sobre el concepto "ciudad de 15 minutos".
- Presenta tu ciudad o pueblo.

2 **a Preparar el contenido**

Escribe algunas ideas que puedas utilizar en tu monólogo. Anota palabras o frases breves, pero no oraciones largas y complicadas.

Punto 1	Punto 2	Punto 3

b Elige el punto de unión

Selecciona un aspecto que sirva como enlace entre los diferentes puntos.

Punto 1	→	Punto 2	→	Punto 3

c Práctica en parejas

Con tu compañera/-o, practica cómo unir los diferentes puntos. Utiliza algunas de las frases que encontrarás a continuación. Si queréis, podéis presentar el contenido del siguiente punto (lo practicamos en la Unidad 3).

Y con este aspecto en mente, me gustaría seguir con el siguiente punto.

Y ahora que he mencionado este aspecto, creo que es el enlace perfecto con el siguiente punto.

Y este aspecto enlaza con el siguiente punto del monólogo.

Y esto último me da pie para comenzar con el siguiente punto, que trata sobre…

Criterios de calidad de vida

Condiciones materiales de vida

Trabajo

Salud

Educación

Experiencia general de vida

Entorno y medioambiente

Ocio y relaciones personales

Seguridad física y personal

Gobernanza y derechos básicos

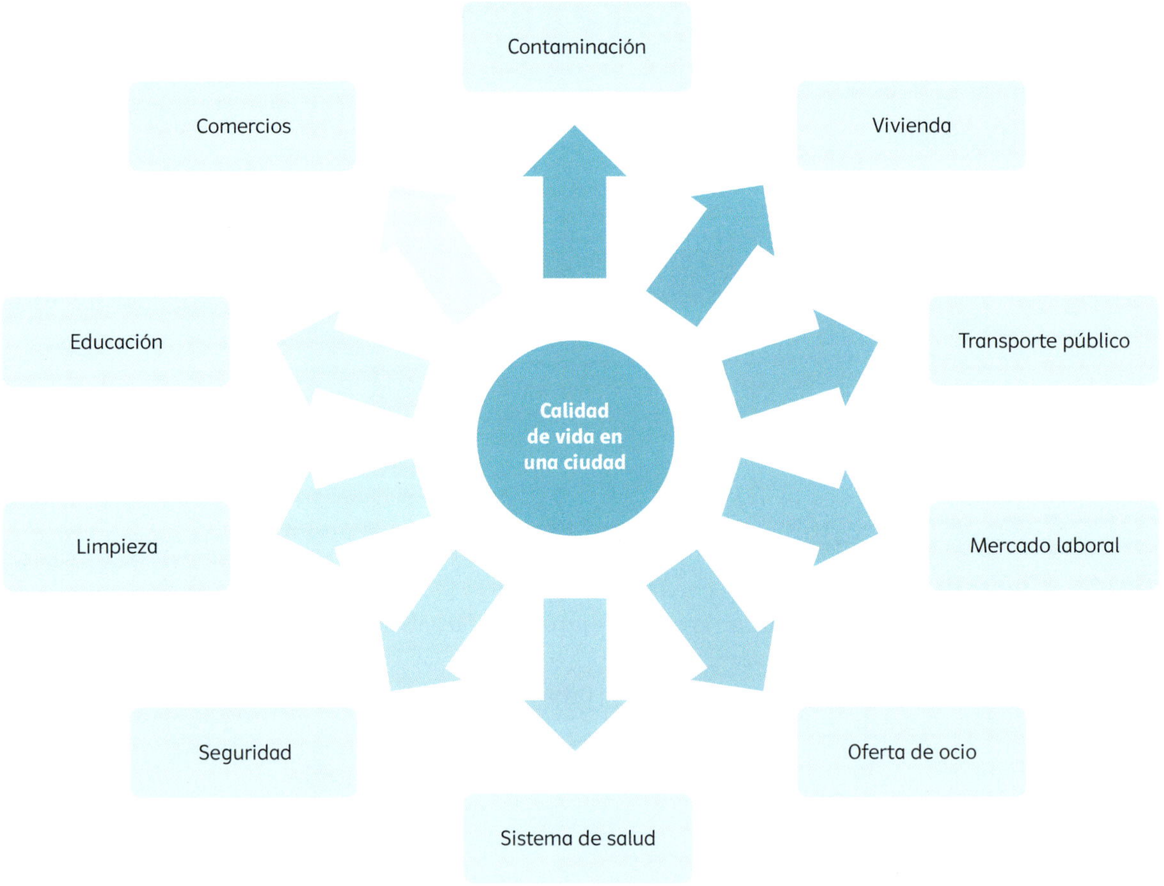

Hacer una presentación

Ordenar ideas/información	Introducir el tema	Saludar y despedirse
• Para empezar / Primero / En primer lugar / Al principio quiero / voy a… • Seguimos con… / Otro aspecto / punto importante / interesante es… • Finalmente / Por último / Para terminar…	• Hoy me gustaría informaros sobre… / Hoy os presento…	• Queridos compañeras y compañeros, estimada profesora / profesor: • Muchas gracias por vuestra atención.

Oraciones de relativo con subjuntivo

Quiero/deseo una ciudad… + **subjuntivo**	Vivo en una ciudad… + **indicativo**
• que tenga un buen sistema de transporte público. • que no sea ni muy grande ni muy pequeña. • donde la gente sea feliz. • donde el sol brille todos los días.	• que tiene un buen sistema de transporte público. • que no es ni muy grande ni muy pequeña. • donde la gente es feliz. • donde el sol brilla todos los días.

Las **oraciones de relativo** se usan con **subjuntivo** cuando hablamos de algo que todavía no podemos identificar; y con **indicativo** cuando la persona, cosa o lugar son conocidos.

Oraciones de relativo con preposición

verbos con/sin preposición	**oraciones de relativo con preposición**
Buenos Aires se conoce **por** el tango. **En** Buenos Aires nació el tango. Ernesto habla **de** los barrios del puerto. Muchos inmigrantes llegaron **a** San Telmo.	Es una ciudad **que** se conoce por el tango. Es la ciudad **en la que** nació el tango. Los barrios **de los que** habla están en el puerto. El barrio **al que** llegaron muchos inmigrantes fue San Telmo.

Entre la preposición y el relativo normalmente se usa el **artículo determinado**.

Voz pasiva

Voz activa	**Voz pasiva**
Artistas locales **exhiben** sus obras en la plaza Dorrego los domingos.	El mercado de la plaza Dorrego **es visitado** por turistas nacionales e internacionales.

Pedro y Juan organizan una fiesta.

Una fiesta es organizada por Pedro y Juan.

Reglas:

1. Se forma con el verbo **ser** y el **participio** del verbo.
2. El verbo **ser** aparece en pasado, presente o futuro.
3. El **participio** del verbo concuerda en género y número con el sujeto.
4. Se usa la preposición **por** cuando se menciona quién realiza la acción.

Mi hermano encontró un perro abandonado en la calle. → **Un perro abandonado fue encontrado por mi hermano** en la calle.

Mañana **Julián y Ramón enviarán las invitaciones para su boda**. → **Las invitaciones para su boda serán enviadas por Julián y Ramón** mañana.

Todo el mundo conocía el Barrio de la Boca. → **El Barrio de la Boca era conocido (por todo el mundo)**.

Unidad 6
Tradiciones populares

La Feria de las Flores se celebra en Medellín, Colombia, en el mes de agosto y se festeja la vida y las costumbres de Colombia.

A

B

La Fiesta de San Jordi se celebra el día 23 de abril en Cataluña, España. Las personas se regalan flores y libros.

C

El Inti Raymi o **fiesta del sol** se celebra cada año el 24 de junio durante el solsticio de invierno. Es una fiesta de origen inca que se celebra en Perú.

El Carnaval de Barahona, en la República Dominicana, se festeja entre marzo y abril y recuerda la época de la esclavitud.

1. **Fiestas populares de América Latina y España**
Une cada foto con la descripción correspondiente.

Objetivos – La alumna / El alumno sabe...

- hablar de tradiciones y rituales en España y en América Latina
- hablar sobre el desarrollo de una fiesta
- expresar deseos
- hablar de eventos en pasado con el subjuntivo
- hablar de fiestas con elementos naturales

Lernziele – Die Schülerin/Der Schüler kann ...

- über Traditionen und Rituale sowohl in Spanien als auch in Lateinamerika sprechen
- über den Ablauf einer Feier sprechen
- Wünsche äußern
- über die Vergangenheit mit Subjuntivo sprechen
- über Feste mit natürlichen Elemeten sprechen

D

La Noche de San Juan tiene lugar en toda España el 24 de junio. Durante esta noche, se quema en un papel aquello que no se desea tener.

E

F

La Fiesta de la Vendimia tiene lugar en Mendoza, Argentina, a principios de marzo. Se celebra la buena cosecha de la uva del año.

La Mama Negra es una fiesta de Ecuador que tiene lugar dos veces al año: en septiembre y en noviembre. Es una fiesta religiosa y política.

G

A. Tradiciones y rituales

1 a **La Semana Santa en España**

Lee el artículo sobre la Semana Santa en España. Contesta a las preguntas (1–7) con un máximo de cuatro palabras. Escribe tus respuestas en los espacios adecuados. La primera respuesta (0) ya está hecha y sirve como modelo.

La Semana Santa en España

Es Semana Santa. Todas las regiones de España llevan semanas preparándose para esta celebración. Los miembros de las cofradías adornan los pasos, las imágenes sagradas, para el desfile por las calles de ciudades y pueblos. Los nazarenos planchan sus trajes púrpura y sus capuchas. Los costaleros entrenan sin descanso para poder llevar durante horas los 1.500 y hasta 2.000 kilos que pesan los pasos más lujosos. Las mujeres sacan sus mantillas (trajes típicos). La cera se funde y se transforma en millones de velas. La tradición y la devoción están listas para salir al escenario…

"La madrugá": la larga noche sevillana

En la más famosa de las celebraciones, la emoción alcanza su clímax en la noche del Jueves Santo. Esa larga noche la ciudad no duerme: ríos de gente acompañan los pasos y lanzan piropos a sus imágenes (esculturas). El silencio de la noche se rompe con las notas trágicas de las saetas, canciones religiosas cantadas desde los balcones para la Virgen.

El alma severa de Castilla

En Castilla se celebra la procesión más antigua de España, la de la Vera Cruz, en Zamora. La Semana Santa castellana tiene un tono muy diferente al de la andaluza. El lujo y el espectáculo dramático se convierten en sencillez y silencio en las procesiones de Valladolid o Zamora.

Las tamborradas de Teruel

En la mañana del Viernes Santo comienzan a sonar en Calanda, provincia de Teruel, miles de tambores. Durante 24 horas los habitantes de este pueblo mostrarán así su dolor por la muerte de Cristo.

Adaptado de Ruta Avianca (P. Correa), 2005

0	¿Dónde se celebra la Semana Santa?	En toda España
1	¿Cómo se llaman las representaciones que salen en procesión?	
2	¿Cuál es el distintivo de los nazarenos?	
3	¿Qué tarea tienen los costaleros?	
4	¿Cuánto duran las procesiones de "la madrugá" en Sevilla?	
5	¿Qué es una saeta?	
6	¿Qué caracteriza la Semana Santa castellana?	
7	¿Cuánto duran las tamborradas de Teruel?	

36–37

b La Semana Santa en América Latina

Vas a escuchar a unas personas de América Latina que hablan sobre la Semana Santa en sus países. Primero tienes 45 segundos para leer la tarea de abajo. Después vas a escuchar la audición dos veces. Encuentra los elementos correctos de la lista (A–J) para completar las frases (1–7). Hay dos elementos que no se usan. Escribe tus respuestas en los espacios adecuados. La primera respuesta (0) ya está hecha y sirve como modelo. Después de escuchar la audición dos veces tienes 45 segundos para revisar tus respuestas.

0	En Colombia el Viernes Santo
1	En Colombia el domingo
2	En toda Latinoamérica
3	Durante la "Quema de Judas"
4	En Chile el Viernes Santo
5	A Chile está llegando
6	Las influencias europeas
7	Los argentinos

A	se reduce a cenizas un muñeco que simboliza al apóstol.
B	se come asado.
~~**C**~~	las iglesias abren todo el día.
D	la tradición centroeuropea de los huevos de pascua.
E	respetan las tradiciones con seriedad.
F	se intenta no comer carne.
G	las procesiones llevan incienso.
H	los niños van a la iglesia con ropa nueva.
I	se ven más en la capital argentina que en sus provincias.
J	se ha heredado la tradición española de la Semana Santa.

0	1	2	3	4	5	6	7
C							

c ¿Cuáles son las principales diferencias?

En parejas, completad el cuadro con las diferencias entre la Semana Santa de Austria, América Latina y España.

En Austria	En América Latina	En España

d ¿Qué haces tú en Semana Santa?

Cuenta a tu compañera/-o cómo pasáis tu familia y tú la Semana Santa. ¿Tenéis alguna tradición especial?

2 **a** **La Fiesta de la Vendimia en Argentina**

Lee el texto sobre una tradición argentina. Faltan algunas palabras. Elige el elemento correcto de la lista (A–P) para cada uno de los espacios (1–13). Hay dos elementos que no se usan. Escribe tus respuestas en los espacios adecuados. La primera respuesta (0) ya está hecha y sirve como modelo.

MeGustaConocerCulturas 15 de abril / 20:30

¡Qué rica la uva!

Hola a todos y a todas. Como sabéis, a mí me encanta viajar y **(0)** ______ nuevos países y culturas. Lamentablemente, no siempre puedo viajar tanto como me **(1)** ______ porque depende del dinero. Ahora pienso que, si tuviera dinero, viajaría a Mendoza, una provincia en el oeste de Argentina, **(2)** ______ el fin de semana de la Fiesta de la Vendimia.

Es una fiesta tradicional que tiene mucho color y que es muy conocida en todo el mundo. Se celebra el final de la cosecha de la uva y la elaboración del vino, uno de los productos típicos de esta provincia. Tiene **(3)** ______ el primer fin de semana de marzo y se hace desde 1936, **(4)** ______ casi 100 años. Mis amigos argentinos siempre me han hablado muy bien de esta **(5)** ______ y me encantaría que me la enseñasen.

La fiesta da comienzo el último domingo de febrero con la llamada "Bendición de los frutos". Las personas se reúnen y llevan frutas y verduras **(6)** ______ que un cura las bendiga. Es curioso que, aunque es la Fiesta de la Vendimia, en esta primera celebración se aceptan no solamente uvas, sino cualquier fruta o verdura. A mí me gustaría que mis amigos y yo llevásemos también un racimo de uvas para bendecir y formar **(7)** ______ de la fiesta. Unos días más tarde, el primer viernes de marzo, es la "Vía Blanca". Se trata de un desfile **(8)** ______ con carrozas en las que se pueden ver a las diferentes reinas de cada departamento. Un amigo mío me ha contado que, durante esta fiesta, la gente es tan simpática que todos festejan como si se conocieran desde hace años. El último día relevante, el sábado, se hace **(9)** ______ vez el desfile de las carrozas, pero esta vez es por la mañana y **(10)** ______ muchas más personas y animales, por ejemplo, caballos. Es como si la fiesta de la noche anterior se repitiera, pero con más participantes y más público. El acto central de la Fiesta de la Vendimia es la **(11)** ______ de la reina nacional de la vendimia. Tiene lugar el sábado **(12)** ______ la noche en el anfiteatro Frank Romero Day.

Como veis, es una fiesta muy importante en Argentina y me encantaría que mis amigos argentinos me invitaran a **(13)** ______ en su casa para participar en ella alguna vez. ¿Conocéis alguna fiesta importante que os gustaría ver si pudierais? Pues escribid un comentario y contadme. ¡Os leo!

A	celebración	**E**	elección	**I**	mientras	**M**	parte
~~**B**~~	conocer	**F**	gustaría	**J**	nocturno	**N**	participan
C	desde	**G**	hace	**K**	otra	**O**	por
D	durante	**H**	lugar	**L**	para	**P**	quedarme

0	1	2	3	4	5	6	7	8	9	10	11	12	13
B													

b Imperfecto de subjuntivo

Mira la siguiente tabla y subraya en el texto anterior los verbos en imperfecto de subjuntivo. Luego completa la tabla de abajo con los verbos subrayados.

	verbos en -ar	verbos en -er/-ir	irregulares
yo	trabaj**ara**	com**iera**	estar: estuviera,...
tú	trabaj**aras**	com**ieras**	tener: tuviera,...
él, ella, usted	trabaj**ara**	com**iera**	ser/ir: fuera,...
nosotros/-as	trabaj**áramos**	com**iéramos**	venir: viniera,...
vosotros/-as	trabaj**arais**	com**ierais**	poder: pudiera,...
ellos, ellas, ustedes	trabaj**aran**	com**ieran**	haber: hubiera,...

El **imperfecto de subjuntivo** se forma a partir del indefinido de ellos/-as y las terminaciones en negrita.
Existe también la terminación **-ase/-iese**. El significado es el mismo.

Imperfecto de subjuntivo	Infinitivo

c Completa las oraciones con el imperfecto de subjuntivo

1. Este Día de San Jordi, me gustaría que mi novio me ____________ (regalar) una novela policiaca, pero no sé si conocerá mis gustos tan bien.
2. El mes pasado, mi abuela me pidió que la ____________ (acompañar) a una procesión de Semana Santa. Necesitaba a una persona que le ____________ (hacer) compañía. ¡Como si yo ____________ (ser) muy católico!
3. El Carnaval de Barahona recuerda la esclavitud en la República Dominicana. Por eso las personas se disfrazan como si ____________ (ser) esclavos.
4. Hace dos años estaba buscando una habitación que ____________ (ser) barata en Mendoza para ir a la Fiesta de la Vendimia cuando conocí a una chica muy simpática. Desde el principio fue como si ____________ (conocerse) de toda la vida.
5. Mis padres querrían que mi hermana y yo ____________ (viajar) con ellos a la celebración de la Mama Negra, pero a nosotros nos gustaría que toda la familia ____________ (ir) al Festival de las Flores en Medellín.
6. En el Carnaval de Venecia estaban todos disfrazados como si ____________ (representar) una obra de teatro del siglo XVI.
7. El año pasado le pedí a mi amiga Ana que ____________ (hacer) una hoguera conmigo por la noche de San Juan.

3 **a** **Imperfecto de subjuntivo: uso**

Lee este breve texto sobre una persona que asistió a la Fiesta de la Vendimia y subraya los verbos en imperfecto de subjuntivo.

Yo siempre había querido viajar a Argentina porque había una tradición que mi amigo Carlos quería que yo visitara: la Fiesta de la Vendimia de Mendoza. Estaba claro que iba a haber muchos turistas y locales, así que necesitaba que mi amigo me recogiera en el aeropuerto y me dejara dormir en su casa. Y así fue: le pedí a Carlos que viniera a buscarme y los siguientes días fueron simplemente geniales.

b **Completa la tabla con la norma gramatical**

Cuando los verbos y las expresiones que necesitan subjuntivo están en ______________,
______________ o ______________, se usa el imperfecto de subjuntivo.

c **Completa las siguientes oraciones con el imperfecto de subjuntivo.**

1. A la Fiesta de la Vendimia, mi novio quería que ______________ (invitar) a un amigo chileno, pero no teníamos más espacio en nuestro apartamento.
2. Le pedí a mi novio que este año ______________ (venir) con nosotros a la "Bendición de los frutos" para que nuestro amigo español ______________ (poder) verla.
3. Nuestro amigo español necesitaba al principio que le ______________ (dejar) descansar porque tenía jet lag.
4. Me gustaría que el año próximo más amigos de Europa ______________ (venir) a visitarnos. Sería genial que ______________ (tener) vacaciones en estas fechas del año.
5. Una amiga argentina me había recomendado que ______________ (tomar) sitio en una calle específica para ver el desfile. Siempre es bueno estar a la sombra.

d **Me voy de viaje**

Antes de irse a Argentina, Fernando le mandó un mensaje a su mejor amiga, Ainoa, con algunas instrucciones. Ahora Ainoa contesta a Fernando. Haz frases como en el modelo.

> Ainoa, me voy a Argentina dos semanas y necesito algunos favores.
> Si puedes, por favor, no te olvides de hacer estas cosas:
>
> - Recoger el correo
> - Regar las plantas
> - Abrir las ventanas el día de mi regreso
> - Controlar que todo esté en orden
> - Llamarme si pasa algo
>
> Mil gracias, eres la mejor 🙂

MODELO Fernando, me pediste que recogiera el correo, sin problema. Están todas las cartas sobre tu escritorio.

B. Fiestas naturales

1 **Fiestas con elementos naturales**

En España existen tradiciones y fiestas con elementos naturales como el vino o el agua. En parejas, hablad sobre los siguientes puntos:

- ¿Conocéis la fiesta de La Tomatina? ¿Qué verdura es la protagonista de esta fiesta?
- ¿Conocéis otras fiestas españolas o latinoamericanas con elementos naturales como protagonistas?
- ¿Qué fiestas similares existen en vuestro país?
- ¿Con qué fruta o verdura creéis que se podría empezar una tradición o fiesta en tu ciudad/pueblo?

2 a **La Fiesta del Agua de Vilagarcía de Arousa**

En parejas, elegid la respuesta correcta para las siguientes preguntas.

1. Vilagarcía de Arousa está en la comunidad autónoma de…
a) Galicia b) País Vasco c) Cataluña

2. La Fiesta del Agua empezó…
a) por casualidad b) por una pelea c) por amor

3. La primera vez que se celebró esta fiesta fue…
a) en la Edad Media b) en 1984 c) en 1945

4. Esta fiesta se celebra…
a) el 23 de junio b) el 7 de julio c) el 16 de agosto

39
b **Escuchad ahora la audición y marcad las respuestas correctas.**

38–39
c **Una visita espontánea a la Fiesta del Agua**

Vas a escuchar a María que habla con su madre sobre su visita a la Fiesta del Agua. Primero tienes 45 segundos para leer la tarea de abajo. Después vas a escuchar la audición dos veces. Completa las frases (1–6) con un máximo de cuatro palabras. Escribe tus respuestas en los espacios adecuados. La primera respuesta (0) ya está hecha y sirve como modelo. Después de escuchar la audición dos veces tienes 45 segundos para revisar tus respuestas.

0	María llama a su madre desde…	Vilagarcía de Arousa.
1	La fiesta se la recomendó…	
2	María no sabe si está en… (Da una respuesta.)	
3	Los amigos de María están…	
4	El día 16 de agosto se celebra…	
5	María está al lado de…	
6	En esta fiesta participan… (Da una respuesta.)	

d Hablar sobre una fiesta

Mira la fotografía y haz un monólogo sobre la Fiesta del Agua. Utiliza las expresiones de abajo como ayuda.

- Describe la fotografía.
- Presenta la información más relevante sobre la fiesta.
- Comenta si te gustaría participar.

hablar de una fiesta / celebración

La fiesta se celebra en honor de...	La fiesta ha sido declarada...
La fiesta se viene celebrando desde...	Cada año, los habitantes de Vilagarcía...
Cuando se acerca la fecha, ...	Al final de la celebración...
En Vilagarcía la gente / los turistas...	La experiencia es...

e Producción escrita: un comentario de blog

Tú has estado en la Fiesta del Agua y te ha encantado. Ahora el Ayuntamiento de Vilagarcía de Arousa ha publicado esta entrada sobre la fiesta y tú decides contestar con un comentario.

TuAyuntamientoFavorito 31 de agosto / 12:00

¡Hola a todos y a todas! Se acaba el verano y se acaban las fiestas. ¿Estuvisteis en la Fiesta del Agua? ¿Os gustó? Queremos saber vuestras opiniones. 🙂

En tu **comentario** tienes que:

- comentar tu experiencia en la Fiesta del Agua
- contar por qué fuiste
- presentar una fiesta tradicional de Austria

Escribe unas **200 palabras**.

3 La Tomatina: preguntas y respuestas

En parejas, formulad las preguntas para la siguiente información sobre La Tomatina.

1. ¿ ______________________________ ?
   El último miércoles de agosto.
2. ¿ ______________________________ ?
   En Buñol, en la provincia de Valencia.
3. ¿ ______________________________ ?
   Unas 22.000 personas cada año.
4. ¿ ______________________________ ?
   Desde 1945.
5. ¿ ______________________________ ?
   Es Fiesta de Interés Turístico Internacional desde 2002.

4 **a** **De fiesta en fiesta: mi viaje por España**

Lee el texto de Otto, un chico austriaco que el año pasado fue a dos fiestas españolas. Faltan algunas palabras. Completa el texto con una palabra para cada uno de los espacios (1–15) en los espacios adecuados. La primera respuesta (0) ya está hecha y sirve como modelo.

Aún recuerdo el año **(0)** ______ acabé el instituto y me pasé el verano viajando por España. ¿Por qué España? Muy fácil, **(1)** ______ ese año había hecho la Matura en español en lugar de inglés y hablaba muy bien español. Ahora lo hablo incluso mejor, pero **(2)** ______ mi nivel por aquella época ya estaba también bastante orgulloso. Después de estar desde finales de julio **(3)** ______ mediados de agosto de viaje por el norte de España y bañándome en **(4)** ______ Mar Cantábrico, el día 14 de agosto llegué por fin a Villagarcía de Arousa. **(5)** ______ estaba viajando solo, había reservado una habitación individual en un hostal. Todo el mundo en la recepción fue realmente simpático **(6)** ______. De hecho, dos de los recepcionistas me invitaron a cenar a su casa para que no estuviera solo. ¡Qué buena es la cocina gallega! Yo llevé algo para **(7)** ______ y ellos se encargaron de cocinar todo. También habían invitado a varios amigos y amigas, así que fue una cena muy divertida. El día 16 quedamos para ir a la Fiesta del Agua todos juntos. Sinceramente, además de que fue una experiencia inolvidable, **(8)** ______ reí muchísimo mientras nos lanzábamos cubos de agua y jugábamos con pistolas de agua.
Unos días después me fui en coche hasta la Comunidad Valenciana. Contacté con un chico a través de internet que iba a ir en coche desde Pontevedra hasta Valencia. Me dijo que no quería dinero, **(9)** ______ simplemente compañía y conversación para que el viaje fuera entretenido. Al final respondimos una chica y yo, éramos tres en el coche. Matías, el conductor, tenía 25 años y era estudiante de Biología en la Universidad de Valencia, **(10)** ______ era originario de Santiago de Compostela. Había ido a Galicia a la Fiesta del Agua. Rocío, la chica que nos acompañó, iba a Valencia para ver a su novio.
Desde Valencia **(11)** ______ un autobús a Buñol para poder participar en La Tomatina. Allí había quedado con una amiga de Alemania que también **(12)** ______ ver cómo era esa fiesta. Tengo que reconocer que la fiesta fue mucho **(13)** ______ salvaje de lo que pensaba. Había visto algunas fotos, pero no me podía imaginar lo que suponía realmente estar ahí dentro. Llegó un **(14)** ______ en el que no podía ver nada porque solamente había tomates por todas partes. Mirara donde mirara, solamente veía el color rojo.
Ahora, unos años más tarde, recuerdo ese viaje **(15)** ______ mucho cariño y con mucha ilusión.
Los viajes que haces cuando eres joven son una experiencia única.

0	que	**4**		**8**		**12**	
1		**5**		**9**		**13**	
2		**6**		**10**		**14**	
3		**7**		**11**		**15**	

b **De Galicia a la Comunidad Valenciana**

Otto fue directamente desde Vilagarcía de Arousa hasta Buñol, pero en España hay muchas fiestas y tradiciones populares. En parejas, buscad en internet la siguiente información.

1. ¿Qué son las fiestas de los pueblos?
2. ¿A qué fiesta podría ir Otto? Buscad información sobre un pueblo o una fiesta entre mediados y finales de agosto.

5

a Un verbo con muchos significados: *werden*
Lee el siguiente texto. Algunos verbos están en *cursiva*. ¿Cómo es la traducción de esas oraciones a tu lengua?

El año pasado, antes de las fiestas, *se inauguró* la nueva plaza del pueblo. Está en el mismo sitio pero ahora es más grande porque una antigua sucursal bancaria se *ha convertido* ahora en una biblioteca municipal. La antigua alcaldesa, una señora que *se hizo muy querida* en el pueblo cuando gobernaba, no pudo estar porque *se había puesto enferma*. La nueva biblioteca lleva su nombre. Es entrañable y siempre *se pone muy contenta* cuando los vecinos quieren hablar con ella. *Ha llegado* a ser una persona muy importante para todo el pueblo.

b Diferentes funciones para un mismo verbo
Todas las expresiones y verbos en cursiva del ejercicio 5a se traducen en alemán con werden. Pero no todos tienen la misma función comunicativa. En parejas, ordenad los verbos y expresiones en la categoría correcta.

1	Voz pasiva / se + 3ª persona	
2	Cambio	
3	Transformación	
4	Estado de ánimo	
5	Cambio de estado	
6	Desarrollo	
7	Resultado	

Algunos verbos reflexivos también expresan cambio o transformación: curarse, enfadarse, etc.

c Ordena las siguientes oraciones según su función. Escribe el número correcto al final de cada una.

1. El programa de las fiestas se hizo oficial dos semanas antes del comienzo. ______
2. Mi amigo casi se volvió loco cuando vio a su cantante favorito en las fiestas. ______
3. Mi ciudad es pequeña, pero gracias a las fiestas hemos llegado a ser un lugar importante. ______
4. Después de las fiestas y de comer bien, todo el mundo engorda unos kilos. ______
5. Durante la Semana Grande, las plazas se convierten en salas de conciertos. ______
6. La primera Fiesta del Agua fue celebrada a mediados de los 80. ______
7. Mis amigos siempre se ponen de buen humor cuando estamos todos juntos. ______

d Expresión oral: ¿Cuándo fue la última vez que...?
En clase, elige a dos compañeras/-os y hazles las siguientes preguntas.

¿Cuándo fue la última vez que...?	**compañera/-o 1:** ______	**compañera/-o 2:** ______
...te enfadaste mucho?		
...te pusiste rojo/-a?		
...creciste?		
...te cansaste?		

C. ¡A practicar!

1 **Expresión oral: fiestas y tradiciones**

- Compara las fotografías.
- Describe algunas tradiciones españolas o latinoamericanas.
- Presenta las tradiciones austriacas más importantes para ti.

2 a **Mis recuerdos de la infancia**

Lee lo que cuenta Jaime sobre algunos momentos de su infancia. Completa los huecos (1– 11) con los verbos entre paréntesis en imperfecto de indicativo o de subjuntivo. Escribe tus respuestas en los espacios adecuados. La primera respuesta (0) ya está hecha y sirve como modelo.

De mi infancia, de la época en la que yo **(0)** ______ (ser) pequeño, guardo algunos recuerdos. Me acuerdo de cuando mi abuela me **(1)** ______ (llevar) a ver las procesiones de Semana Santa para que yo **(2)** ______ (aprender) qué era un paso y un nazareno. Después de las procesiones, yo siempre le **(3)** ______ (pedir) a mi abuela que me **(4)** ______ (comprar) un helado. Siempre **(5)** ______ (hacer) mucho calor en Madrid en Semana Santa.

También me acuerdo de cuando mi familia y yo **(6)** ______ (ir) de vacaciones a Andalucía. Siempre **(7)** ______ (viajar) en tren para que mis padres no **(8)** ______ (tener) que conducir tantas horas. Un año no viajamos a Andalucía, sino que fuimos a Galicia. Mis padres **(9)** ______ (querer) que mi hermano y yo **(10)** ______ (conocer) la Fiesta del Agua. Era una fiesta nueva que se **(11)** ______ (llevar) celebrando hacía poco tiempo. ¡Qué bien nos lo pasamos! ¡Fue una experiencia única!

0	era	**3**		**6**		**9**	
1		**4**		**7**		**10**	
2		**5**		**8**		**11**	

b **¿Y tú? ¿Qué recuerdos tienes de tu infancia?**

Busca una foto tuya de niña/-o y escribe un texto breve sobre algunos recuerdos de tu infancia. Utiliza el imperfecto de indicativo y de subjuntivo.

3 De tradiciones y fiestas

40–41

Vas a escuchar varios mensajes de personas que están de viaje. Primero tienes 45 segundos para leer la tarea de abajo. Después vas a escuchar la audición dos veces. Relaciona a las personas (1–6) con las afirmaciones (A–I). Hay dos afirmaciones que no se usan. Escribe tus respuestas en los espacios adecuados. La primera respuesta (0) ya está hecha y sirve como modelo. Después de escuchar la audición dos veces tienes 45 segundos para revisar tus respuestas.

0	Ejemplo
1	Persona 1
2	Persona 2
3	Persona 3
4	Persona 4
5	Persona 5
6	Persona 6

A	Está visitando a la familia de su marido.
B	Necesita un favor de un familiar.
C	No ha avisado de sus planes a su amigo.
D	Se está alojando con unos amigos.
E	Se va de viaje a Francia al día siguiente.
F	Tiene que hablar con la recepción de su hotel.
~~G~~	Puede ir a la estación a por su amigo.
H	Va a comprar un regalo típico para un familiar.
I	No quiere ir sola a un evento con un familiar.

0	1	2	3	4	5	6
G						

4 **a** **¿Por qué viajamos?**

En grupos, buscad en internet citas famosas sobre viajes o motivos para viajar. Escribid las seis más interesantes.

b **Y tus compañeras/-os, ¿qué han encontrado?**

Compartid vuestras citas y escribe la que te parezca más relevante de tus compañeras/-os.

D. Expresión oral: Diálogo (III)

1 **Tradiciones austríacas**

Estás de intercambio en un instituto español y el periódico de tu instituto quiere publicar un artículo sobre fiestas y tradiciones austríacas. Tú hablas con un/a amigo/-a y pensáis en las fiestas más importantes.

- Krampus y San Nicolás
- Navidad
- Semana Santa
- El cumpleaños
- Graduación de la escuela

Poneos de acuerdo en tres puntos para el artículo.

2 **a** **Funciones comunicativas: expresar sorpresa y énfasis**

Une las mitades de las siguientes frases.

¡No te	A	______	no lo sabía.
Lo más importante	B	______	ignorar este punto.
Y sobre todo, no podemos	C	______	creo!
Me sorprende mucho	D	______	enfatizar este aspecto.
Quiero subrayar la	E	______	ser verdad!
Vaya, pues eso	F	______	importancia de esta fiesta.
Hay que	G	______	lo que dices.
¡No puede	H	______	es el aspecto dos.

b **Decide cuáles de las frases anteriores expresan sorpresa (S) o énfasis (E).**

A	B	C	D	E	F	G	H

3 **a** **En parejas, elegid un punto del diálogo y preparad algunos aspectos de manera individual.**

______	

b **¿Os acordáis de las expresiones aprendidas en las unidades 2 y 4? Anotad las expresiones de las que os acordéis.**

Expresar acuerdo		Expresar desacuerdo	
Expresar duda		Introducir un aspecto nuevo	

Ahora hablad sobre los dos puntos y utilizad las expresiones de los ejercicios 2 y 3b.

La Semana Santa

Fiestas hispanoamericanas

La Semana Santa	La Fiesta de la Vendimia	La Tomatina
La Fiesta del Agua	El Día de San Jordi	Las Fallas
El Carnaval de Barahona	La Feria de las Flores	El Inti Raymi
La Noche de San Juan	La Mama Negra	

werden

El verbo alemán *werden* tiene diferentes traducciones en español. Esta traducción depende del significado y de la función comunicativa.

Voz pasiva / se + 3ª persona	En Argentina se celebra la Fiesta de la Vendimia. En Austria, los exámenes en los institutos se hacen con separadores. El viaje fue preparado por los profesores de español.
Cambio	Marina se hizo rica cuando ganó la lotería.
Transformación	Después de la reforma, mi antigua habitación se convirtió en la habitación de mi hermano.
Estado de ánimo	La sociedad se está volviendo más tolerante gracias a las nuevas generaciones.
Cambio de estado	Rubén se puso nervioso cuando vio a la chica que le gusta.
Desarrollo	Al final, todos nos hacemos mayores.
Resultado	Irene llegó a ser profesora después de aprobar los exámenes.

Algunos verbos reflexivos también expresan cambio o transformación: *curarse*, *enfadarse*, etc.

Hablar de fiestas y celebraciones

Se celebra en... en el mes de...
Es una fiesta muy conocida en todo el mundo
Es una fiesta de origen... que se celebra en...
Es una fiesta con mucho color y mucha participación.
Cuando se acerca la fecha de la celebración...
El día más importante / relevante es...
Es una fiesta religiosa / política / popular / tradicional
Las personas se preparan durante todo el año.
Es una tradición muy respetada que se repite cada año.
La tradición se ha heredado de...
Festeja... / Conmemora... / Recuerda...
Las personas se regalan...
Se celebra desde hace ... años.
Tiene lugar el día/la noche de...
La fiesta da comienzo...
El acto central de la fiesta es...
Al final de la celebración...
La figura representa...
Durante esta fiesta se come...
La fiesta ha sido declarada...

Imperfecto de subjuntivo

	verbos en -ar	verbos en -er/-ir	irregulares
yo	trabaj**ara**	com**iera**	estar: estuviera,...
tú	trabaj**aras**	com**ieras**	tener: tuviera,...
él, ella, usted	trabaj**ara**	com**iera**	ser/ir: fuera,...
nosotros/-as	trabaj**áramos**	com**iéramos**	venir: viniera,...
vosotros/-as	trabaj**arais**	com**ierais**	poder: pudiera,...
ellos, ellas, ustedes	trabaj**aran**	com**ieran**	haber: hubiera,...

El imperfecto de subjuntivo se forma a partir del pronombre ellos/-as del indefinido.
Existe también la terminación -ase/-iese. El significado es el mismo.

	verbos en -ar	verbos en -er/-ir	irregulares
yo	trabaj**ase**	com**iese**	estar: estuviese,...
tú	trabaj**ases**	com**ieses**	tener: tuviese,...
él, ella, usted	trabaj**ase**	com**iese**	ser/ir: fuese,...
nosotros/-as	trabaj**ásemos**	com**iésemos**	venir: viniese,...
vosotros/-as	trabaj**aseis**	com**ieseis**	poder: pudiese,...
ellos, ellas, ustedes	trabaj**asen**	com**iesen**	haber: hubiese,...

Imperfecto de subjuntivo: uso

Cuando los verbos y las expresiones que necesitan subjuntivo están en imperfecto, indefinido o condicional, se usa el imperfecto de subjuntivo.

- **Quiero** que mi familia **vaya** de vacaciones a Perú el año que viene.
  Me **gustaría** que mi familia **fuera/fuese** de vacaciones a Perú el año que viene.
- Mi jefe **quiere** que yo haga más horas hoy por la tarde.
  Mi jefe **quería** que yo **hiciera/hiciese** más horas ayer.
- Le **pedimos** a nuestro profesor que **retrase** el examen una semana.
  Le **pedimos** a nuestro profesor que **retrasara/retrasase** el examen una semana.

Rincón profesional B

1 **Las formaciones adicionales de una escuela de turismo**
Busca en internet qué cursos adicionales pueden hacer las/-os alumnas/-os en una escuela de turismo. Luego, elige los tres más atractivos para ti y compara tu elección con la de tu compañera/-o.

Los cursos adicionales	Mis tres favoritos

2 a **Quiero ser *barman***
Une cada foto con la tarea correspondiente de un barman.

colaborar en la organización del almacén	A	cobrar la consumición / las bebidas	D
mantener la barra limpia	B	ser amable con las/-os clientas/-es	E
tirar / servir una cerveza	C	preparar las bebidas / los cócteles	F

b **En parejas, buscad en un diccionario cómo se llaman los siguientes elementos de la barra de un bar.**

42–43

c **Mi formación en el instituto**

Vas a escuchar un programa de radio sobre la formación de barman en los institutos austriacos. Primero tienes 45 segundos para leer la tarea de abajo. Después vas a escuchar la audición dos veces. Escucha y elige la respuesta correcta (A, B, C o D) para cada frase (1–5). La primera respuesta (0) ya está hecha y sirve como modelo. Después de escuchar la audición dos veces tienes 45 segundos para revisar tus respuestas.

0	La formación como barman	
A	es obligatoria en el currículum.	
B	se ofrece en algunos institutos.	x
C	la eligen todos los estudiantes.	
D	es solamente teórica.	

1	Según Lara, este trabajo	
A	puede hacerlo cualquiera.	
B	no es muy difícil.	
C	es para gente cualificada.	
D	está mal pagado.	

2	Durante la formación, Lara	
A	aprendió mucho sobre el alcohol.	
B	rompió varias botellas.	
C	conoció a su futuro jefe.	
D	aprendió a tirar una cerveza.	

3	Karl trabaja como barman	
A	desde hace doce meses.	
B	desde que acabó el instituto.	
C	desde hace medio año.	
D	desde antes del instituto.	

4	Hacer inventario es necesario	
A	para poner las bebidas más caras.	
B	para hacer el pedido.	
C	para hacer ofertas a los clientes.	
D	para tener orden en el almacén.	

5	Un aspecto que aprendió fue	
A	a flirtear con los clientes.	
B	a preparar comida.	
C	a llevar las cuentas.	
D	a hablar con los clientes.	

0	1	2	3	4	5
B					

3 a **Estudiar la cultura del café en Austria**

¿Qué crees que se aprende en una formación sobre café? En parejas, anotad tantas ideas como podáis. Luego comparad en grupo.

b **Experta/-o en café**

Lee el texto sobre la formación como experta/-o en café. Faltan algunos elementos. Encuentra los elementos correctos de la lista (A–L) para cada uno de los espacios (1–9). Hay dos elementos que no se usan. Escribe tus respuestas en las casillas adecuadas. La primera respuesta (0) ya está hecha y sirve como modelo.

Para las/-os amantes del café

¿No puedes dar **(0)** ________ primero un café? ¿Te apasiona la industria del Turismo y de la Restauración? Si la respuesta a estas dos preguntas es afirmativa, **(1)** ________ estamos buscando en nuestra escuela. Turismo con un toque de buen sabor cafetero.

Tu formación como experta/-o en café

El mundo del café es **(2)** ________ o en la pausa del trabajo. El café tiene una historia de valor incalculable **(3)** ________ y nos descubre sabores y texturas increíbles. En tu formación como experta/-o cafetera/-o aprenderás también cómo preparar la perfecta degustación y qué alimentos acompañan a cada tipo de café.

Las máquinas de café más modernas

Una cosa está clara: **(4)** ________ en las cafeterías. ¿Ya sabes cómo preparar el mejor café de toda Austria? Actualmente las máquinas de café han evolucionado mucho y cada estilo de máquina necesita **(5)** ________ diferente, sobre todo en cuanto al molido. Con nosotros aprenderás a manejar sin problema las máquinas más modernas, sin olvidarnos de algunas tradicionales.

El café en Austria es una maravilla

¿Cuántos tipos de cafés conoces en Austria? Es normal que **(6)** ________ una gran variedad. Sin embargo, como experto/-a cafetero/-a deberás aprender a nombrarlos y **(7)** ________ tus clientes. ¿Qué café lleva más leche? ¿Y nata montada? También te enseñaremos qué pasteles y dulces recomendar con cada taza.

Tu elección

Ahora ya todo depende de ti. Si te quieres **(8)** ________ con una formación específica en café, este es tu instituto. Ahora bien, **(9)** ________, no dudes en escribirnos un correo electrónico o visitar nuestra página web. Nos alegrará saber de ti dentro de muy poco.

A	que nos lleva a América Latina
B	a prepararlos para no decepcionar a
C	la tradición austriaca con el café empieza
~~D~~	un paso por la mañana sin tomarte
E	no los conozcas todos, dado que existe
F	entonces tú eres el tipo de estudiante que
G	si aún tienes dudas
H	convertir en un experto en Turismo y Restauración
I	sepas cuántos muchos cafés de Austria
J	mucho más que una taza por la mañana
K	el mundo del café es el mundo
L	un tipo de preparación del café

0	1	2	3	4	5	6	7	8	9
D									

4 a **Comprar productos de Comercio Justo**
La Organización Internacional por el Comercio Justo (World Fair Trade Organisation) lucha por precios justos para los productores de alimentos. El café es un producto muy importante para ellos. En parejas, leed los objetivos de la organización y pensad cuáles son los tres objetivos más difíciles de conseguir.

b **En grupos, elegid un objetivo y preparad una presentación sobre ese objetivo.**
Si tenéis alguna duda, podéis buscar información en internet.

5 **a** **Especialista en alimentación vegetariana y vegana**

¿Cuál es la diferencia entre la comida vegetariana y la vegana? Escribe el nombre correcto al lado de cada definición.

Régimen alimenticio basado principalmente en el consumo de productos vegetales, pero que admite el uso de productos de animales vivos, como los huevos, la leche, etc.	
Régimen alimenticio que consiste en rechazar los alimentos de origen animal.	

b **Encuentra en la siguiente sopa de letras once productos veganos. Escríbelos en las líneas.**

U	Y	K	K	Q	Z	V	M	S	N
B	U	I	T	O	A	N	N	A	J
F	W	O	R	F	J	L	U	C	P
I	F	R	D	F	N	U	E	A	P
U	A	P	A	A	A	G	C	N	L
I	L	O	C	O	R	B	E	I	A
F	P	B	N	J	A	E	S	P	T
R	Y	I	V	P	N	B	V	S	A
E	U	A	C	E	I	T	E	E	N
Q	A	J	O	S	Y	F	M	I	O

c **¿Con qué alimentos vegetales podemos sustituir a los animales?**

En parejas, pensad en alimentos que sustituyen a los siguientes ingredientes. Si no conocéis muchos, podéis buscar en internet.

6 La formación como especialista

Lee el texto sobre un alumno que hizo una formación específica en su instituto. Faltan algunas palabras. Elige el término correcto de la lista (A–O) para cada uno de los espacios (1–12). Hay dos palabras que no se usan. Escribe tus respuestas en las casillas adecuadas. La primera respuesta (0) ya está hecha y sirve como modelo.

NoComoCarne 19 de junio / 20:30

Ahora sé de lo que hablo

Buenas noches a todas y a todos y muchas gracias **(0)** ______ leerme de nuevo. Como sabéis estoy a punto de acabar el instituto. Ya solamente me **(1)** ______ los exámenes orales y después seré libre para disfrutar del verano sin estrés ni preocupaciones. ¿De qué quiero hablaros hoy? Pues de mi formación como especialista en alimentación vegetariana y vegana, una formación muy especial para mí.

Desde **(2)** ______ era pequeño, a mí siempre me habían dado pena los animales y no quería tenerlos en mi plato a la hora de la comida o de la cena. El primer día que lo **(3)** ______ en casa, mi madre me miró con los ojos muy abiertos y me dijo: "Vale… Pues a ver qué te cocino a partir de ahora". Ella siempre me ha apoyado en mi elección e incluso, con el **(4)** ______ del tiempo, come menos carne.

En mi escuela de turismo mi tutora nos habló a toda la clase sobre una formación nueva sobre alimentación vegana y vegetariana. **(5)** ______, me pareció una idea interesantísima. No solamente porque yo me quiero especializar en el sector del turismo y de la restauración, sino **(6)** ______ porque por fin podría tener un conocimiento científico del asunto. Además, pensé que si me daban ideas sobre alimentos de sustitución, podría ayudar a mi madre con mis comidas en casa.

¿Qué he aprendido durante mi formación? Pues primero empezamos **(7)** ______ los alimentos de sustitución y cómo conseguir que la comida tenga buen sabor sin productos animales. Cuando pienso en mí o en mis futuros clientes, está claro que todos queremos que la comida sepa **(8)** ______. Comer tiene que ser un placer y no una tortura. Con esa información, aprendimos a adaptar los menús y las cartas de algunos restaurantes e incluso a crear cartas con alimentos solamente veganos. Evidentemente, como estoy en una escuela de turismo, también hubo un **(9)** ______ práctico muy importante, dado que preparé todos los platos en nuestras cocinas.

Pues lo **(10)** ______, estoy muy satisfecho con la formación que realicé en el instituto hace ahora un año. Les recomiendo a mis compañeros y compañeras que **(11)** ______ hagan también porque ser vegano/-a es el futuro si queremos vivir en un **(12)** ______ sostenible.
¡Ah! Y por supuesto, si tenéis alguna duda sobre comida vegana o vegetariana, podéis escribirme un correo electrónico o dejarme un comentario. ¡Nos vemos!

A	bien	F	dicho	~~K~~	por
B	bueno	G	la	L	que
C	comenté	H	lo	M	quedan
D	componente	I	mundo	N	Sinceramente
E	con	J	paso	O	también

0	1	2	3	4	5	6	7	8	9	10	11	12
K												

Evalúa tus competencias B

Primero piensa en lo que has aprendido en estas tres últimas unidades. ¿Sabes hacerlo bien o necesitas repasar? Marca con una cruz (X) tu nivel actual y después haz los ejercicios. Corrígelos con las soluciones de la página 239 y marca en un color diferente tu nivel real.

1 COMPRENSIÓN LECTORA

	✓✓	✓	!!
Puedo leer textos sencillos sobre hechos concretos que tratan sobre temas relacionados con mi especialidad con un nivel de comprensión satisfactorio.	☐	☐	☐
Identifico las conclusiones principales en textos de carácter claramente argumentativo.	☐	☐	☐

¿Qué es la UPD?

Lee el texto sobre una fiesta de América Latina. Encuentra los elementos correctos de la lista (A–J) para completar las frases (1–7). Hay dos elementos que no se usan. Escribe tus respuestas en los espacios adecuados. La primera respuesta (0) ya está hecha y sirve como modelo.

La fiesta del último primer día, o más conocida por sus siglas UPD, es una costumbre muy tradicional que tiene sus orígenes en Argentina y, con el tiempo, se ha ido extendiendo a otros países como, por ejemplo, Uruguay, Paraguay y Bolivia. Esta celebración la organizan las alumnas y los alumnos de 5.° o 6.° año del secundario (17-18 años), según la especialidad de la escuela. Son alumnos de una misma clase, ya sea de una escuela secundaria pública o privada. El objetivo es celebrar su último primer día en la escuela, por lo tanto, es un momento de mucha emoción y muy importante tanto para los jóvenes como para los padres, porque marca el final y el inicio de una nueva etapa.

¿Dónde y cuándo se realiza?

Los jóvenes se reúnen la noche anterior a comenzar las clases; festejan, pasan la noche sin dormir y a la mañana siguiente llegan a la escuela todos juntos cantando, tocando instrumentos musicales, llevando remeras* con el logo de la escuela (otros alumnos incluso aparecen disfrazados) y terminan la fiesta en la puerta o en el patio de la escuela.

Por lo general, antes los jóvenes se encontraban primero en la casa de un compañero, luego se iban a un parque o a una plaza y, por último, llegaban a la escuela. En la actualidad esta modalidad ha cambiado. Esta no es la única fiesta que celebran con gusto los jóvenes durante el periodo de tiempo que van a la escuela. Otras fiestas que les gustan mucho a los jóvenes también son el Día del Estudiante, que se celebra el 21 de septiembre (día que comienza la primavera); y la fiesta de egresados, que se realiza en un salón donde van, además de los jóvenes, sus familias y parientes. Por lo general se hace una cena, hay música y mucho cotillón.

*camisetas

Un gran problema del UPD y una buena solución

El problema principal es cuando algunos jóvenes piensan que para divertirse hay que beber mucho alcohol. Por este tema se abrió una gran discusión donde todavía hoy hay dos opiniones diferentes. Una era la de prohibir esta fiesta y, la otra, la de buscar una solución al problema. Así fue que un grupo de padres hizo reuniones con los jóvenes para intercambiar ideas y, además, proponer formar un grupo de padres y alumnos para organizar juntos la fiesta. En los últimos años, varios colegios alquilan un local y allí, con la colaboración de los padres, celebran el UPD. De esta forma, se evita que los jóvenes pasen toda lo noche por la calle. Otros problemas menores son el ruido molesto y algunos problemas de tránsito debido al corte de algunas calles.

Actividades durante la fiesta

Durante la fiesta no solo se suele bailar sino también se realizan diferentes juegos, como un concurso de baile o de karaoke. Se suele hacer también un concurso de disfraces o de imitaciones.
Resumiendo, se puede decir que es una noche que disfrutan sobre todo los jóvenes que participan y que comparten esta alegría con sus amigos. Es una noche inolvidable de recuerdos y diversión. Una noche llena de experiencias positivas donde se comparte, se fortalecen amistadas y nacen otras nuevas.

0	La sigla UPD significa
1	Esta fiesta se celebró
2	La fiesta empieza
3	El 21 de septiembre se festeja
4	En la actualidad, la UPD se celebra
5	Los padres quieren evitar que
6	A la gente le molesta
7	En la fiesta están

A	el Día del Estudiante.
B	los hijos pasen la noche en la calle.
C	los jóvenes y los padres.
D	por primera vez en Argentina.
~~**E**~~	el último primer día.
F	la música.
G	la noche antes de empezar la escuela.
H	el ruido.
I	solo los jóvenes.
J	normalmente en un salón.

0	**1**	**2**	**3**	**4**	**5**	**6**	**7**
E							

2 **COMPRENSIÓN AUDITIVA**

	✓✓	✓	!!
Comprendo las principales ideas de un discurso claro y en lengua estándar que trate temas cotidianos relativos al trabajo, la escuela, el tiempo de ocio, incluyendo breves narraciones.	☐	☐	☐
Puedo seguir generalmente las ideas principales de un debate largo que ocurre a mi alrededor, siempre que el discurso esté articulado con claridad en un nivel de lengua estándar.	☐	☐	☐

44–45

Malentendidos

Vas a escuchar a una profesora hablando de malentendidos. Primero tienes 45 segundos para leer la tarea de abajo. Después vas a escuchar la audición dos veces. Escucha y encuentra los elementos correctos de la lista (A–H) para relacionarlos con las anécdotas (1–5). Hay dos elementos que no se usan. Escribe tus respuestas en las casillas adecuadas. La primera respuesta (0) ya está hecha y sirve como modelo. Después de escuchar la audición dos veces tiene 45 segundos para revisar tus respuestas.

0	Anécdota 0
1	Anécdota 1
2	Anécdota 2
3	Anécdota 3
4	Anécdota 4
5	Anécdota 5

A	El estudiante se ha lastimado con un objeto cotidiano.
B	La estudiante espera a la entrada de un local.
C	La estudiante no quiere pagar la cuenta de todas.
~~D~~	La persona recibe un regalo extraño.
E	La estudiante quiere pelear.
F	Los estudiantes confunden dos verbos.
G	La estudiante espera dentro del restaurante.
H	El estudiante quiere desayunar un animal.

0	1	2	3	4	5
D					

3 LENGUAJE EN CONTEXTO

	✓✓	✓	!!
Dispongo de un buen alcance léxico relacionado con temas conocidos y situaciones cotidianas.	☐	☐	☐
Utilizo correctamente un repertorio de “fórmulas” y patrones lingüísticos de uso frecuente relacionados con las situaciones más predecibles.	☐	☐	☐

Sin auto todo está más cerca

Lee esta entrada de blog sobre las ciudades de 15 minutos. Faltan algunas palabras. Cambia el término entre paréntesis para formar la palabra que falta para cada uno de los espacios (1–11). Escribe tus respuestas en los espacios adecuados. La primera respuesta (0) ya está hecha y sirve como modelo.

Observalonuevo15 20 de diciembre / 12:53

Hola a todas y a todos, bienvenidas/-os una vez más a mi blog. Hoy quiero hablar con ustedes sobre las ciudades de 15 minutos que en **(0)** ______ (real) no son algo nuevo, pero en la **(1)** ______ (actual) se está hablando mucho de este proyecto. Un proyecto que tiene como objetivo que las personas puedan realizar su vida de manera saludable y tengan todas las necesidades cubiertas a una distancia no mayor a los 15 o 20 minutos de su vivienda, ya sea a pie o en bici. Sin embargo, creo que el mundo laboral es uno de los elementos más difíciles de poder lograr en este proyecto. Sobre todo en las **(2)** ______ (gran) ciudades donde mucha gente invierte la mayor cantidad del tiempo de su vida

●●●○○

en ir desde su casa hasta el trabajo. Creo que si este último punto se logra, la gente podría vivir de una manera más tranquila y confortable, y podría volver a poner la vida social en uno de sus **(3)** ______ (lugar) preferenciales. Este aspecto a veces se deja de lado por falta de tiempo.

Este proyecto de urbanización ya se ha puesto en práctica en ciudades de varios países del mundo. En Barcelona, por ejemplo, se han creado las supermanzanas. Este modelo se basa en prohibir la **(4)** ______ (entrar) del tráfico vehícular en un espacio de varias calles. Además, se han hecho zonas verdes y se han puesto bancos para que la gente no solo **(5)** ______ (poder) caminar por la zona, sino también sentarse y disfrutar del lugar. Se han creado espacios para que los niños **(6)** ______ (jugar) y además cuentan con juegos infantiles. Como así también hay lugares especiales para los deportistas.

Según los **(7)** ______ (comentar) que he leído, las ventajas que la mayoría de la gente menciona son el ahorro de tiempo y la disminución del estrés. Otra cosa importante es la **(8)** ______ (cómodo) de poder ir a todos lados a pie o en bici, y encontrarse o realizar actividades en grupo con los vecinos. También hay algunas desventajas como, por ejemplo, la falta de variedad de productos a la hora de comprar, y que aún no se ha logrado que el trabajo esté cerca de casa. Ahora, con el precio de los **(9)** ______ (alquilar), se considera claramente un lujo trabajar cerca de casa. Por ejemplo, en grandes ciudades como Madrid y Barcelona, el promedio de tiempo que se necesita en transporte público para ir y (10) ______ (vuelta) del trabajo es de una hora, y en Buenos Aires llegan a las 3 horas, ya que mucha gente viaja de provincia a capital.

Según mi punto de **(11)** ______ (ver), todos tendríamos que tener la posibilidad de vivir una vida tranquila y saludable. ¿Cómo ves este tema? ¿Qué opinás de estas ciudades de 15 minutos? ¿Vivirías en una de estas ciudades?

Espero recibir muchos comentarios y opiniones de ustedes.

0	realidad	**3**		**6**		**9**	
1		**4**		**7**		**10**	
2		**5**		**8**		**11**	

4 EXPRESIÓN ESCRITA

	✓✓	✓	!!
Puedo escribir textos sencillos y cohesionados sobre una serie de temas cotidianos dentro de mi campo de interés enlazando una serie de distintos elementos breves en una secuencia lineal.	☐	☐	☐
Elaboro descripciones sencillas y detalladas sobre una variedad de temas conocidos dentro de mi área de interés.	☐	☐	☐

Una fiesta de tu ciudad/pueblo

Un/a amigo/-a de España tiene que hacer una presentación sobre una fiesta local y tú quieres ayudarle. Le mandas un correo electrónico sobre una fiesta local de tu ciudad/pueblo.

En tu **correo electrónico** tienes que:

- presentar la fiesta
- explicar qué actividades se hacen durante la fiesta
- comentar la importancia de esa fiesta

Escribe unas **200 palabras**.

Unidad 7
Comprometidos

A

B

C

D

E

F

1. **Mira las fotografías y une cada tipo de voluntariado con la fotografía correspondiente. Faltan dos tipos de voluntariado, ¿cuáles son?**

Objetivos – La alumna / El alumno sabe…

- contar anécdotas
- transmitir palabras de otros
- hablar de relaciones y conflictos personales
- hablar de proyectos solidarios
- describir relaciones humanas

Lernziele – Die Schülerin/Der Schüler kann …

- Anekdoten erzählen
- Sachverhalte wiedergeben
- über Beziehungen und persönliche Konflikte sprechen
- über Hilfsprojekte sprechen
- menschliche Beziehungen beschreiben

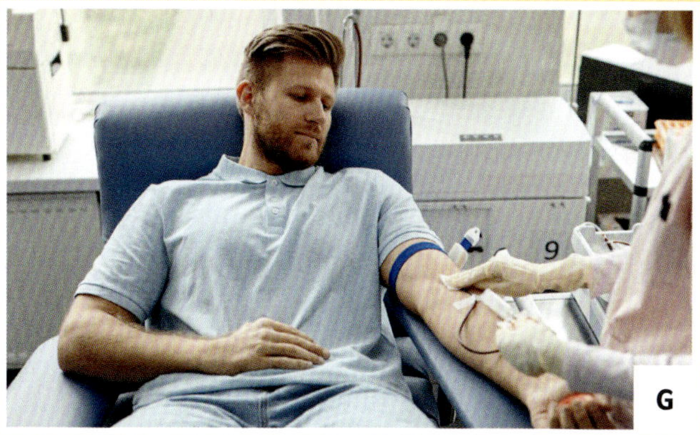

G

H

I

J

- protección del medioambiente
- protección de animales y plantas
- donación (de sangre, etc.)
- mediación en conflictos
- repartir comida en un comedor social
- ayuda a personas con barreras de acceso a la sociedad
- lucha por los derechos del colectivo LGTBIQ+
- ayuda en proyectos sociales con refugiadas/-os

46

2. Vas a escuchar a Verena hablar de diferentes voluntariados. Escribe la letra de los voluntariados que menciona.

A. El valor de la solidaridad

1 **El voluntariado en España**

Lee los resultados de un informe sobre voluntariado en España. Contesta a las preguntas (1–7) con un máximo de cuatro palabras. Escribe tus respuestas en los espacios adecuados. La primera respuesta (0) ya está hecha y sirve como modelo.

Con el apoyo del Ministerio de Derechos Sociales y Agenda 2030, la Plataforma del Voluntariado de España (PVE) ha lanzado las conclusiones de "La Acción Voluntaria en 2022". El informe destaca que en España hay 3,3 millones de personas mayores de 14 años que realizan labores de voluntariado, una cifra récord que supone un importante aumento con respecto a 2021. El crecimiento de este último año es de casi dos puntos porcentuales y alcanza al 8,2 % de la población, al pasar de 2,7 a 3,3 millones de personas.

El estudio revela que el voluntario medio es en realidad una mujer, de entre 25 y 45 años, con un nivel de estudios alto, que reside en una población de tamaño mediano o grande, trabaja y vive en un hogar con otras dos personas y no tiene que ocuparse de nadie.

Entre las conclusiones que se extraen del informe, destaca la feminización del voluntariado al pasar del 54 % de mujeres y 46 % de hombres en 2021, al 56 % de mujeres y el 44 % de hombres en 2022. El leve incremento se observa en todos los grupos de edad, pero es más evidente entre la población menor de 25 años.

En relación con la juventud, cabe destacar que hay aproximadamente un millón de personas voluntarias jóvenes en nuestro país. Mas del 60 % ayuda una o más de una vez por semana. En su mayoría son estudiantes, pero el 35 % tiene un empleo. Los proyectos preferidos por la juventud para ejercer la tarea solidaria son el voluntariado de ocio y tiempo libre, seguido del social y el educativo.
El informe revela que estos jóvenes empezaron en el voluntariado por influencia de su entorno más cercano (familia o amistades). Del estudio del Observatorio se deduce que el número de jóvenes que hace voluntariado está creciendo.

La nueva tendencia favorable al voluntariado también se hace evidente entre las personas mayores de 65 años. Este grupo de edad registra un ascenso de más de dos puntos porcentuales con respecto a 2021 (del 4,1 % al 6,6 % del total), según refleja el estudio del Observatorio. Un dato interesante es que el trabajo no parece un grave problema a la hora de decidirse por hacer voluntariado. Así lo asegura, al menos, el 58 % de las personas que han participado en la encuesta.

0	¿Quién colabora en el informe?	Ministerio de Derechos Sociales
1	¿Cuántas personas hacen un voluntariado actualmente en España?	
2	¿Cuánto ha aumentado el número de voluntariados desde 2021?	
3	¿Dónde vive una voluntaria media?	
4	¿Qué porcentaje de hombres fueron voluntarios en 2022?	
5	¿Con qué frecuencia hacen voluntariado los jóvenes?	
6	¿Qué proyectos sociales prefieren los jóvenes? (Da una respuesta.)	
7	¿Por qué comienzan los jóvenes un voluntariado?	

2 **Los planes de Verena**

47–48

Vas a escuchar a Verena que habla sobre sus planes del año que viene. Primero tienes 45 segundos para leer la tarea de abajo. Después vas a escuchar la audición dos veces. Encuentra los elementos correctos de la lista (A–L) para completar las frases (1–9). Hay dos elementos que no se usan. Escribe tus respuestas en los espacios adecuados. La primera respuesta (0) ya está hecha y sirve como modelo. Después de escuchar la audición dos veces tienes 45 segundos para revisar tus respuestas.

0	Verena envía un mensaje
1	Cuenta con la opinión favorable
2	En la primera idea, Verena
3	A Verena no le importa
4	Cuando habla de su segunda idea,
5	Verena puede enseñar
6	En su tercera idea, la ONG
7	Si decide quedarse en España,
8	La última idea es un proyecto
9	Verena pregunta si

A	hace proyectos en América Latina.
B	tiene que buscar alimentos.
C	pueden hablar por la noche.
D	más de un idioma.
E	puede recoger basura en las playas.
F	de sus padres.
G	en el sur de España.
H	le dan mucha pena los niños.
I	a ayudar a otras personas en casa.
~~J~~	sobre sus planes del año siguiente.
K	hace el voluntariado cerca de casa.
L	pasar unos meses en el extranjero.

0	1	2	3	4	5	6	7	8	9
J									

3 **Ser voluntaria/-o: vocabulario**

En parejas, leed las siguientes palabras y expresiones y marcad si son personas que reciben ayuda (1), un tipo de ayuda (2) o motivos para ayudar (3).

- ☐ colectivos marginados
- ☐ proyectos de investigación
- ☐ enriquecimiento profesional
- ☐ mayores desatendidos
- ☐ cursos de formación
- ☐ búsqueda de nuevas experiencias
- ☐ jóvenes en crisis
- ☐ solidaridad
- ☐ niños enfermos
- ☐ donaciones
- ☐ personas con discapacidad
- ☐ relaciones sociales

4

a ¿Qué es una ONG?

La palabra ONG es una sigla. Busca en el Diccionario de la Real Academia Española su significado y escribe la palabra completa.

Definición: ______________________________
____

ONG → O______________ N______________ G______________

b Las ONG españolas: una presentación oral

En España existen muchas ONG muy importantes a nivel nacional e internacional, como por ejemplo Greenpeace, Médicos sin Fronteras, Unicef (Fondo de las Naciones Unidas para la Infancia), Democracia Real Ya, Open Arms, WWF (Fondo Mundial para la Naturaleza) y Facua (Consumidores en Acción), entre otras. En grupos, tenéis que elegir una ONG y preparar una breve presentación sobre ella. Tenéis que buscar información sobre los siguientes puntos en internet:

- Organización y año de fundación
- Proyectos
- Número de voluntarias/-os y de socias/-os
- Presupuesto anual

c Vocabulario: formación de palabras

Completa las siguientes tablas con la palabra correcta.

sustantivo	adjetivo
	marginado/-a
la integración	
	enriquecido/-a
la solidaridad	
	discapacitado/-a
la profesión	
	joven

verbo	sustantivo
desarrollar	
	la ayuda
cooperar	
	la donación
formarse	
	la experiencia
investigar	

5 a **La experiencia de Jamal**

Lee la experiencia de un refugiado que se convirtió en voluntario. Faltan algunas palabras.
Elige la respuesta correcta (A, B, C o D) para cada uno de los espacios (1–11). La primera respuesta (0) ya está hecha y sirve como modelo.

Yo nací hace casi 35 años en un campamento de refugiados en el Sáhara Occidental. Cuando yo **(0)** ___, igual que ahora, Marruecos ya era el país que **(1)** ___ esa zona. Desde 1975 el gobierno de Marruecos **(2)** ___ que el Sáhara Occidental es una parte de su territorio, pero Naciones Unidas dice que, en realidad, nuestra situación no está tan clara. Sea como fuere, durante mis años allí yo siempre era muy feliz cuando **(3)** ___ con mi familia. En verano, viajaba en avión hasta España y pasaba los meses de julio y de agosto con una familia de acogida. La familia me cuidaba muy bien, me llevaba al médico o al dentista y me compraba un montón de cosas. **(4)** ___ con la misma familia durante los 4 años que participé en el programa "Veranos en Paz". Mi infancia no fue del todo fácil, pero en verano estaba con mi familia de acogida.
Pero cuando cumplí 24 años, decidí que mi vida tenía que cambiar. Ya **(5)** ___ demasiado tiempo sin futuro y sin dinero. Entonces me vine a España. El viaje no fue fácil, en absoluto. Viajé con dos amigos más hasta la frontera de Marruecos con Ceuta y allí contacté con un hombre que me pidió 3.000€ por pasarme al lado español. **(6)** ___ muchas horas dentro del maletero de un coche muy pequeño y solamente tenía una botella de agua. Cuando ya me **(7)** ___ todo el agua y me encontraba muy mal, alguien abrió el maletero y me dejaron salir. Estaba en Ceuta.
Como yo siempre **(8)** ___ muy bien español y también aprendí inglés y francés en el campamento de refugiados, pude comunicarme con todo el mundo y ayudar a otros inmigrantes que me encontraba por la calle. Cuando la policía me detuvo, me llevaron a un Centro de Internamiento de Extranjeros (CIE) y allí fue donde **(9)** ___ a ayudar a todos. Enseguida la gente empezó a conocerme y cuando alguien no **(10)** ___ hablar español o no podía comunicarse, me buscaba para que le ayudara. Yo tuve mucha suerte porque no me devolvieron al Sáhara Occidental por la situación tan mala, pero otros compañeros son metidos en un avión y devueltos a sus países. Yo ahora vivo en un piso compartido y trabajo en el CIE.
(11) ___ y hago de todo: he coordinado la recogida de alimentos para personas del CIE y para personas que viven en la calle, he encontrado alojamiento para otros refugiados, he hecho de traductor e, incluso, una vez en una situación muy excepcional pude ayudar en el nacimiento de un niño en la calle. Yo llegué como refugiado y ahora, aunque todavía sigo estando en situación irregular, me he convertido en un voluntario.

0	**A**	nacía	~~**B**~~	nací	**C**	había nacido	**D**	he nacido
1	**A**	controlaba	**B**	controlé	**C**	ha controlado	**D**	había controlado
2	**A**	había dicho	**B**	dijo	**C**	ha dicho	**D**	decía
3	**A**	estuve	**B**	había estado	**C**	estaba	**D**	he estado
4	**A**	Estaba	**B**	Estuve	**C**	Había estado	**D**	He estado
5	**A**	ha pasado	**B**	pasaba	**C**	pasó	**D**	había pasado
6	**A**	Había pasado	**B**	Pasé	**C**	He pasado	**D**	Pasaba
7	**A**	había bebido	**B**	bebí	**C**	bebía	**D**	bebo
8	**A**	hablé	**B**	hablaba	**C**	he hablado	**D**	había hablado
9	**A**	he empezado	**B**	había empezado	**C**	empezaba	**D**	empecé
10	**A**	sabía	**B**	supe	**C**	había sabido	**D**	he sabido
11	**A**	Haré	**B**	Había hecho	**C**	He hecho	**D**	Hacía

0	1	2	3	4	5	6	7	8	9	10	11
B											

b Los tiempos del pasado

Mira el cuadro y completa la primera columna con los nombres de los tiempos del pasado correspondientes. Después, busca en el texto de Jamal un ejemplo para cada uso.

Tiempo verbal	Uso	Ejemplo
	relación con el presente	
	suceso o acción cambio valoración final etapa cerrada	*Mi infancia no fue del todo fácil.*
	norma o hábito descripción marco de la acción	*En verano, viajaba en avión hasta España.*
pluscuamperfecto	hecho/situación anterior	

c Contar una historia en pasado

Mira estas cuatro fotografías. Elige una y escribe una historia en pasado. Escribe unas 150 palabras.

A

B

C

D

d Comparte tu historia

En clase, busca a una persona con tu misma fotografía y lee su historia. Ella/él tiene que leer tu historia también. ¿Son parecidas? ¿Tienen un final similar? Comparad vuestros relatos.

6 49–50

Voluntarios en la Cruz Roja

Vas a escuchar a dos personas que hablan de su experiencia como voluntarios en la Cruz Roja. Primero tienes 45 segundos para leer la tarea de abajo. Después vas a escuchar la audición dos veces. Elige la respuesta correcta (A, B, C o D) para cada frase (1–7). Pon una cruz (X) en la casilla correcta. La primera respuesta (0) ya está hecha y sirve como modelo. Después de escuchar la audición dos veces tienes 45 segundos para revisar tus respuestas.

0 Julián colabora con la Cruz Roja

A	sin pausa.	
B	desde la jubilación.	x
C	en la sierra.	
D	ayudando a jubilados.	

1 Con la moto Julián pretendía

A	hacer deporte.	
B	impresionar a su mujer.	
C	sentirse vivo.	
D	llegar rápido al trabajo.	

2 Se ha hecho voluntario

A	por agradecimiento.	
B	para tener una nueva familia.	
C	para compensar su trabajo monótono.	
D	para estar con su mejor amigo.	

3 Ahora colabora

A	visitando a familias.	
B	como técnico sanitario.	
C	recogiendo comida para los necesitados.	
D	organizando las ambulancias.	

4 Julián cree que

A	su familia ha cambiado.	
B	se va a mudar a otra casa.	
C	aporta mucho a la organización.	
D	sigue estando en deuda con la organización.	

5 Emilia

A	se mueve en silla de ruedas.	
B	hace trabajo de campo.	
C	necesita teleasistencia.	
D	es una apasionada del teléfono.	

6 El servicio de teleasistencia

A	ayuda solo a personas en silla de ruedas.	
B	está siempre disponible.	
C	es muy caro.	
D	funciona con internet.	

7 A veces los que llaman

A	viven en comunidad.	
B	tienen que pagar la llamada.	
C	se identifican con los necesitados.	
D	solo necesitan ser escuchados.	

0	1	2	3	4	5	6	7
B							

B. Compromiso desde la escuela

1 **Ser mediador en tu instituto**

Lee los testimonios de algunas/-os alumnas/-os de Austria que decidieron ser mediadoras/-es en su escuela. Elige el texto correcto (A–F) para cada afirmación (1–8). Puedes usar algunos textos más de una vez. Escribe tus respuestas en los espacios adecuados. La primera respuesta (0) ya está hecha y sirve como modelo.

A **KEANU**

Cuando estaba en el cuarto año de instituto, empecé con mi formación como mediador. Creo que mi motivación en aquel momento fue ayudar a los alumnos y a las alumnas que se sentían más excluidos y excluidas. Siempre he pensado que nadie quiere aislarse voluntariamente, sino que tiene que haber un motivo detrás. Tuve la suerte de que mi instituto ofreciera esa formación este año y, aunque tengo mucho que hacer porque estoy ya en mi último año, me gusta dedicar tiempo a ayudar a los demás.

B **SOPHIA**

En mi época en el instituto, recuerdo que siempre había mal clima en mi clase. Había algunos compañeros, sobre todo chicos, que no se hablaban con otros compañeros. Y eso siempre afectaba para mal la relación de los demás. Había tres grupos diferentes y no solamente uno grande como debería ser en una clase. Por eso me hice mediadora, para solucionar esos problemas en las clases de los más pequeños.

C **SARAH**

Yo nunca he pensado en hacerme mediadora, es muy difícil y siempre estás pensando en los problemas de los demás. Me quedan dos años para acabar el instituto y quiero concentrarme en mis estudios para luego poder tener buenas notas al final. En mi clase hemos tenido visitas de los mediadores de mi instituto alguna vez y sí creo que han funcionado bien, pero los problemas no desaparecen o se solucionan en un solo día.

D **FABIAN**

El año pasado yo pensaba que esto de ser mediador no tenía mucho sentido, pero este año me he apuntado a la formación porque están todos mis amigos. Y ahora puedo decir que estaba muy equivocado: hacemos un montón de actividades interesantes y hablamos de cómo tratar temas que son importantes para todos los alumnos y las alumnas. Lo único que no me gusta es cuando a veces me doy cuenta de que yo también me comportaba mal con los demás…

E **RICHARD**

A mí siempre me han interesado las relaciones humanas, en especial las relaciones entre los estudiantes, por eso estoy haciendo esta asignatura extra con mi amigo Fabian. Ya hemos practicado cómo mantener conversaciones con alumnos y alumnas sobre temas como violencia física o verbal y es mucho más difícil de lo que pensaba. Pero también estoy seguro de que podremos ayudar a muchas personas del instituto, por eso estoy muy motivado.

F **MAXIMILIAN**

Puede que suene un poco raro, pero a mí me obligó mi padre a hacer la formación como mediador. Él fue víctima de acoso escolar cuando iba a la escuela hace muchos años y ahora se da cuenta de lo importante que es tener a alguien que te ayude. Al principio yo no iba demasiado contento pero ahora, poco a poco, estoy aprendiendo cosas que me ayudan también en mi desarrollo personal.

Esta/-e alumna/-o ...

tiene un familiar con una mala experiencia escolar.	0	
piensa que hay una razón para la exclusión social.	1	
no quiere ser mediador/a.	2	
ha aprendido mucho de sí mismo/-a con la formación.	3	4
tiene un mal recuerdo de su época escolar.	5	
siempre ha pensado en trabajar con personas.	6	
no quería hacer la formación al principio.	7	8

0	1	2	3	4	5	6	7	8
F								

2 a **¿Qué tipos de relaciones humanas hay en una clase?**
Lee la descripción de las/-os estudiantes de 2° de Bachillerato y completa el cuadro.

describir una relación	
amistad	**amor/sentimientos**
Marcos se ____________ con sus compañeros. Lucía es la ____________ de Sandra. Juan me cae bien/mal. Lucía y Sandra se conocen bien. Gabriel y Carlos se pelean todo el tiempo.	A Marcos ____________ Lucía. Lucía está ____________ de Lucas. Maite no ____________ a los estudiantes vagos. Marcos está un poco ____________ de Lucas. Lucas ____________ con Sandra. Gabriel quiere/odia a Carlos.

Maite, la tutora

Es profesora de Historia y tutora del grupo. Lleva dos años con ellos y ya conoce sus manías y sus puntos fuertes. Es exigente en clase, pero cercana con los alumnos. Es una intelectual y no soporta a los estudiantes desinteresados y vagos.

Marcos

Un joven inteligente y con talento para las ciencias. Se ha presentado a varias olimpiadas de física y ha conseguido algún premio. Se lleva bien con sus compañeros, pero no es un chico muy sociable. Cuando está concentrado prefiere que lo dejen tranquilo. Está un poco celoso de Lucas por su éxito con las chicas y a veces se pelean. Le gusta Lucía, pero no se atreve a decírselo.

Sandra

Es una chica muy comprometida y le cae bien a todo el mundo. Participa como voluntaria en una asociación local pero el instituto y la universidad no le interesan mucho. Aún no sabe si va a estudiar alguna carrera. Va a tener que esforzarse si quiere aprobar el curso.

Lucas

Es primo de Marcos y el repetidor del grupo. Con esta clase se siente mucho mejor, está integrado y está sacando mejores notas. Es guapo, un poco rebelde y le gusta ser el centro de atención. Sale con Sandra.

Lucía

Es la mejor amiga de Sandra, pero está enamorada en secreto de Lucas. Es una chica muy creativa y de aspecto fuerte, pero es más vulnerable de lo que parece. Todos piensan que vive en otro mundo y a ella le gustaría que la tomasen más en serio.

b En parejas, hablad sobre las siguientes preguntas:

- ¿Quién sería un/a buen/a mediador/a?
- ¿Qué cualidades necesita un/a mediador/a?
- ¿Existe esta formación en tu instituto? ¿Has pensado alguna vez en ser mediador/a?

3

a El estilo indirecto

Las/-os estudiantes y la profesora del ejercicio 2a han dicho algunas cosas. Lee las oraciones en estilo directo y relaciónalas con la oración correspondiente en estilo indirecto.

1 "Sandra, tengo que contarte algo importante sobre Lucas."
2 "Marcos, tú siempre has tenido muy buenas notas."
3 "El año que viene iré a la universidad y conoceré a nuevas personas."
4 "¡Por favor, estudiad para los exámenes finales!"
5 "Más vale que estudie mucho para estos exámenes."
6 "Ayer quedé con Juan para ir al centro comercial."

A Lucas dijo que más valía que estudiara para esos exámenes.
B La profesora había dicho a sus alumnos que estudiaran para los exámenes finales.
C Lucía le dijo a Sandra que tenía que contarle algo muy importante sobre Lucas.
D Sandra dijo a Marcos que él siempre había tenido muy buenas notas.
E Marcos dijo que al año siguiente él iría a la universidad y conocería a nuevas personas.
F Ana me dijo que había quedado con Juan para ir al centro comercial el día anterior.

1	
2	
3	
4	
5	
6	

b Lee las oraciones de nuevo y completa la tabla.

Dice:	Dijo/Decía/Había dicho que	Cambio en el tiempo verbal
"tengo que contarte"	tenía que contarle	presente → imperfecto
"tú siempre has tenido"		perfecto →
"iré a la universidad"		futuro →
"estudiad para los exámenes"		imperativo →
"más vale que estudie"		pres. subjuntivo →
"quedé con Juan"		indefinido →

Cuando en estilo directo, el verbo está en **imperfecto**, **pluscuamperfecto** o **condicional**, se mantiene el tiempo verbal.
"Ayer estaba muy cansado" → Dijo que el día anterior estaba muy cansado.
Los cambios de pronombres y adverbios de tiempo están al final del libro (pág. 206–207).

C. ¡A practicar!

1 Expresión oral: proyectos sociales

- Compara las fotografías.
- Explica los motivos que animan a la gente a ser voluntaria.
- Presenta en qué proyectos participarías tú.

2 El diario de Carmen

Lee una parte del diario de Carmen. Faltan algunas palabras. Elige la respuesta correcta (A, B, C o D) para cada uno de los espacios (1–8). La primera respuesta (0) ya está hecha y sirve como modelo.

Ayer **(0)** ______ la tarde con mi bisabuela, que **(1)** ______ su cumpleaños. ¡Fue una tarde estupenda! Me mostró muchas fotos de familia. Con ellas **(2)** ______ a hablar sobre mi tatarabuela, que **(3)** ______ cuando yo era pequeña. Se **(4)** ______ a los 17 años. Antes de eso **(5)** ______ en una casa rica. Era algo común y muchas chicas **(6)** ______ para ayudar a la familia. Yo no **(7)** ______ que, en aquella época, las mujeres no **(8)** ______ tener una cuenta en el banco sin autorización de su padre o marido.

0	**A**	paso	**B**	pasé	**C**	pasaba	**D**	pasa
1	**A**	ha celebrado	**B**	celebrabas	**C**	celebra	**D**	celebró
2	**A**	empezábamos	**B**	habíamos empezado	**C**	empezamos	**D**	empezaba
3	**A**	ha muerto	**B**	murió	**C**	muere	**D**	moría
4	**A**	casó	**B**	ha casado	**C**	casa	**D**	casaba
5	**A**	trabaja	**B**	ha trabajado	**C**	había trabajado	**D**	trabajo
6	**A**	trabajan	**B**	habían trabajado	**C**	trabajaban	**D**	han trabajado
7	**A**	sé	**B**	sabía	**C**	he sabido	**D**	supimos
8	**A**	pudieron	**B**	han podido	**C**	pudieron	**D**	podían

0	**1**	**2**	**3**	**4**	**5**	**6**	**7**	**8**
B								

3 **a** **Sabina se va de viaje**

Sabina está preparando un viaje y ha hablado con muchas personas. Relaciona cada oración con el verbo correspondiente. Hay un verbo que no se usa.

repetir • explicar • desear • aconsejar • prometer • pedir • quejarse de • permitir

1. Compañero de oficina: "¡Ojalá tengas buen tiempo!" ______
2. Madre: "¡Envíame una postal!" ______
3. Amiga: "¡Mejor alójate en un hotel en el centro de la ciudad!" ______
4. Médico: "Puedes tomar el sol sin problema." ______
5. Oficina de turismo: "Estas son las rutas más interesantes." ______
6. Padre: "¡Te digo otra vez que tengas cuidado con el dinero!" ______
7. Mejor amigo: "La próxima vez te acompañaré." ______

b **Ahora escribe las oraciones en estilo indirecto.**

MODELO Novio: "Te echaré de menos." Su novio le dijo que la echaría de menos.

4 **Crear un proyecto social**

Tu clase va a crear un proyecto social para ayudar a alguien de vuestro pueblo o ciudad. En grupos tenéis que hablar de los siguientes puntos y crear un póster para presentarlo a la clase.

- A quién vais a ayudar
- De qué trata el proyecto
- Cómo recaudar dinero
- Cómo repartirse las tareas
- Lugar e inicio del proyecto

5 **Expresión escrita: una entrada de blog**

Después de crear vuestro proyecto, vuestro/-a profesor/a de español os pide una entrada para el blog de español del instituto. Cada grupo tiene que escribir su propia entrada.

En tu **entrada** tienes que:

- presentar el proyecto
- explicar la motivación para ese proyecto
- comentar cómo ha sido la preparación

Escribe unas **200 palabras**.

D. Expresión oral: Monólogo (IV)

1 **En mi ciudad y en mi barrio**

- Compara las fotografías.
- Comenta la importancia de los proyectos sociales.
- Explica por qué (no) trabajarías en un proyecto social.

2 **a** **Preparar el contenido**
Escribe el contenido de cada punto y escribe cómo quieres presentar la información (mira la Unidad 3). No te olvides de la estructura del monólogo y de su duración total (4 minutos). Anota también algunos conectores o expresiones útiles.

Punto 1	Punto 2	Punto 3
Conectores/expresiones	**Conectores/expresiones**	**Conectores/expresiones**

b **Une los puntos**
Subraya una idea en el punto 1 y en el punto 2 que te ayude a conectar los puntos. Escribe ahora dos oraciones diferentes que sirvan como conexión.

Conexión del Punto 1 al Punto 2:

Conexión del Punto 2 al Punto 3:

c **Ahora graba tu monólogo con tu teléfono móvil o con otro aparato electrónico.**

Proyectos solidarios

repartir comida en un comedor social

ayudar a personas con barreras de acceso a la sociedad

protección del medioambiente

protección de animales y plantas

lucha por los derechos del colectivo LGTBIQ+

ayuda en proyectos sociales con refugiados

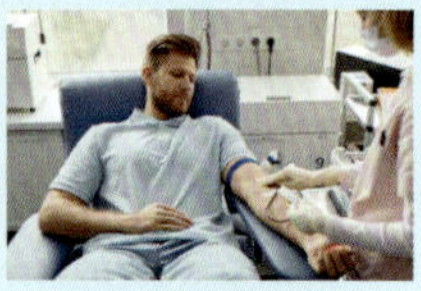
donación (de sangre, etc.)

colaborar en residencias de ancianos

hacer un voluntariado como profesor/a

mediación en conflictos

Hablar de proyectos solidarios

Realizar/hacer un voluntariado
Colaborar con una institución / una ONG
Empezar a trabajar / colaborar
El/la voluntario/-a
El colectivo marginado
Ofrecer cursos de formación
Ayudar a jóvenes en crisis
Ayudar a personas discapacitadas
Trabajar en el extranjero
Hacer un voluntariado cerca de casa
Empezar con la formación como…
Recoger basura en la playa
Tener la motivación para ayudar a los demás
Dedicar tiempo a los demás
Ser una persona muy comprometida

Describir relaciones humanas

amistad	amor/sentimientos
Llevarse bien/mal con sus compañeros	A Florian le gusta Ana.
Ser el/la mejor amigo/-a de Sandra	Patricia está enamorada de Pedro.
Caer bien/mal a alguien	Carla no soporta a los estudiantes vagos.
Conocerse bien	Marcos está un poco celoso de Lucas.
Pelearse todo el tiempo	Héctor sale con Lidia.
	Gabriel quiere/odia a Carlos.

Los tiempos del pasado

Tiempo verbal	Uso
perfecto	relación con el presente
indefinido	suceso o acción cambio valoración final etapa cerrada
imperfecto	norma o hábito descripción marco de la acción
pluscuamperfecto	hecho/situación anterior

El estilo indirecto

El **estilo indirecto** se usa para repetir las palabras de otra persona. Cuando el verbo principal está en pasado (indefinido, imperfecto o pluscuamperfecto), los otros verbos tienen que adaptarse.

Estilo directo	Estilo indirecto
presente	imperfecto
perfecto	pluscuamperfecto
futuro	condicional
imperativo	presente de subjuntivo
presente de subjuntivo	imperfecto de subjuntivo
indefinido	pluscuamperfecto

Tengo que contarte algo muy importante.
→ Juan le dijo a Gabriel que tenía que contarle algo muy importante.

Tú siempre has sido una estudiante muy buena.
→ Lourdes me dijo que yo siempre había sido una estudiante muy buena.

Mañana prepararé la cena para todos.
→ Dafne comentó que ella prepararía la cena para todos al día siguiente.

La semana pasada fui al cine con mis amigos.
→ Aitor dijo que la semana anterior había ido al cine con sus amigos.

¡Venid a casa la semana que viene!
→ Roberto dijo que fuéramos a su casa la semana siguiente.

Más vale que estudies para el examen.
→ Mi madre me dijo que estudiara para el examen.

Cuando en estilo directo, el verbo está en imperfecto, pluscuamperfecto o condicional, se mantiene el tiempo verbal.
Ayer estaba muy cansado. → Dijo que el día anterior estaba muy cansado.

Unidad 8
Paraísos naturales

animales domésticos / de granja	animales salvajes

1. En parejas, buscad en internet el nombre de los animales que aparecen en las fotografías.

Objetivos – La alumna / El alumno sabe…

- hablar sobre mascotas y animales
- hablar sobre prioridades
- hablar sobre la influencia de los animales en las personas
- la oración condicional real e irreal
- hablar sobre parques naturales

Lernziele – Die Schülerin/Der Schüler kann …

- über (Haus-)Tiere sprechen
- über Prioritäten sprechen
- über den Einfluss der Tiere auf den Menschen sprechen
- der real und irreal Bedingungssatz
- über Naturparks sprechen

animales que has visto	animales que comes

2. Ordena con tu compañera/-o los animales de las fotografías según las diferentes categorías.

A. Como pez en el agua

1 **a** **Animales y cualidades**

Lee los siguientes adjetivos. Con tu compañera/-o, pensad en los animales que asociáis con cada cualidad.

tonto/-a | sucio/-a | fuerte | cobarde | listo/-a | lento/-a | loco/-a | gordo/-a | aburrido/-a

b **Expresiones con animales**

Completa estas expresiones en español con el nombre del animal correspondiente. Los animales son los de las fotografías.

ser la __________ negra (de la familia)	estar fuerte como un __________
estar loco/-a como una __________	ser listo/-a como un __________
ser cobarde como una __________	tener vista / ojos de __________
sentirse como __________ en el agua	llevarse como __________ y __________
ser más lento/-a que una __________	llorar lágrimas de __________

c **Comparaciones con animales**

Completa los siguientes comentarios con la expresión adecuada.

1. ¿Mi nueva clase en el instituto? Pues la verdad es que son todos muy majos y nos llevamos muy bien.
   Me siento ______________________________ .
2. ¿Aún no has terminado el trabajo de Historia? Pensaba que habías empezado hace ya semanas.
   Eres más lento ______________________________ .
3. Inés nunca tiene miedo a nada. A veces hace locuras que nadie en el grupo se atreve a hacer.
   Pensamos que está ______________________________ .

2 51–52

Mascotas y sus dueños
Vas a escuchar a varias personas hablando de sus animales. Primero tienes 45 segundos para leer la tarea de abajo. Después vas a escuchar la audición dos veces. Encuentra los elementos correctos de la lista (A–I) para completar las frases (1–6). Hay dos elementos que no se usan. Escribe tus respuestas en los espacios adecuados. La primera respuesta (0) ya está hecha y sirve como modelo. Después de escuchar la audición dos veces tienes 45 segundos para revisar tus respuestas.

0	La dueña de Sultán no
1	Su perro le
2	Sultán es un perro
3	Los dos periquitos
4	Sirven para
5	A Félix le
6	Félix no

A	dócil y fuerte.
B	dan mucho placer a su dueño.
~~C~~	vive con nadie.
D	encanta ser mimado por sus dueños.
E	es un animal solitario.
F	se llaman Romeo y Julia.
G	fuerte pero mal educado.
H	quitarle el aburrimiento a su dueño.
I	da la sensación de seguridad.

"Mascota" en español significa "animal de compañía".

0	1	2	3	4	5	6
C						

3

a ¿Cómo son las mascotas?
Lee los adjetivos del recuadro y escribe cada adjetivo debajo de su antónimo.

Mi mascota / animal es				
obediente	bonito/-a	grande	listo/-a	cariñoso/-a
salvaje	limpio/-a	pacífico/-a	rápido/-a	fiel

tranquilo/-a • feo/-a • lento/-a • pequeño/-a • solitario/-a • travieso/-a • sucio/-a • tonto/-a • infiel • agresivo/-a

b Lee la descripción del ejemplo y completa el texto con los adjetivos correctos. ¿De qué animal habla el texto?

Tiene una cola muy larga y la mueve cuando está ______________ . Hace todo lo que le digo. Es muy ______________ . Está todo el día conmigo, me protege, es muy ______________ .

c En parejas, escribid ahora vuestras propias adivinanzas. Tu compañera/-o tiene que adivinar qué animal es.

4 **a** **Las ventajas y las desventajas de tener una mascota**

Marca si las siguientes oraciones son ventajas (+) o desventajas (–) de tener una mascota.

☐ tienes alguien a quien cuidar	☐ son cariñosos
☐ gastos económicos (visitas al veterinario)	☐ eres menos espontáneo
☐ llegan a ser tus mejores amigos	☐ te cuidan la casa, aportan seguridad
☐ puedes darle un hogar a un animal	☐ te hacen compañía
☐ ensucian la casa, rompen cosas	☐ sirven de pasatiempo
☐ enseñan a ser más responsable	☐ crean obligaciones
☐ hay que sacarlos a pasear	☐ reducen el estrés, la depresión y la soledad
☐ nos dan apoyo emocional	☐ nos hacen sonreír
☐ son fieles a su dueño	☐ necesitan tiempo y cuidado

b **En parejas, discutid las tres ventajas y desventajas más relevantes para vosotros. ¿Tendríais una mascota en vuestra casa?**

c **Vuestra experiencia con mascotas**

En pequeños grupos, hablad de vuestras experiencias con mascotas o con animales. Utilizad las siguientes preguntas para vuestra discusión.

- ¿Alguna vez has tenido mascota? ¿Puedes describirla?
- ¿Tienes algún recuerdo feliz con un animal o una mascota?
- ¿Tienes alergia a algún animal?
- ¿Te da miedo algún animal? ¿Por qué?
- ¿Qué animales no te gustan? ¿Y cuáles te gustan especialmente?
- ¿Alguna vez has visto a un animal abandonado? ¿Qué sentiste?
- ¿Colaborarías como voluntario en un refugio de animales? ¿Por qué (no)?
- ¿Cuál crees que es el entorno ideal / la casa ideal para tener una mascota?
- ¿Es bueno tener mascotas si vives en la ciudad?

5 »»

Expresión escrita: artículo

Un/a amigo/-a español/a necesita para el periódico de su instituto la opinión de diferentes personas de otros países sobre la idea de tener mascotas. Por eso le escribes un artículo.

En tu **artículo** tienes que:

- comentar por qué (no) tienes mascota
- explicar la importancia de los animales para las/-os jóvenes austriacas/-os
- contar una anécdota con un animal

Escribe unas **200 palabras**.

6

a Problemas con los animales

Lee el artículo sobre las dificultades de algunas personas con los animales. Faltan algunas palabras. Completa el texto con una palabra para cada uno de los espacios (1–11). Escribe tus respuestas en los espacios adecuados. La primera respuesta (0) ya está hecha y sirve como modelo.

Todos conocemos los efectos positivos **(0)** ______ tener mascotas en casa: nos dan cariño, nos hacen compañía y **(1)** ______ más. Sin embargo, ser dueño o dueña de una mascota también puede suponer varios problemas, sobre **(2)** ______ porque no todos saben cómo tratar a un animal o las consecuencias de tenerlo.

En España es bastante **(3)** ______ que, durante la época navideña o por un cumpleaños, algún familiar o un amigo o amiga te regale un animalito. Pero desde ese momento, tu vida **(4)** ______ puede ser como antes: todo cambia. Por un lado, tienes que estar atento a la salud y bienestar de tu nuevo **(5)** ______ de piso. Un perro grande no debe vivir en un piso pequeño porque le hace falta mucho espacio para moverse. Además, muchas mascotas necesitan que sus dueños o dueñas las saquen de **(6)** ______ varias veces al día, lo que no te permite seguir con tu vida anterior.

Por **(7)** ______ lado, hay que tener en cuenta a nuestros nuevos amigos cuando llegan las vacaciones. Una mascota es un trabajo diario sin días libres, por lo que el dueño o la dueña tiene **(8)** ______ pensar en ella a la hora de planear sus vacaciones. Por desgracia, muchas personas no saben buscar mejor solución que abandonarlos en la calle **(9)** ______ empieza el verano. Esto no es solamente ilegal, sino muy triste e inhumano.

Adicionalmente, hay personas que no tienen animales, no porque no quieran, sino porque realmente no pueden. Las alergias **(10)** ______ pelo de gato o de perro son más normales de lo que pensamos y este aspecto se debe tener en cuenta cuando, por ejemplo, visitamos a un amigo o a una amiga que tenga animales. Si **(11)** ______ eres el dueño del animal, tienes que informar a tus amigos antes de que lleguen a tu casa para evitar posibles problemas médicos.

En cualquier caso, tener una mascota puede ser una de las cosas más maravillosas del mundo. Simplemente hace falta tener algunos aspectos en cuenta antes de adoptar o regalar una mascota. Y sobre todo, no se debe comprar animales, la adopción es un proceso que dura un tiempo, pero que ayuda a muchos animales.

0	de	**3**		**6**		**9**	
1		**4**		**7**		**10**	
2		**5**		**8**		**11**	

b En parejas, hablad sobre las cosas a las que renunciarías por una mascota.

Hablar de prioridades	
Yo (no) podría vivir sin...	Yo (no) renunciaría a...
Yo (no) necesito realmente...	(A mí) (no) me parece necesario...
Yo (no) considero (muy) importante...	(A mí) me basta con...
Yo (no) le doy (mucha) importancia a...	Para mí (no) es fundamental...

7 **a Construcciones modales**

Busca y subraya en el texto de la página anterior ejemplos de estas construcciones.
Completa el siguiente cuadro con la traducción de dichas estructuras.

posibilidad	poder + infinitivo	______
capacidad	saber + infinitivo	______
obligación	tener que + infinitivo hay que + infinitivo deber + infinitivo	______ ______ ______
permiso	poder + infinitivo dejar/permitir + infinitivo/subjuntivo	______ ______
prohibición	no deber + infinitivo	______
necesidad	necesitar/hacer falta + infinitivo/subjuntivo	______

b Tu vida en construcciones modales

En parejas, haced oraciones sobre vuestro día a día con cada estructura modal.

MODELO Mis padres no me dejan que quede con amigos antes de hacer la tarea.

8 **a Una encuesta sobre animales**

En clase, haced una encuesta entre todas/-os las/-os compañeras/-os con las preguntas de la tabla y anota los resultados.

		número de alumnas/-os en clase: ______	
1.	¿Tienes un animal?		
2.	¿Es positivo tener un animal?		
3.	¿Un animal supone mucho trabajo para la/el dueña/-o?		
4.	¿Es mejor tener una mascota cariñosa o independiente?		
5.	¿Quién se ocupa normalmente de las mascotas, los hijos o los padres?		

b Expresión escrita: un informe

Tu escuela de español del verano pasado quiere saber la opinión de las/-os jóvenes austriacas/-os sobre las mascotas en las familias de acogida. Tú envías un informe con la opinión de tu clase.

En tu **informe** tienes que:

- presentar la encuesta
- explicar los beneficios de que tu familia anfitriona tenga animales
- comentar algunas reglas para la convivencia en esas familias

Escribe unas **200 palabras**.

9 **a Los zoológicos**

Lee la lista de argumentos sobre la existencia de los zoológicos. Faltan algunas palabras. Usa los términos entre paréntesis para formar la palabra correcta para cada uno de los espacios.

- ☐ Sirven como entretenimiento para las personas (sobre todo para los niños).
- ☐ Los animales están ______________ (encerrar) en jaulas.
- ☐ Se reduce el estrés y se pasa un tiempo agradable en ______________ (contactar) con los animales.
- ☐ Los animales están ______________ (hacer) para desarrollarse en su hábitat natural.
- ☐ Educan a los seres humanos en los valores del ______________ (respetar) y protección de la naturaleza.
- ☐ Los animales no tienen que buscarse la comida, simplemente la ______________ (esperar).
- ☐ Mejoran la interacción entre los seres humanos y los animales.
- ☐ Descuidan las ______________ (necesitar) biológicas de los animales.
- ☐ Muchos animales no son aptos para la vida en cautiverio (los elefantes, las jirafas, etc.).
- ☐ El cautiverio enloquece a los animales.
- ☐ Trabajan directamente en la conservación y protección de especies en ______________ (peligroso) de extinción.
- ☐ No se sabe si tratan ______________ (bueno) a los animales.
- ☐ Son centros de ______________ (investigar) para biólogos y veterinarios.
- ☐ Ganan mucho dinero a costa de los animales.
- ☐ Son lugares donde simplemente se ______________ (exhibición) animales.
- ☐ Alimentan a los animales.

b A favor o en contra

En parejas, decidid si los argumentos del ejercicio a son a favor (+) o en contra (–) de los zoológicos.

c Una presentación oral: los zoos en las ciudades

En grupos, preparad una presentación oral sobre el zoo de una ciudad. Buscad información en internet sobre los siguientes aspectos:

- Ciudad, tamaño y número de especies
- Número de especies en peligro y proyectos de conservación
- Número de visitantes y beneficio económico

B. Paraísos naturales

1 **a** **¿Parque natural o parque nacional?**

Lee el texto sobre las diferencias entre un parque natural y un parque nacional. Faltan algunas palabras. Elige el elemento correcto de la lista (A–N) para cada uno de los espacios (1–11). Hay dos elementos que no se usan. Escribe tus respuestas en las casillas adecuadas. La primera respuesta (0) ya está hecha y sirve como modelo.

Parque nacional vs. parque natural

Los parques naturales **(0)** ______ áreas naturales muy poco transformadas por los humanos por varias razones. Se caracterizan **(1)** ______ paisajes maravillosos, ecosistemas variados y una flora y fauna únicas. Se trata de lugares que tienen **(2)** ______ ecológico, cultural, educativo, estético y científico, y por eso es muy **(3)** ______ protegerlos y conservarlos. ¿Pero cómo se **(4)** ______ de los parques nacionales? De verdad, no siempre están correctamente **(5)** ______ los dos términos.
En general, la diferencia más importante tiene que ver con los distintos niveles de protección de la **(6)** ______ e incluso con el valor natural que tienen. Para que un área sea declarada parque nacional, tiene que **(7)** ______ varios criterios, entre otros tiene que ser representativa de su **(8)** ______ natural. Además, debe disponer de una superficie amplia para permitir la evolución natural y de un **(9)** ______ a su alrededor que pueda declararse como zona de protección. El parque nacional más **(10)** ______ de nuestro planeta es el Parque Nacional de Yellowstone en Estados Unidos. Otro parque muy famoso por **(11)** ______ las palmas más altas del mundo es el Parque Natural Otún Quimbaya en Colombia.

A	antiguo	**F**	importante	~~**K**~~	son
B	cumplir	**G**	naturaleza	**L**	territorio
C	de	**H**	por	**M**	usados
D	diferencia	**I**	poseer	**N**	valor
E	diferencian	**J**	sistema		

0	1	2	3	4	5	6	7	8	9	10	11
K											

b **¿Cuántos parques hay en Austria?**

En parejas, buscad en internet si hay estos parques o espacios en Austria.

Parques nacionales	Parques naturales	Parques de la biosfera de la UNESCO	Espacios naturales Patrimonio Mundial de la UNESCO

2 **a** **La naturaleza de Costa Rica**

Lee el texto sobre la naturaleza y los espacios naturales de Costa Rica. Faltan algunas palabras. Cambia el término entre paréntesis para formar la palabra que falta para cada uno de los espacios (1–14). Escribe tus respuestas en los espacios adecuados. La primera respuesta (0) ya está hecha y sirve como modelo.

Costa Rica, ¡pura vida!

No es casualidad que Costa Rica lleve este **(0)** ______ (nombrar), porque en sus 51.000 kilómetros cuadrados entre los océanos Atlántico y Pacífico este país parece un paraíso. El eslogan de Costa Rica, "¡Pura vida!" **(1)** ______ (celebración) la diversidad de la naturaleza y el carácter de su gente.

Ningún otro país tiene tantas zonas dedicadas al **(2)** ______ (estudiar) y la conservación de las especies: casi el 25 % del país está considerado área **(3)** ______ (proteger): hay 20 parques naturales y 8 reservas biológicas. Existen unas 9.000 clases **(4)** ______ (diferencia) de plantas, que incluyen más de 1.300 tipos de orquídeas. También se han **(5)** ______ (identificación) 850 especies de aves, 209 de mamíferos, 383 de reptiles, y al menos 10.000 especies de insectos. Entre ellos unas 2.000 mariposas diferentes. Aunque Costa Rica ocupa solo un 0,03 % del territorio **(6)** ______ (mundo), posee alrededor del 5 % de todas las especies, algunas de ellas en **(7)** ______ (peligroso) de extinción.

Para ayudar a conservar esta diversidad, Costa Rica se ha **(8)** ______ (convertir) en uno de los países líderes del turismo **(9)** ______ (ecología). Así, el gobierno da ayudas a proyectos sostenibles, es decir, que ofrezcan por ejemplo **(10)** ______ (alojar) o excursiones en armonía con el medioambiente. Antes de autorizar **(11)** ______ (novedad) proyectos, se hace un estudio del peligro que podrían tener sobre la naturaleza, y los que ya existen se **(12)** ______ (control) regularmente. Además, es muy importante la **(13)** ______ (educar) de la gente y la formación de personal especializado en el **(14)** ______ (respetar) a los recursos naturales.

0	nombre	**5**		**10**	
1		**6**		**11**	
2		**7**		**12**	
3		**8**		**13**	
4		**9**		**14**	

b Comprensión lectora

Lee el texto sobre Costa Rica otra vez. Completa las frases (1–6) con un máximo de cuatro palabras. Escribe tus respuestas en los espacios adecuados. La primera respuesta (0) ya está hecha y sirve como modelo.

0	Costa Rica se encuentra entre los…	océanos Atlántico y Pacífico.
1	Costa Rica se puede comparar con…	
2	Su lema no solo se refiere a su variedad natural sino también al…	
3	Casi un cuarto del país se considera…	
4	Varios animales y plantas corren el riesgo de…	
5	En Costa Rica quieren proteger la naturaleza fomentando…	
6	Nuevos proyectos sólo son posibles si no dañan…	

3

a La oración condicional real

Lee los adjetivos del recuadro y escribe cada adjetivo debajo de su antónimo.

1. Si *tengo* dinero el año que viene, *visitaré* Costa Rica con mis amigos.
2. Si *queremos* conservar la biodiversidad, *tenemos* que tomar medidas para proteger la naturaleza.
3. La situación del medioambiente *mejorará* si el ser humano *toma* conciencia del problema.

Si la condición es real (posible), utilizamos la siguiente estructura:

Si + ______________________, presente o ______________________.

b Formar frases

En parejas, mirad las fotos y formad frases con la condición real.

4

La oración condicional irreal

Combina los principios de las oraciones con su final y completa la regla del recuadro naranja.

Si cambiásemos nuestro estilo de vida,	A	____	si no viajásemos tanto en avión.
Compraríamos menos cosas	B	____	podríamos salvar el planeta.
El calentamiento global sería menor	C	____	el mar estaría más limpio.
Si utilizáramos menos plásticos,	D	____	si todos reutilizásemos más.

Si la condición es irreal (imposible o muy poco probable), utilizamos la siguiente estructura:

Si + ______________________, ______________________.

C. ¡A practicar!

1 **Expresión oral: animales**

- Compara las fotografías.
- Describe las ventajas y desventajas de tener una mascota.
- Comenta cuál sería tu mascota ideal.

2 **¿Qué harías en estas situaciones?**
Lee y completa las oraciones con el condicional correcto (real o irreal).

1. Tendría una mascota si ______

2. Si mañana llueve mucho, ______

3. Ramón tendrá que estudiar mucho si ______

4. Si tuviera el carné de conducir, ______

5. Si pudiera, ______

6. Mis amigos y yo organizaremos una fiesta si ______

7. Si mis padres me quieren ayudar, ______

8. Mi amiga Ana sería más feliz si ______

3 **La opción más probable para ti**
En parejas, leed las siguientes oraciones y elegid la opción más probable para ti.

Si pudiera viajar a cualquier país del mundo, …

A visitaría un parque natural en Oceanía.
B viajaría en tren.
C daría la vuelta al mundo.

Si mis amigos y yo tenemos mucha energía, …

A nos ponemos a estudiar español.
B nos vamos al cine.
C practicamos deporte.

Si mi madre pudiera, …

A me prohibiría salir los fines de semana.
B revisaría mi móvil y mis redes sociales.
C me abrazaría todo el rato.

4

53–54

Con mascotas en espacios públicos

Vas a escuchar una entrevista de radio con tres personas que hablan de sus experiencias con sus animales en sitios públicos. Primero tienes 45 segundos para leer la tarea de abajo. Después vas a escuchar la audición dos veces. Elige la respuesta correcta (A, B, C o D) para cada frase (1–9). Pon una cruz (X) en la casilla correcta. La primera respuesta (0) ya está hecha y sirve como modelo. Después de escuchar la audición dos veces tienes 45 segundos para revisar tus respuestas.

0	El programa de radio es	
~~A~~	por la tarde.	x
B	de madrugada	
C	por la mañana.	
D	el fin de semana.	

1	Cuando el entrevistador era pequeño	
A	no había tantas mascotas.	
B	las tiendas no aceptaban animales.	
C	las mascotas siempre se compraban.	
D	pocas tiendas aceptaban mascotas.	

2	Manuel vive en Sevilla	
A	desde que nació.	
B	desde que era pequeño.	
C	desde hace una década.	
D	desde hace dos años.	

3	El perro de Manuel	
A	tiene menos de diez años.	
B	es muy mayor.	
C	es un cachorro.	
D	es de Alemania.	

4	Al principio, Manuel	
A	ignoró a su perro.	
B	no quería tener perro.	
C	pagó a amigos para cuidarlo.	
D	lo llevó a cursos de adiestramiento.	

5	Bello puede decidir	
A	cuándo comer.	
B	si quiere ser amable con personas.	
C	cuándo salir a pasear.	
D	si alguien le cae bien.	

6	Pablo recuerda la importancia de	
A	querer a los animales.	
B	educar a las mascotas.	
C	adoptar animales.	
D	vacunar a las mascotas.	

7	El gato de Carolina tiene	
A	su propio instagram.	
B	muchos años.	
C	nombre de ciudad.	
D	muchos amigos.	

8	Carolina pasó unos meses	
A	buscando a su mascota ideal.	
B	pensando nombres para su gato.	
C	sin tener mascota.	
D	en una ciudad europea.	

9	Carolina prefiere	
A	invitar a sus amigos a casa.	
B	no quedar mucho con sus amigos.	
C	nunca dejar solo a su gato.	
D	quedar cerca de su casa.	

0	1	2	3	4	5	6	7	8	9
A									

D. Expresión oral: Diálogo (IV)

1 **Una mascota nueva**
Tus padres quieren adoptar una mascota pero no saben cuál.
Tu hermana/-o y tú habláis de diferentes opciones.

- Un perro
- Un gato
- Un pez
- Un pájaro
- Un hámster

Poneos de acuerdo en tres posibles ideas para tus padres.

2 a **Frases que nos ayudan a hablar**
Lee las siguientes frases y completa cada espacio con la palabra que falta. Escribe la palabra directamente en los huecos.

1. Después ______ pensarlo bien, creo que…
2. Bueno, pues entonces ______ de acuerdo en esto.
3. Esto lo vemos ______ los dos.
4. Ahora ______ escucho tu idea, pienso que…
5. Diría que ahora he ______ de opinión.
6. Perfecto, no tenemos que hablar más ______ esto.
7. Este ______ entonces ya está cerrado.
8. A lo mejor tienes ______ cuando dices que…

b **¿Qué expresa cada frase?**
Escribe cada frase del ejercicio anterior en su columna correspondiente.

Cambiar de opinión	Llegar a un acuerdo

3 a **Preparando el contenido del diálogo**
Completa la siguiente tabla con algunas ideas sobre los diferentes animales propuestos.

	dar de comer	sacar a pasear	limpiar	tiempo necesario
perro				
gato				
pez				
pájaro				
hámster				

b **En parejas, mantened el diálogo del ejercicio 1. Utilizad las expresiones del ejercicio 2 y las ideas del ejercicio 3.**

Animales

el perro

el gato

el caballo

el cerdo

la cabra

el conejo

la oveja

el cocodrilo

la paloma

el pez

la mariposa

la ballena

la serpiente

la tortuga

el tigre

el pato

el mono

el ratón

Expresiones con animales

Ser la oveja negra de la familia
Estar loco/-a como una cabra
Ser cobarde como una gallina
Sentirse como pez en el agua
Ser más lento/-a que una tortuga
Estar fuerte como un toro
Ser listo/-a como un zorro
Tener vista/ojos de águila
Llevarse como perro y gato
Llorar lágrimas de cocodrilo

Describir animales

obediente	travieso/-a
bonito/-a	feo/-a
grande	pequeño/-a
listo/-a	tonto/-a
cariñoso/-a	solitario/-a
salvaje	tranquilo/-a
limpio/-a	sucio/-a
pacífico/-a	agresivo/-a
rápido/-a	lento/-a
fiel	infiel

Hablar de animales

Ventajas	Desventajas
Tienes alguien a quien cuidar Llegan a ser tus mejores amigos Puedes darle un hogar a un animal Enseñan a ser más responsable Nos dan apoyo emocional Son fieles a su dueño Son cariñosos Te cuidan la casa, aportan seguridad Te hacen compañía Sirven de pasatiempo Reducen el estrés, la depresión y la soledad Nos hacen sonreír	Gastos económicos (visitar al veterinario) Ensucian la casa o rompen cosas Hay que sacarlos a pasear Eres menos espontáneo Crean obligaciones Necesitan tiempo y cuidado

Construcciones modales

posibilidad	poder + infinitivo
capacidad	saber + infinitivo
obligación	tener que + infinitivo hay que + infinitivo deber + infinitivo
permiso	poder + infinitivo dejar/permitir + infinitivo/subjuntivo
prohibición	no deber + infinitivo
necesidad	necesitar/hacer falta + infinitivo/subjuntivo

Hablar de prioridades

Yo (no) podría vivir sin...
Yo (no) necesito realmente...
Yo (no) considero (muy) importante...
Yo (no) le doy (mucha) importancia a...
Yo (no) renunciaría a...
(A mí) (no) me parece necesario...
(A mí) me basta con...
Para mí (no) es fundamental...

Expresar condicionales reales e irreales

Las **condicionales reales** hablan de situaciones posibles y probables.

Si + presente, presente o futuro.

Si tengo hambre por la tarde, me preparo un bocadillo.
Si mañana llueve, mi clase no irá de excursión al zoo.

Las **condicionales irreales** son las que son imposibles o muy poco probables.

Si + imperfecto de subjuntivo, condicional.

Si mis padres ganasen la lotería, se comprarían una casa en la playa y otra en la montaña.
Si Ana fuera más alta, sería jugadora profesional de baloncesto porque le gusta mucho jugar.

Unidad 9
La diversidad

A

El sufragio femenino

El Parlamento español decidió que las mujeres tuvieran derecho al voto. 161 parlamentarios votaron a favor y 121, en contra. Durante la Dictadura, este derecho se perdió.

B

El Instituto de la Mujer

Después de la Dictadura, la sociedad empezó a tener una mayor sensibilidad hacia las mujeres y sus reivindicaciones políticas y sociales.

C

Ley contra la Violencia de Género

Fue una de las primeras leyes en Europa sobre este tema. Tiene tres ideas básicas: la prevención, la protección y recuperación de la víctima, y la persecución del delito.

D

Ley de las personas trans

Gracias a esta ley, las personas transexuales pueden cambiar su nombre y su sexo en los documentos oficiales de manera más sencilla que antes.

E

Legalización de la homosexualidad

Muy poco después de la muerte de Francisco Franco, el gobierno eliminó la ley que definía la homosexualidad como delito.

F

Legalización del divorcio

Pocos años después de la Dictadura, el gobierno socialista aprobó una ley para que los hombres y las mujeres pudieran divorciarse.

G

Primera mujer ministra

Federica Montseny se convirtió en la primera mujer ministra en España. Fue ministra de Sanidad y Asistencia social durante poco más de medio año.

H

Ley de Interrupción del Embarazo

Esta ley actual permite a las mujeres abortar sin ninguna explicación durante las primeras 14 semanas de embarazo.

1. **El progreso social en España en los siglos XX-XXI**
En parejas, mirad la línea del tiempo. Escribid la letra de cada acontecimiento dentro del círculo correspondiente.

Objetivos – La alumna / El alumno sabe …
- recomendar y valorar actividades
- expresar diferentes valoraciones
- hablar sobre temas de actualidad
- debatir sobre diversidad y feminismo
- quedar con alguien
- hablar sobre cambios en la sociedad

Lernziele – Die Schülerin/Der Schüler kann …
- Aktivitäten empfehlen und bewerten
- verschiedene Meinungen äußern
- über aktuelle Themen sprechen
- über Vielfalt und Feminismus sprechen
- sich mit jemandem verabreden
- über Änderungen in der Gesellschaft sprechen

I

El matrimonio homosexual

Después de muchos años, el gobierno socialista aprobó el matrimonio igualitario. También se aprobó el derecho a adoptar para parejas homosexuales.

J

Legalización del aborto

El gobierno socialista legaliza el aborto en tres situaciones concretas. Sin embargo, el aborto no es un derecho de las mujeres, sino una excepción.

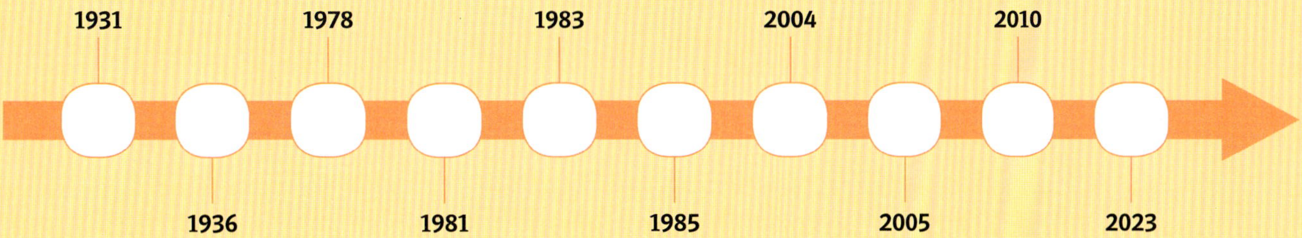

2. ¿Cómo fue en tu país?
Buscad información sobre estos acontecimientos en vuestro país y en Argentina. Anotad el año correcto. ¿Dónde sucedió primero, en España, en Austria o en Argentina?

Sufragio femenino		
Legalización del divorcio		
Legalización del aborto		
Matrimonio homosexual y adopción		
Primera mujer ministra		
Legalización de la homosexualidad		
Ley de las personas trans		

A. Por ellas

1 **a** **Feminismo: tus ideas**

En parejas, comentad qué significan las siguientes palabras.

feminismo	conciliación familiar	igualdad	techo de cristal

b **Definiciones**

Lee las siguientes definiciones y une cada palabra del ejercicio anterior con su definición.

______________	Dificultades que encuentran las mujeres para tener acceso a los puestos de alta responsabilidad.
______________	Principio de igualdad de derechos de la mujer y el hombre.
______________	Principio que reconoce la equiparación de todos los ciudadanos en derechos y obligaciones.
______________	Equilibrio existente entre la vida profesional y personal de un/a empleado/-a.

c **Las dificultades de las mujeres**

Lee los siguientes problemas que encuentran las mujeres en el mundo laboral y decide si son problemas de conciliación familiar (C), de igualdad (I) o de techo de cristal (T). Algunos problemas tienen varias respuestas.

No poder trabajar a jornada completa		No tener opción a un ascenso por tener familia	
Ganar menos que un colega en el mismo puesto		Hacer preguntas personales en la entrevista de trabajo	
Tener menos experiencia por las responsabilidades familiares		Escuchar comentarios sobre la ropa o el maquillaje.	

2 **La situación a mi alrededor**

En parejas, responded a las siguientes preguntas. Luego comentad vuestros resultados con el resto de la clase.

- ¿Cuántas mujeres conoces que trabajen a tiempo completo? ¿Por qué trabajan algunas mujeres a tiempo parcial?
- ¿Qué consecuencias tiene que las mujeres se queden más en casa que los hombres?
- ¿Cómo se podría cambiar esta situación?

3

¿Qué es el feminismo?

Lee esta entrada de blog sobre la definición de feminismo. Faltan algunas palabras. Elige el elemento correcto de la lista (A–P) para cada uno de los espacios (1–13). Hay dos elementos que no se usan. Escribe tus respuestas en los espacios adecuados. La primera respuesta (0) ya está hecha y sirve como modelo.

MiVidaenlaLucha 14 de abril / 9:30

Cuando se habla de feminismo, muchas **(0)** ______ todavía piensan que se trata de un movimiento político **(1)** ______ tiene dos objetivos: el primero es que las mujeres **(2)** ______ más importantes que los hombres y "lo controlen todo"; y el segundo es que la sociedad odie **(3)** ______ los hombres porque todo lo malo que pasa en el mundo es culpa suya. ¿Habéis escuchado **(4)** ______ vez que las mujeres quieren hacer a los hombres ciudadanos de segunda clase? Bueno, pues todo esto son mentiras y más mentiras que no tienen nada que **(5)** ______ con el feminismo.

El Diccionario de la Real Academia Española (DRAE) da dos definiciones sobre la palabra feminismo. La **(6)** ______ es bastante precisa y dice lo siguiente: "Principio de igualdad de derechos de la mujer y el hombre." Esto significa que todas las personas que normalmente dicen "yo estoy a favor de la igualdad entre hombres y mujeres, pero no soy feminista", en **(7)** ______, sí son feministas. Feminismo es sinónimo de igualdad, ni más ni menos. Por **(8)** ______ lado, el DRAE tiene una segunda definición que resulta mucho más interesante: "Movimiento que lucha por la realización efectiva en todos los órdenes del feminismo."

¿Por qué digo que es **(9)** ______ más interesante? Muy fácil, por las palabras "movimiento" y "lucha". Muchas personas no entienden que las mujeres **(10)** ______ tener los mismos derechos que los hombres. Es por este **(11)** ______ que las mujeres llevan organizándose en el movimiento feminista desde hace ya varios siglos, para luchar por sus derechos.

Dónde comenzó este movimiento y cuál **(12)** ______ su primera conquista son temas que comentaré en otra entrada. De momento, lo importante es que **(13)** ______ que el feminismo quiere y lucha por la igualdad de todos y de todas. ¡Seamos feministas! ¿Y vosotros/-as? ¿Qué pensabais que era el feminismo? Escribid vuestras ideas o vuestras experiencias en los comentarios y decidme si queréis que hable de algún tema en concreto en las próximas entradas. ¡Os leo!

A	a	**E**	fue	**I**	otro	**M**	quieran
B	alguna	**F**	motivo	~~**J**~~	personas	**N**	realidad
C	entendáis	**G**	mucho	**K**	primera	**O**	sean
D	es	**H**	muy	**L**	que	**P**	ver

0	**1**	**2**	**3**	**4**	**5**	**6**	**7**	**8**	**9**	**10**	**11**	**12**	**13**
J													

4

a El incendio en la fábrica Triangle Shirtwaist

¿Has oído hablar alguna vez del incendio en la fábrica de Triangle Shirtwaist? En grupos, buscad información en internet y completad la tabla de abajo. Luego, cread un póster y haced una presentación en clase.

Fecha y lugar del incendio	
Historia de la fábrica	
Número de víctimas	
Relación con el 8 de marzo	
Otra información relevante	

b Un pódcast sobre el incendio

55–56

Vas a escuchar un pódcast para jóvenes sobre el famoso incendio de una fábrica textil en Nueva York. Primero tienes 45 segundos para leer la tarea de abajo. Después vas a escuchar la audición dos veces. Escucha y elige la respuesta correcta (A, B, C o D) para cada frase (1–5). Pon una cruz (X) en la casilla correcta. La primera respuesta (0) ya está hecha y sirve como modelo. Después de escuchar la audición dos veces tienes 45 segundos para revisar tus respuestas.

0	El pódcast de Manuel es para	
A	sus alumnos del instituto.	x
B	todo el mundo.	
C	estudiantes de universidad.	
D	los padres de los alumnos.	

1	Idoia felicita a Manuel por	
A	su trabajo como profesor.	
B	su relación con sus alumnos.	
C	su forma de dar clase.	
D	su iniciativa con los pódcast.	

2	Las familias de las trabajadoras	
A	no recibieron nada de la empresa.	
B	consiguieron una suma de dinero.	
C	tuvieron que limpiar la fábrica.	
D	hablaron con el alcalde.	

3	Después del incendio, la empresa	
A	ganó dinero con el seguro.	
B	tuvo que cerrar.	
C	trató bien a las familias.	
D	se declaró en bancarrota.	

4	El Estado de Nueva York	
A	no reaccionó al incendio.	
B	mejoró las normas de seguridad.	
C	denunció a la empresa.	
D	dio una casa a las familias.	

5	Los salarios de las mujeres	
A	no cambiaron hasta 1945.	
B	los recibían los maridos.	
C	eran la mitad que los de los hombres.	
D	mejoraron en los siguientes años.	

0	1	2	3	4	5
A					

5 **a** **Las actividades del día 8 de marzo**

Estás de intercambio en Madrid y es el día 7 de marzo. Has encontrado las siguientes actividades para celebrar el día 8 de marzo.

Documental "Primero vinieron ellas"
Documental y coloquio de las biografías e historias de algunas de las mujeres más importantes de España: Dolores Ibárruri, Emilia Pardo Bazán o Federica Montseny, entre otras.
Sábado 8 de marzo a las 19:30 hs. en el Centro Cultural "Todas Juntas", Lavapiés. Entrada gratuita.

Concierto urbano "Música por ellas"
Concierto de varias artistas emergentes y consolidadas. Canciones de espíritu y letra feminista para celebrar la lucha por un mundo más igualitario y justo para todas y para todos.
Sábado 8 de marzo a las 19:00 hs. en la Plaza Pedro Zerolo, en Chueca. Entrada gratuita.

Arte urbano "Por tu género"
Si el arte urbano y hacer grafitis es lo tuyo, pásate por nuestro nuevo mural y exprésate. Nosotros te ayudaremos con algunas técnicas básicas e ideas sobre colores y formas. El espacio es limitado.
Sábado 8 de marzo a las 19:00 en Madrid Río. 5€ para materiales.

Plaza redonda "Nuestras experiencias"
Aunque ya hemos avanzado mucho, aún quedan muchos espacios por conquistar. Si tienes ganar de hablar y de compartir tus experiencias, te esperamos en nuestra versión maxi de una mesa redonda.
Sábado 8 de marzo a las 19:30 en la Plaza 2 de Mayo, Malasaña.
Donación voluntaria para bebidas.

b **Quedar con alguien**

Elige una actividad y busca algunos adjetivos y expresiones para describirla. Luego, habla con tu compañera/-o sobre las dos actividades y quedad para ir a una.

proponer	¿Te apetece ir al concierto? ¿Tienes ganas de ir al cine? ¿Qué te parecería quedar para tomar algo? ¿Qué tal si vamos a esta actividad? ¿Y si vamos al parque? ¿Vamos a dar un paseo? ¿Vienes al teatro conmigo?
quedar	¿A qué hora te viene bien quedar? ¿Quedamos a las ocho en la esquina? ¿Nos vemos en la puerta del cine? ¿A qué hora y dónde es el concierto? ¿Cómo quedamos luego?

c Recomendar una actividad

En pequeños grupos, recomendad vuestra actividad al otro grupo. Luego, el otro grupo os recomienda la suya y tomáis una decisión sobre a cuál de las dos actividades vais a ir.

recomendar	valorar actividades
Te recomiendo el concierto. Te recomiendo que vayas al cine. No te pierdas esa obra de teatro. Yo, en tu lugar, iría al restaurante. Mejor que no vayas a esa exposición, porque…	Es muy divertida / entretenida. Es un rollo / no es nada interesante. Da mucho que pensar. Merece la pena / no vale la pena. Te hace pensar sobre el tema.

57–58

d Yo fui al concierto, ¿y tú?

Vas a escuchar a dos amigos hablando sobre lo que hicieron el día 8 de marzo. Primero tienes 45 segundos para leer la tarea de abajo. Después vas a escuchar la audición dos veces. Escucha y completa las frases (1–7) con un máximo de cuatro palabras. Escribe tus respuestas en los espacios adecuados. La primera respuesta (0) ya está hecha y sirve como modelo. Después de escuchar la audición dos veces tienes 45 segundos para revisar tus respuestas.

0	El Día de la Mujer fue el…	sábado.
1	Leo y unas amigas hicieron…	
2	El mural está pintado en…	
3	Cada persona pagó…	
4	Durante el concierto, Johanna…	
5	Para estar en contacto intercambiaron…	
6	María es estudiante de…	
7	Leo ha olvidado…	

e Expresión escrita: un correo electrónico

Tú también estuviste el día 8 de marzo en Buenos Aires y ahora quieres enviarle un correo electrónico a un/a amigo/-a español/a para hablar de tu experiencia.

En tu **correo electrónico** tienes que:

- describir la manifestación
- hablar sobre qué hiciste después de la manifestación
- explicar si te gustó

Escribe unas **200 palabras**.

B. Orgullosos, orgullosas y orgulloses

1 **a Muchas banderas para muchas personas diferentes**

Mira las siguientes banderas. En parejas, unid cada bandera con su identidad sexual y su definición. Escribe los números y las letras correspondientes debajo de cada bandera.

Orgullo gay	A	Orgullo no binario	B	Orgullo lésbico	C
Orgullo hetero aliado	D	Orgullo bisexual	E	Orgullo transgénero	F

1	Personas inclinadas sexualmente hacia individuos de uno y otro sexo
2	Personas atraídas por el otro sexo pero que defienden y apoyan a la comunidad queer
3	Personas cuya identidad no se corresponde con su cuerpo
4	Hombres inclinados sexualmente hacia personas de su mismo sexo
5	Personas cuya identidad sexual no se categoriza ni como hombre ni como mujer
6	Mujeres inclinadas sexualmente hacia personas de su mismo sexo

b Hay muchas más banderas

En parejas, buscad más banderas de identidades sexuales. Luego pintad tres en los espacios de abajo y escribid qué representan.

2 El 28 de junio

Lee el texto sobre los orígenes del Día del Orgullo LGTBIQ+. Faltan algunos elementos. Encuentra los elementos correctos de la lista (A–M) para cada uno de los espacios (1–10). Hay dos elementos que no se usan. Escribe tus respuestas en las casillas adecuadas. La primera respuesta (0) ya está hecha y sirve como modelo.

Cuando vemos las celebraciones que cada año **(0)** ______ con motivo del Día del Orgullo LGTBIQ+, nos damos cuenta de que precisamente la palabra que utilizamos para definirlas es esa: celebración. Y a la hora de mencionar el evento central en todas las ciudades y **(1)** ______, la palabra más usual es desfile. Desde hace unos años ya no hablamos de manifestación o de movimiento social y político, **(2)** ______, como si fuera una fiesta, porque ya no tenemos que luchar por nada más.

La primera manifestación por el Orgullo LGTBIQ+ fue, en realidad, **(3)** ______ en un bar donde las personas se sentían libres en una época en la que todavía era ilegal pertenecer a este colectivo. Durante muchos años después de la Segunda Guerra Mundial, las personas *queer*, especialmente hombres homosexuales, se reunían en algunos bares **(4)** ______. De vez en cuando, la policía iba por las noches y arrestaba a varias personas. **(5)** ______, estas personas volvían a la calle y todo el mundo seguía con su vida. Pero el 28 de junio de 1969, en el bar Stonewall de Nueva York, algo cambió. La policía perdió el control de la situación y los clientes del bar se rebelaron. Al día siguiente, **(6)** ______, donde estaba el bar, se organizaron y empezaron a manifestarse contra la policía y a favor de los derechos de los homosexuales.

Para celebrar estos acontecimientos, **(7)** ______ con una fiesta o con un desfile, se organizaron manifestaciones el 28 de junio de 1970 en Nueva York y Los Ángeles. Con el paso de los años, otras ciudades fueron sumándose a esta iniciativa y cada año surgieron nuevas manifestaciones en ciudades diferentes. **(8)** ______, la primera manifestación en favor de los derechos de las personas homosexuales tuvo lugar en Barcelona en 1977, dos años después de la muerte del dictador Francisco Franco.

El bar Stonewall Inn se puede visitar actualmente. En 2016, Barack Obama **(9)** ______ y, gracias a ello, este pub se convirtió en el primer monumento nacional en Estados Unidos que recuerda la lucha por los derechos de las personas LGTBIQ+. Este hecho fue de gran importancia, **(10)** ______ social como política.

A	un enfrentamiento entre la policía de Nueva York y varias personas *queer*
B	un *pub* muy concurrido de la parte alta de Nueva York
C	los vecinos del barrio de Greenwich Village
D	ahora hablamos de celebración y de desfile
E	lo declaró monumento nacional
F	Al cabo de unas horas o de unos días
G	que nada tuvieron que ver

~~**H**~~	tienen lugar en muchas ciudades
I	que todo el mundo conocía
J	porque reconoció la lucha del colectivo de relevancia tanto
K	En el caso de España
L	pueblos que reservan este día en el calendario
M	aparecían en muchas guías turísticas de Nueva York

0	1	2	3	4	5	6	7	8	9	10
H										

3 **a** **El género neutro**

Lee el texto sobre la aparición de un nuevo género en español. Faltan algunas palabras. Elige la respuesta correcta (A, B, C o D) para cada uno de los espacios (1–11). La primera respuesta (0) ya está hecha y sirve como modelo.

Hablar con corrección y expresar **(0)** ______ opinión de manera precisa es uno de los aspectos más importantes de cualquier idioma. En este sentido, cuando **(1)** ______ hace una generalización y se refiere a un gran número de personas, en español existen **(2)** ______ tres opciones, aunque solamente una de ellas está aceptada por la Real Academia Española (RAE).

Según la institución nacida **(3)** ______ España, una palabra en su forma masculina y plural hace referencia tanto a los varones como a las mujeres. Por **(4)** ______ tanto, es suficiente con que digamos "maestros" o "políticos" para incluir también a las "maestras" y a las "políticas". De hecho, la RAE ha expresado ya en varias ocasiones su opinión negativa **(5)** ______ el uso del lenguaje inclusivo y lo define como "innecesario".

Un gran número de personas **(6)** ______ los dos géneros cuando se expresan de manera oral o escrita. Esto significa que ellos y ellas sí dicen "maestros y maestras" como una manera de hacer referencia a todo un grupo de personas. Esta forma de hablar o de escribir no tiene **(7)** ______ si la palabra solamente tiene una forma, como **(8)** ______ ejemplo "estudiante" o "miembro".

Sin embargo, el aspecto más polémico es la aparición del género neutro cuando hablamos de personas. Hoy en día, **(9)** ______ personas se definen como no binarias, por lo que no se sienten representadas ni por el masculino ni por el femenino. Por ello, se ha empezado **(10)** ______ utilizar la terminación -e (amigue, profesore, todes, etc.). Aunque todavía es una opción muy minoritaria, su uso está en ascenso.

Como se puede observar, el lenguaje evoluciona con la sociedad y no es algo que **(11)** ______ escrito en piedra. Poco a poco la lengua refleja la realidad de las personas que la hablan y tiene que adaptarse a nuevas realidades.

0	**A**	uno	**B**	una	**C**	unas	**D**	la
1	**A**	quien	**B**	alguien	**C**	algún	**D**	alguna
2	**A**	actual	**B**	mientras	**C**	hoy	**D**	actualmente
3	**A**	en	**B**	a	**C**	por	**D**	dentro
4	**A**	la	**B**	el	**C**	le	**D**	lo
5	**A**	sobre	**B**	con	**C**	por	**D**	entre
6	**A**	utilizamos	**B**	utilice	**C**	utiliza	**D**	utilicen
7	**A**	espacio	**B**	lugar	**C**	habitación	**D**	punto
8	**A**	para	**B**	por	**C**	de	**D**	en
9	**A**	muchas	**B**	muchos	**C**	muy	**D**	mucha
10	**A**	con	**B**	entre	**C**	de	**D**	a
11	**A**	está	**B**	sea	**C**	esté	**D**	es

0	**1**	**2**	**3**	**4**	**5**	**6**	**7**	**8**	**9**	**10**	**11**
B											

b El lenguaje inclusivo: tus ideas
Lee el cuadro amarillo de la derecha con la definición de lenguaje inclusivo de Naciones Unidas. Luego, en grupos, discutid los siguientes puntos de vista.

"La Real Academia Española dice que cuando usamos el masculino, también nos referimos a las mujeres. No entiendo el problema." Mariana (50 años)

"Es verdad que se tarda más tiempo en decir hombres y mujeres que solamente hombres, pero creo que es una cuestión de respeto hacia la mitad de nuestra sociedad." Raúl (23 años)

Por "lenguaje inclusivo en cuanto al género" se entiende la manera de expresarse oralmente y por escrito sin discriminar a un sexo, género social o identidad de género en particular y sin perpetuar estereotipos de género.
Ejemplo: *los alumnos y las alumnas* (~~los alumnos~~).
(ONU, 2018)

"Yo siempre utilizo el lenguaje inclusivo, pero, si me olvido una vez y solo hablo de hombres, mis amigos y amigas me miran mal y no me gusta." Agustina (18 años)

"Si educamos a los jóvenes y a las jóvenes desde el principio, desde la escuela, entonces esto dejará de ser un tema de discusión." Pedro (45 años)

4

a *Ser* o *estar*
Lee las siguientes frases y escribe la traducción en la columna de la derecha.

1. Creo que Ana es una **buena** persona. Siempre me ayuda. ________
2. No me sorprende que esta sopa esté muy **buena**. La ha hecho Ramón. ________
3. Carla es una niña muy **lista**. Siempre entiende todo a la primera. ________
4. ¿Estáis **listos** para ir de excursión? ¿Habéis organizado todo? ________
5. Es bueno que los niños sean **abiertos** desde pequeños. ________
6. Ayer cuando volví a casa, mi puerta estaba **abierta**. ________
7. No me gusta que los libros sean **aburridos** porque pierdo el tiempo. ________
8. Cuando mis padres están **aburridos**, se van al cine o de paseo. ________
9. En clase los niños son siempre **atentos** unos con otros. ________
10. En clase los niños tienen que estar **atentos** al profesor. ________

b Ahora completa la tabla con los adjetivos del ejercicio 4a.

ser	adjetivo	estar
algo / alguien con rasgos positivos	________	persona atractiva / comida que gusta
algo / alguien con rasgos negativos	malo/-a	enfermo/-a / comida que no gusta
persona con dinero	rico/-a	comida o sensación agradable
persona inteligente	________	persona preparada para una situación
persona extrovertida	________	lugar que no está cerrado
persona poco interesante	________	persona o cosa sin interés
persona muy amable	________	persona que presta atención

Utilizamos **ser + adjetivo** normalmente para una descripción objetiva (el libro es aburrido); **estar + adjetivo** para una valoración subjetiva o temporal (hoy está alegre). Algunos adjetivos cambian de significado si se usan con **ser** o con **estar**.

c Lee las siguientes oraciones y completa los espacios con el verbo *ser* o *estar*.

1. Es bueno que la sociedad ______________ abierta y acepte a todas las personas como son.
2. Cuando mis amigos y yo ______________ aburridos, buscamos una película que ______________ buena y nos vamos a verla al cine. A veces, si todas las películas ______________ malas, nos vamos al teatro.
3. En Chueca hay restaurantes que ______________ muy buenos y sus platos ______________ muy ricos. Además, los camareros y las camareras siempre ______________ atentos.
4. Cuando quedo con mis amigas, ellas nunca ______________ listas a tiempo. Siempre necesitan 15 minutos más.

5

a Posición de los adjetivos

En parejas, leed el siguiente cuadro y elegid el adjetivo correcto en las oraciones de abajo.

adjetivo delante del sustantivo	adjetivo detrás del sustantivo
un buen actor / una buena actriz un mal actor / una mala actriz un gran cuadro / una gran exposición	un hombre bueno / una mujer buena un libro bueno / una película buena un cuadro grande / una exposición grande

En la mayoría de los casos, los adjetivos van detrás de los sustantivos. Si van delante, tienen un valor más subjetivo (un buen hombre, un hombre bueno). **Bueno** y **malo** (igual que **primer**, **tercer**, **algún** y **ningún**) pierden la -o ante un sustantivo masculino; **grande** pierde la sílaba **-de** también ante sustantivos masculinos y femeninos.

1. Este es el *primer* examen *primero* que hago este año. Espero que vaya bien.
2. Es verdad que soy un *medio* estudiante *medio*. Hago las tareas, pero no estudio y mis notas siempre son más o menos buenas.
3. Es una *gran* película *grande*. Me ha encantado verla.
4. Todos los estudiantes hemos tenido la *misma* nota *misma* en el examen. Es sorprendente.
5. La discriminación siempre es un serio tema serio. Nadie debería hacer bromas sobre ello.
6. Cuando necesito *algún* consejo *alguno*, hablo con mis hermanos. Ellos siempre me ayudan.
7. Ha sido una *gran* manifestación del Día del Orgullo LGBTIQ+ *grande*. Muy emocionante.

b Una encuesta en clase

Pregunta a tus compañeras/-os por las cualidades de los siguientes puntos . Anota algunas palabras clave sobre sus respuestas.

	compañera/-o 1: ______________	**compañera/-o 2:** ______________
un/a buen/a amigo/-a		
un/a buen/a profesor/a		
un/a buen/a hermano/-a		

c Ahora comentad en clase vuestras respuestas.

C. ¡A practicar!

1 **Expresión oral: los derechos sociales**

- Compara las fotografías.
- Describe la importancia de los movimientos sociales.
- Presenta la influencia del feminismo en tu vida.

2 **Propuestas y reacciones**

Relaciona las propuestas con las reacciones correspondientes.

1. ¿Cuándo nos vemos?
2. ¿Viste la última película de J.A. Bayona?
3. ¿Tomamos algo hoy aunque llueva?
4. ¿Fuiste al festival de cine *queer*?
5. Ya he leído el libro de Pablo Rivero.
6. ¿Sabes que tengo novio?
7. ¿Vas a ir con tus sobrinos al Día del Orgullo?
8. ¿Vamos al café de la universidad?

A ¡Claro! ¿En tu casa o en la mía?
B Sí, ya la he visto. ¡Es un rollo!
C Mejor al "Central", es más tranquilo.
D ¡Qué suerte!
E Cuando quieras. ¿Qué tal es martes?
F Pues no sé. Todavía son muy pequeños.
G ¿Ya lo has terminado? ¿Me lo prestas?
H No. Y ayer era el último día. ¡Una pena!

1	2	3	4	5	6	7	8

3 **Expresión escrita: un comentario de blog**

Una amiga de España ha publicado la siguiente entrada en su blog. Ahora tú decides escribir un comentario con tu opinión.

LuchaDesdeElPrincipio 13 de septiembre / 20:15

¡Hola a todos, todas y todes! Hoy he vuelto al instituto y nuestro profesor nos ha hablado de feminismo y derechos sociales. ¡Me ha encantado esta primera clase! ¿Vuestros/-as/-es profesores/-as/-es también os hablan de estos temas?

En tu **comentario** tienes que:

- comentar la entrada de tu amiga
- explicar la importancia de hablar de derechos sociales en la escuela
- presentar aspectos para mejorar en tu entorno

Escribe unas **200 palabras**.

D. Expresión oral: Monólogo y diálogo

1 **Derechos para todos/-as/-es**

Tarea en forma de monólogo

- Compara las fotografías.
- Explica qué significa para ti ser feminista.
- Describe la importancia de los movimientos por los derechos sociales en nuestra sociedad.

Tarea en forma de diálogo
Un/a amigo/-a y tú queréis hacer una presentación sobre discriminación para la clase de español. Tenéis algunas ideas, pero no sabéis cuáles incluir:

- una persona homosexual
- un/a extranjero/-a
- una persona con otro color de piel
- una persona con otra religión
- una persona transexual

Poneos de acuerdo en tres ideas para la presentación.

2 **¿Qué hemos aprendido en estas páginas?**
Lee los siguientes descriptores sobre la tarea en forma de monólogo y diálogo, y piensa si eres capaz de hacer estas tareas. Copia esta tabla y añade algunos ejemplos de los que te acuerdes.

	✓✓	✓	!!	**Ejemplo**
Puedo realizar una descripción fluida sobre un tema de mi interés.	☐	☐	☐	
Puedo presentar varios puntos de manera ordenada.	☐	☐	☐	
Puedo desarrollar un argumento de manera lógica la mayoría del tiempo.	☐	☐	☐	
Puedo dar opiniones y argumentar mis opiniones, planes y acciones.	☐	☐	☐	
Puedo contestar preguntas, aunque a veces tengo que pedir una aclaración si la persona habla rápido.	☐	☐	☐	
Puedo explicar las ventajas y desventajas de varias opciones.	☐	☐	☐	

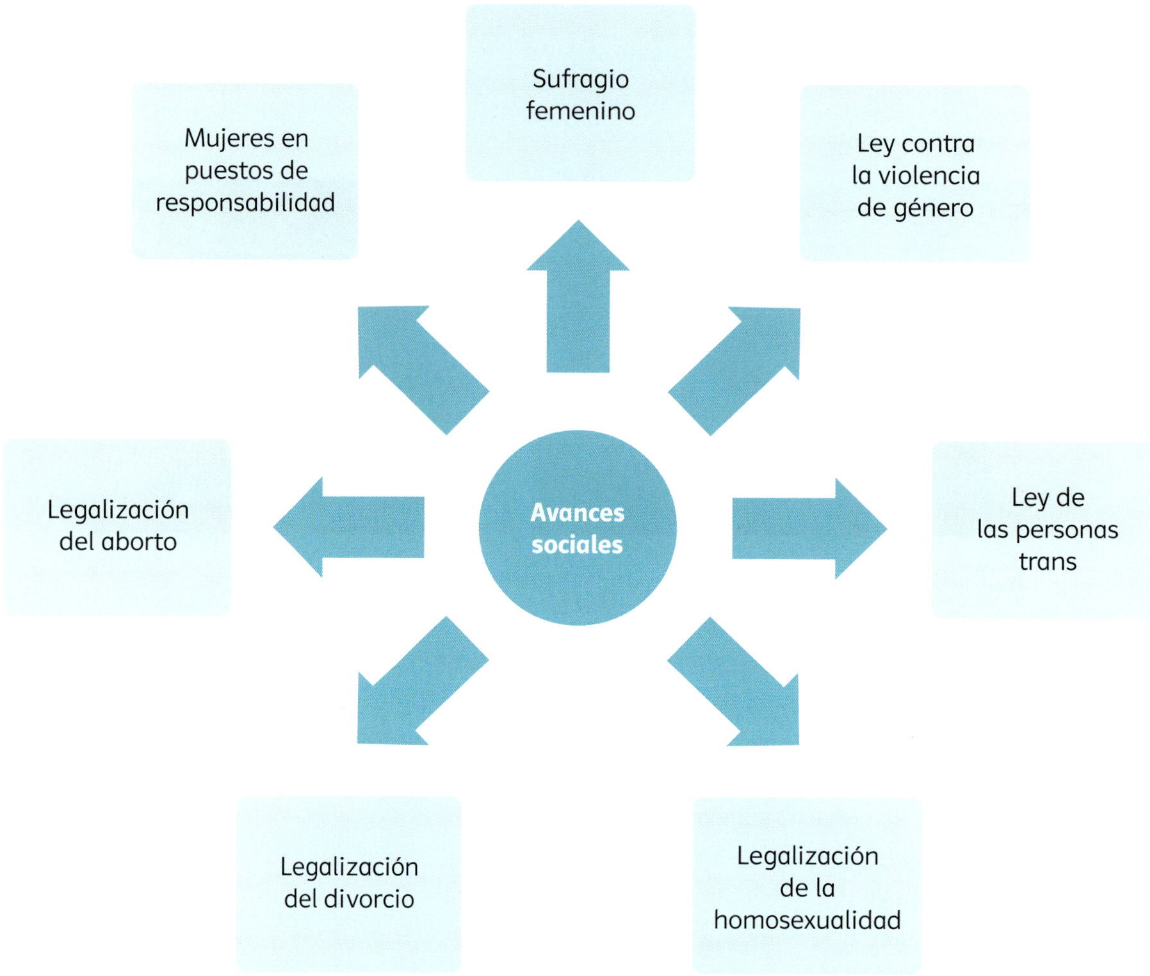

Dificultades por ser mujer

No poder trabajar a jornada completa
Ganar menos que un colega en el mismo puesto
Tener menos experiencia por las responsabilidades familiares
No tener opción a un ascenso por tener familia
Hacer preguntas personales en la entrevista de trabajo
Escuchar comentarios sobre la ropa o el maquillaje

Quedar con alguien

proponer	**quedar**
¿Te apetece ir al concierto? ¿Tienes ganas de ir al cine? ¿Qué te parecería quedar para tomar algo? ¿Qué tal si vamos a esta actividad? ¿Y si vamos al parque? ¿Vamos a dar un paseo? ¿Vienes al teatro conmigo?	¿A qué hora te viene bien quedar? ¿Quedamos a las ocho en la esquina? ¿Nos vemos en la puerta del cine? ¿A qué hora y dónde es el concierto? ¿Cómo quedamos luego?

Reaccionar a un ofrecimiento

recomendar	valorar actividades
Te recomiendo el concierto. Te recomiendo que vayas al cine. No te pierdas esa obra de teatro. Yo, en tu lugar, iría al restaurante. Mejor que no vayas a esa exposición, porque…	Es muy divertida / entretenida. Es un rollo / no es nada interesante. Da mucho que pensar. Merece la pena / no vale la pena. Te hace pensar sobre el tema.

Adjetivos con *ser* y *estar*

ser	adjetivo	estar
algo / alguien con rasgos positivos	bueno/-a	persona atractiva / comida que gusta
algo / alguien con rasgos negativos	malo/-a	enfermo/-a / comida que no gusta
persona con dinero	rico/-a	comida o sensación agradable
persona inteligente	listo/-a	persona preparada para una situación
persona extrovertida	abierto/-a	lugar que no está cerrado
persona poco interesante	aburrido/-a	persona o cosa sin interés
persona muy amable	atento/-a	persona que presta atención

Utilizamos **ser + adjetivo** normalmente para una descripción objetiva (el libro es nuevo); **estar + adjetivo** para una valoración subjetiva o temporal (Hoy está alegre). Algunos adjetivos cambian de significado si se usan con **ser** o con **estar**.

Posición de los adjetivos

adjetivo delante del sustantivo	adjetivo detrás del sustantivo
un buen actor / una buena actriz	un hombre bueno / una mujer buena
un mal actor / una mala actriz	un libro bueno / una película buena
un gran cuadro / una gran exposición	un cuadro grande / una exposición grande

En la mayoría de los casos, los adjetivos van detrás de los sustantivos. Si van delante, tienen un valor más subjetivo (un buen hombre, un hombre bueno).
Bueno y **malo** (igual que **primer**, **tercer**, **algún** y **ningún**) pierden la -o ante un sustantivo masculino; **grande** pierde la sílaba **-de** también ante sustantivos masculinos y femeninos.

Rincón profesional

C

1 **La estructura del examen**

juego de rol + situación inventada

↓

Monólogo (4') → **Diálogo (8')**

El examen oral de español de la BHS en el nivel B1 dura alrededor de 12 minutos. Este examen tiene dos partes: un monólogo en el que **la/el candidata/-o tiene que hablar sola/-o sobre un tema durante unos cuatro minutos**, y un **diálogo sobre una situación inventada en el que la/el candidata/-o habla con su profesora/profesor o con otra/-o compañera/-o durante unos ocho minutos**.

Es importante tener en cuenta que, durante el examen, la/el candidata/-o tiene que **interpretar un papel**. En otras palabras, normalmente tiene que imaginarse que está en una empresa o en una **situación profesional**.

Un aspecto crucial del examen oral es que las instrucciones van acompañadas de **material de apoyo**. Este material pueden ser fotografías, dibujos, gráficos, citas de personas relevantes, textos breves, etc. La/el candidata/-o tiene que **leer este material y entenderlo**. Solamente así puede utilizarlo durante el examen como parte de sus ideas y de sus argumentos. **Es importante utilizar este material**.

2 **El tiempo de preparación**

20-30 minutos

↓

Monólogo:

- **Estructura**
- **Contenido**
- **Marcadores**

→

Diálogo:

- **Ideas**
- **Funciones comunicativas**
- **Marcadores**

3 **¿Qué es la huella de carbono?**
Lee el siguiente texto y subraya las ideas más importantes. Después, cierra el libro y crea un mapa de ideas con la información que recuerdes.

Muchas personas creen que su estilo de vida es muy ecológico porque nunca se llenan la bañera, sino que siempre toman una ducha muy breve; porque consumen carne producida de manera ecológica y también porque siempre toman el transporte público en lugar de ir en su propio coche. ¿Eso es suficiente para reducir nuestra huella de carbono? Y sobre todo, ¿qué es la "huella de carbono"?

En pocas palabras, la huella de carbono es la cantidad de dióxido de carbono (CO_2) que producimos durante nuestro día a día. Si tomamos el autobús, aunque es un medio de transporte público, estamos produciendo CO_2 porque funciona con gasolina. Si comemos un aguacate, aumentamos nuestra huella de carbono porque el aguacate viene empaquetado en plástico (producto hecho a base de petróleo) y se cultiva en otro país, por ejemplo, México o España. Todas nuestras actividades producen una cantidad mayor o menor de CO_2. Ahora bien, algunas son mucho más dañinas para el medioambiente que otras. Viajar en avión de Viena a Berlín tiene un efecto mucho mayor que hacer el mismo recorrido en tren.

Sin embargo, no solamente las personas tienen huella de carbono; las empresas, también. Un factor muy influyente en este sentido es el consumo energético; sobre todo el uso de energía eléctrica y de la calefacción. ¿Puedes trabajar por la mañana solamente con luz natural y apagar las luces? Es una pregunta muy sencilla pero, si lo haces, no solamente estás ahorrando dinero en tu factura de la luz, sino que también estás reduciendo tu huella. Otro punto a tener en cuenta es el uso de la calefacción cuando no es realmente necesario. En invierno es normal que haga más frío en la calle y, como consecuencia, deberíamos trabajar con una chaqueta o con un jersey puestos, en lugar de subir el termostato. Estas son solo algunas de las maneras en que las empresas aumentan su huella.

Y si hablamos de las escuelas, pues realmente estamos hablando, en realidad, de otro tipo de empresas. La huella de carbono de las escuelas tiene muchas similitudes con la huella de las empresas y, por lo tanto, se pueden implementar estrategias parecidas para reducirla. Un ejemplo muy actual pero no demasiado barato es la instalación de paneles solares en los tejados. Las escuelas tienen un consumo de electricidad muy alto debido al número de clases que suelen tener. Del mismo modo, hay otras opciones que algunas escuelas ya implementan y que, si bien son mucho trabajo, son muy divertidas para los alumnos y las alumnas. Estoy hablando, por ejemplo, de los huertos ecológicos. Algunas clases tienen su propio espacio en el tejado o en el jardín del instituto y pueden plantar tomates, patatas, zanahorias u otros productos que luego pueden comer. Una o dos veces al año, las clases celebran un día especial y van a la cocina del instituto para cocinar con sus alimentos ecológicos.

Reducir la huella de carbono tiene que ser una prioridad tanto a nivel personal como empresarial. Aunque algunas medidas son más fáciles que otras de implementar, los resultados merecen la pena. Entender qué significa comprar un producto importado desde otro continente o utilizar botellas de plástico de un solo uso es solamente el primer paso para poder luchar contra nuestra propia huella.

4 a **Ejemplo de examen oral: El medioambiente**

Situación

Estás haciendo tus prácticas para el instituto en España. Estás en una empresa que ayuda a instituciones como institutos o bibliotecas, entre otras, a proteger el medioambiente. Se llama *Aún tenemos tiempo*.

Un instituto de educación secundaria cercano a tu empresa quiere introducir algunas medidas para ser más verde y reducir, por ejemplo, el consumo de electricidad y de calefacción. Vas a participar en una reunión con la directora del instituto y quieres presentarle tus ideas.

Tarea en forma de monólogo (4 minutos)

Haz una breve presentación a la directora del instituto. En tu presentación tienes que:

- explicar la importancia de cuidar el medioambiente (material 1)
- presentar algunas posibles medidas para el instituto
- comentar la aceptación de las/-os alumnas/-os de las nuevas medidas (material 2)

Tarea en forma de diálogo (8 minutos)

Después de la presentación, hablas con la representante de profesoras/-es sobre el proyecto para el instituto. Durante la conversación tienes que:

- explicar el potencial ahorro de dinero de las medidas presentadas
- sugerir proyectos para financiar con ese dinero
- expresar tu opinión sobre las medidas y su aceptación

Material 1

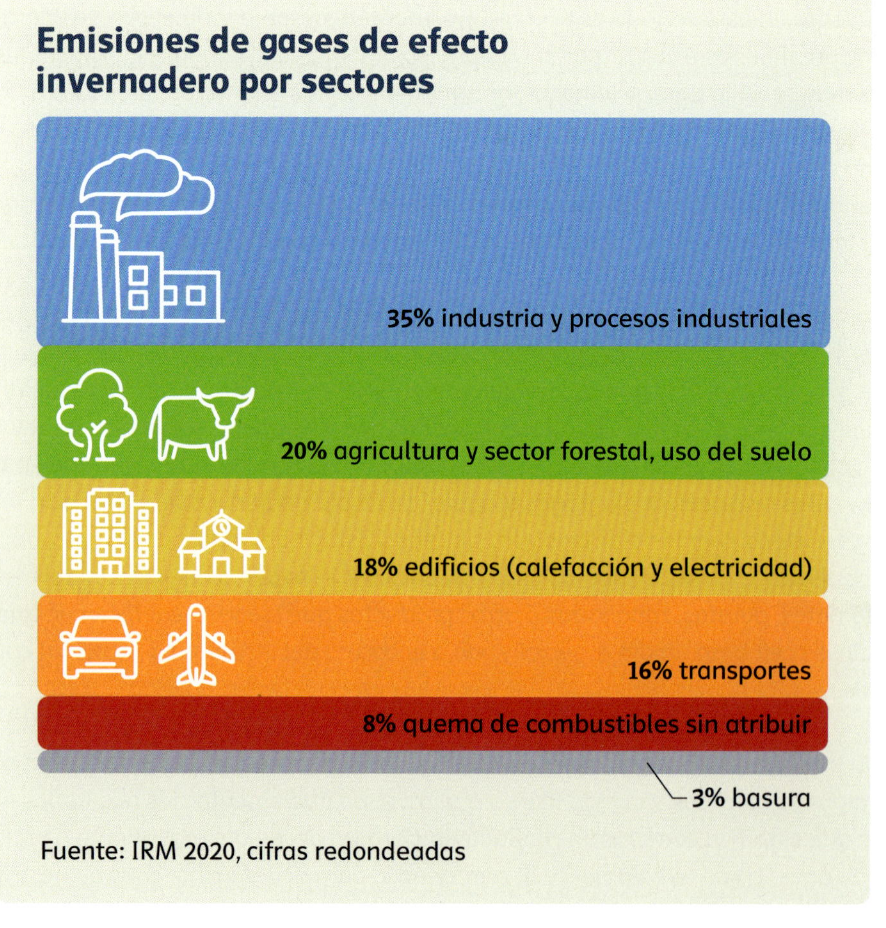

Material 2

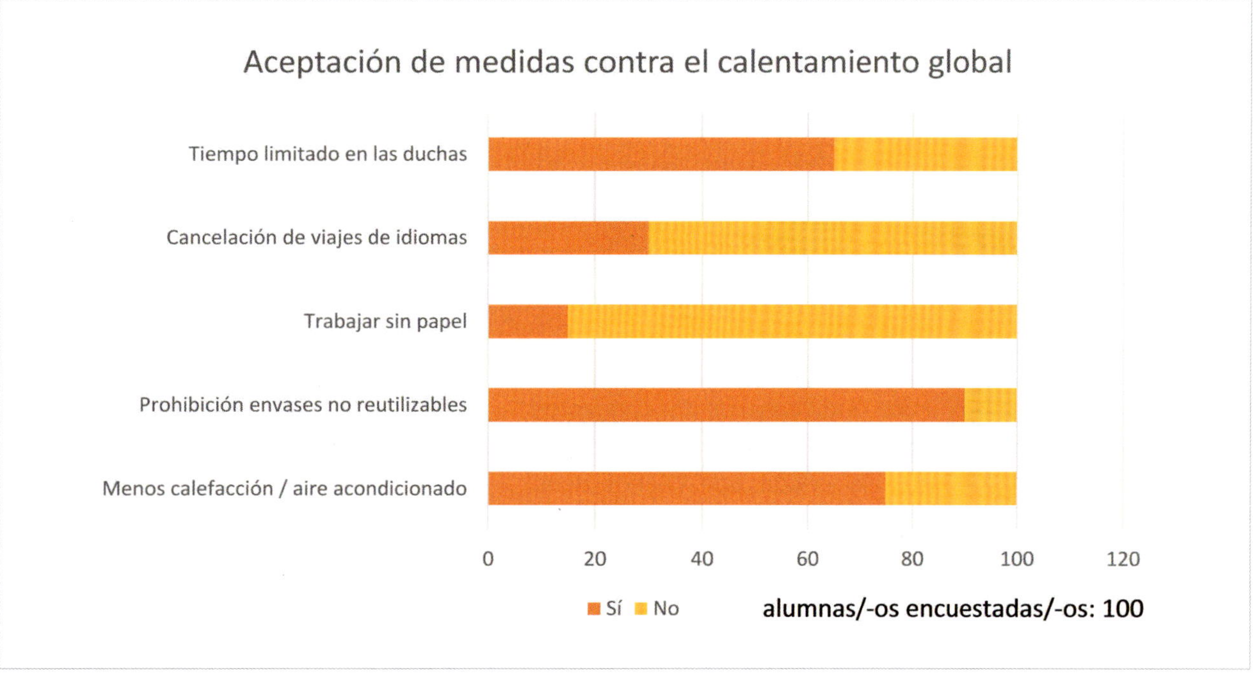

b Tu preparación

Después de leer el primer texto y de observar los dos gráficos, anota tus ideas para los diferentes puntos en los siguientes recuadros.

Explicar la importancia de cuidar el medioambiente
Presentar algunas posibles medidas para el instituto
Comentar la aceptación de las/-os alumnas/-os de las nuevas medidas

Explicar el potencial ahorro de dinero de las medidas presentadas
Sugerir proyectos para financiar con ese dinero
Expresar tu opinión sobre las medidas y su aceptación

5 **a** **Una publicidad más inclusiva y diversa**

Lee el siguiente texto y haz una lista con las ideas más importantes.

Es imposible pensar en la sociedad actual como una sociedad en la que todas las personas son homogéneas, es decir, iguales o muy parecidas. La sociedad ha cambiado mucho en las últimas décadas. Por ejemplo, hemos experimentado una auténtica revolución feminista. Actualmente, hay muchas mujeres con trabajos más importantes y con mayor responsabilidad que hace 40 años: políticas, directoras de empresas, etc. Es un primer paso muy importante.

Sin embargo, el feminismo está dentro de dos conceptos más amplios que se llaman "inclusión y diversidad". Estas dos palabras están relacionadas con muchas ideas diferentes. El feminismo está muy presente, pero también otros aspectos como origen, religión, orientación sexual o situación económica, entre otros. En 2015, Naciones Unidas creó los Objetivos de Desarrollo Sostenible. En total son 17 objetivos y el mundo debe trabajar para conseguirlos hasta el año 2030, fecha límite decidida por la propia organización. El objetivo número 10 habla de la reducción de las desigualdades.

¿Por qué es importante ser inclusivo y diverso para las empresas actuales? La respuesta es muy sencilla y, como es tradicional, tiene que ver con el aspecto económico. Cuando una empresa proyecta un producto o un servicio y una campaña de publicidad, esa empresa está pensando en las ventas y en los beneficios. En lenguaje empresarial, esos beneficios se llaman "retorno de la inversión" (ROI). Para las empresas es necesario incluir a diferentes personas en sus campañas de publicidad para poder hacer atractivo su producto a un mayor número de compradores y compradoras.

Hay dos ejemplos muy claros de cómo una empresa puede hacer su publicidad más inclusiva y diversa. Por un lado, tenemos el concepto de familia. Hace unos años, cuando una persona pensaba en la palabra "familia", la imagen que tenía en su cabeza era la de una familia tradicional: un hombre, una mujer y varios hijos o hijas. Normalmente, esta familia era blanca y vivía en una buena casa con todo lo necesario. Actualmente, cuando hablamos de familia, lo hacemos en plural: familias. Hay familias homosexuales o arco iris, hay familias monoparentales, hay familias reconstituidas, y muchas más. Además, ahora los dos hombres o las dos mujeres que representan a una familia ya no siempre son blancos, también hay personas negras, asiáticas, etc. Por otro lado, ser inclusivo también significa que no podemos olvidar a la gente mayor. La publicidad no es solamente para la gente joven, sino también para personas más mayores. Nuestra sociedad tiene tendencia a pensar que estas personas ya no son importantes, pero sí lo son. Además, este sector de la población suele tener alto poder adquisitivo.

En pocas palabras, la publicidad cambia con la sociedad y refleja nuestra vida diaria. Una campaña publicitaria en el siglo XXI hecha con las ideas y técnicas del siglo XX no tiene éxito. Esta palabra, éxito, es de gran importancia para las compañías porque se puede generar más o menos retorno de la inversión. Al final, las empresas quieren vender sus productos y hacer más dinero.

b **En parejas, buscad una campaña publicitaria moderna y una de hace varias décadas. ¿Es más inclusiva la campaña actual?**

6 **Ejemplo de examen oral: la publicidad**

Situación

Estás haciendo tus prácticas en una empresa austriaca que se dedica a la publicidad. Una academia de español quiere hacer publicidad de sus cursos de español y tú formas parte de ese proyecto.

Ahora tienes una reunión con la directora de la academia de español y con algunas/-os profesoras/-es para hablar sobre la campaña de publicidad.

Tarea en forma de monólogo (4 minutos)

Haz una breve presentación. En tu presentación tienes que:

- describir qué ventajas de aprender idiomas deben estar en la publicidad (material 1)
- comentar la importancia del español en el mundo laboral
- sugerir canales para llegar a clientes/-as jóvenes y mayores

Tarea en forma de diálogo (8 minutos)

Después de la presentación, hablas con la directora y con las/-os profesoras/-es sobre los diferentes cursos de la academia y la campaña. Durante la conversación tienes que:

- explicar el potencial de hacer publicidad inclusiva
- dar ideas para atraer a estudiantes jóvenes
- proponer otras actividades relacionadas con el español que la academia puede ofrecer

Material 1

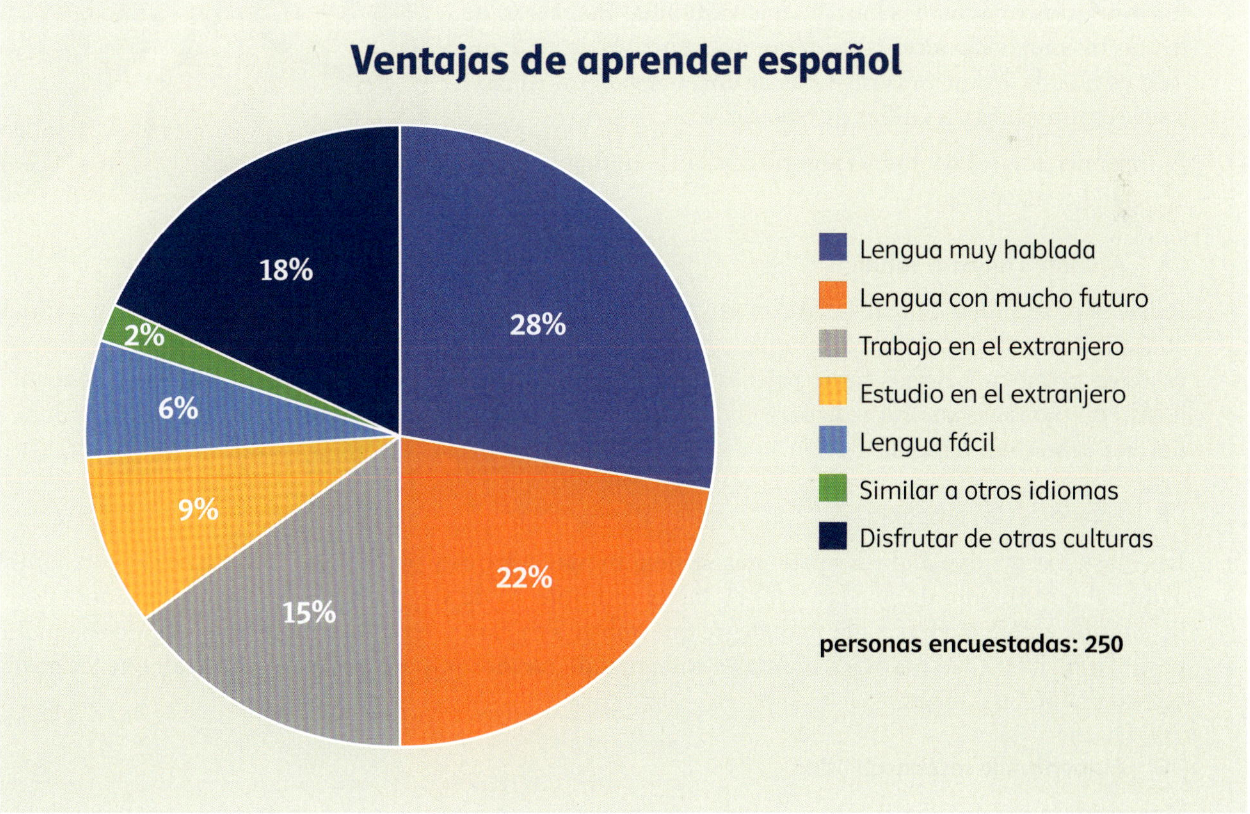

Evalúa tus competencias C

Primero piensa en lo que has aprendido en estas tres últimas unidades. ¿Sabes hacerlo bien o necesitas repasar? Marca con una cruz (X) tu nivel actual y después haz los ejercicios. Corrígelos con las soluciones de la página 239 y marca en un color diferente tu nivel real.

1 COMPRENSIÓN LECTORA

	✓✓	✓	!!
Puedo leer textos sencillos sobre hechos concretos que tratan sobre temas relacionados con mi especialidad con un nivel de comprensión satisfactorio.	☐	☐	☐
Identifico las conclusiones principales en textos de carácter claramente argumentativo.	☐	☐	☐

Los seres humanos y las mascotas

Lee estos textos sobre los beneficios de tener una mascota. Elige el texto correcto (A–F) para cada afirmación (1–10). Puedes usar algunos textos más de una vez. Escribe tus respuestas en las casillas adecuadas. La primera respuesta (0) ya está hecha y sirve como modelo.

La mayoría de las personas se sienten muy contentas de tener una mascota por la gran compañía que estas significan y por el amor incondicional que brindan. En el caso de las personas mayores, una mascota les hace buena compañía. En el caso de los niños, muchos padres consideran que tener un animal en casa es una de las mejores maneras de enseñarles a sus hijos a ser responsables y a cuidar de otro ser vivo.

A continuación les contamos algunos de los beneficios que aportan las mascotas:

A Ayudan a nuestra salud

Existe la posibilidad de realizar, y con muy buenos resultados, diferentes tipos de terapias con animales como la equinoterapia o la zooterapia. Este tipo de terapias con animales se pueden realizar tanto en casos de problemas físicos como psicológicos. Sin embargo, es importante que estas terapias tengan lugar con personas cualificadas para ello. Querer mucho a los animales no es suficiente para poder llevar a cabo estas terapias.

B Fomentan la compañía

Las mascotas ayudan a que las personas se sientan más seguras y protegidas. Del mismo modo, también evitan el sentimiento de soledad y fomentan el sentimiento de alegría, ya que estimulan el contacto y la comunicación. No hay nada más alegre que volver a tu casa y ver cómo tu perro o tu gato salen al pasillo a recibirte. No todos los animales son igual de cariñosos, pero todos demuestran que les gusta que su dueño/-a esté ahí.

C Aumentan la responsabilidad

Una gran oportunidad que tienen aquellos niños y niñas que crecen con una mascota es aprender y poner en práctica la necesidad de ser responsables y respetar a los animales. Las mascotas necesitan tener una rutina diaria y para esto necesitan ayuda. Los/-as jóvenes pueden aprender mucho sobre responsabilidad cuando se acuerdan de dar de comer a su hámster o cuando sacan a pasear a su perro.

D **Reducen la ansiedad y el estrés**

Hay estudios que demuestran que pasar tiempo con una mascota, jugar con ella y acariciarla ayuda a las personas a sentirse mejor, más tranquilas, y a despejar la mente. Estas actividades ayudan a mejorar la concentración y reducir el nivel de estrés. Esto también ayuda a que los/-as jóvenes aprendan una estrategia para luchar contra el estrés. En ocasiones, jugar con tu mascota puede prepararte para estudiar mejor después.

E **Agrandan la vida social**

Sacar a pasear al perro es una actividad que ayuda muchísimo a la comunicación y a la interacción social. Este acto tan cotidiano es la excusa perfecta para comenzar una conversación con otros dueños e intercambiar ideas sobre el cuidado de las mascotas. Además, es importante tener en cuenta que todas las personas sacan a sus mascotas a la misma hora más o menos, entonces es normal ver casi siempre las mismas caras por la calle.

F **Previenen el sedentarismo**

Tener una mascota, como por ejemplo un perro, obliga y motiva a sus dueños a moverse. Hay que sacarlo a dar una vuelta, a correr y a veces a jugar en un parque con una pelota. Tu mascota te incentiva y te ayuda a tener una vida más activa y saludable. Otra buena opción para moverte, aunque sea un poco más cara, es un caballo. Ir a ver a tu caballo y montarlo es un ejercicio físico buenísimo.

Las mascotas también necesitan de nosotros, de nuestro cuidado en general y nuestra atención. Cuidar a las mascotas implica tiempo y dedicación.

Las mascotas...

ayudan a las/-os jóvenes a madurar.	**0**		
mejoran nuestra salud mental.	**1**	**2**	**3**
te hacen tener más amigas/-os.	**4**		
ayudan a tener mejor forma física.	**5**		
forman parte de terapias médicas modernas.	**6**		
tienen rutinas y horarios bastante estrictos.	**7**	**8**	
son una buena actividad previa.	**9**		
se alegran de ver a sus dueñas/-os.	**10**		

0	**1**	**2**	**3**	**4**	**5**	**6**	**7**	**8**	**9**	**10**
C										

2 COMPRENSIÓN AUDITIVA

	✓✓	✓	!!
Comprendo las principales ideas de un discurso claro y en lengua estándar que trate temas cotidianos relativos al trabajo, la escuela, el tiempo de ocio, incluyendo breves narraciones.	☐	☐	☐
Puedo seguir generalmente las ideas principales de un debate largo que ocurre a mi alrededor, siempre que el discurso esté articulado con claridad en un nivel de lengua estándar.	☐	☐	☐

Mi voluntariado

59–60

Vas a escuchar a un grupo de jóvenes hablar sobre los voluntariados. Primero tienes 45 segundos para leer la tarea de abajo. Después vas a escuchar la audición dos veces. Escucha y completa las frases (1–9) con un máximo de cuatro palabras. Escribe tus respuestas en los espacios adecuados. La primera respuesta (0) ya está hecha y sirve como modelo. Después de escuchar la audición dos veces tienes 45 segundos para revisar tus respuestas.

0	Los jóvenes van a contar…	*sus experiencias.*
1	Mariela hizo el voluntariado…	
2	Ella trabajó con…	
3	Su labor era ayudar con…	
4	La inspiración de Sebastián viene de…	
5	Sebastián empezó a trabajar hace…	
6	Lo más importante para los ancianos es…	
7	Natacha trabajó en un proyecto sobre…	
8	El objetivo de los proyectos era enseñar a…	
9	En las escuelas pintaban los contenedores para…	

3 LENGUAJE EN CONTEXTO

	✓✓	✓	!!
Dispongo de un buen alcance léxico relacionado con temas conocidos y situaciones cotidianas.	☐	☐	☐
Utilizo con razonable corrección un repertorio de “fórmulas” y patrones lingüísticos de uso frecuente relacionados con las situaciones más predecibles.	☐	☐	☐

Todos somos iguales

Lee el texto sobre la inclusión. Faltan algunas palabras. Elige el elemento correcto de la lista (A–P) para cada uno de los espacios (1–13). Hay dos elementos que no se usan. Escribe tus respuestas en los espacios adecuados. La primera respuesta (0) ya está hecha y sirve como modelo.

Para empezar a hablar **(0)** ______ el tema de inclusión, es importante recordar que todos somos iguales ante la ley aunque haya diferentes grupos de personas con opiniones y pensamientos **(1)** ______ .

Me parece interesante recordar que en los años 90 surgió la sigla LGB, que hacía referencia a los grupos de lesbianas, gais y bisexuales para reemplazar los **(2)** ______ homosexual y gay, e incluir a otros grupos que hasta ese momento se sentían excluidos. Con el tiempo esta sigla se ha modificado para poder agrupar a todas aquellas personas con otras **(3)** ______ de género u orientaciones sexuales. Así es que con el correr del **(4)** ______ nació la sigla LGBTIQ+, que está formada **(5)** ______ las letras: L de lesbiana, G de gay, B de bisexual, T de transgénero, I de intersexual y Q de queer. Por último, tiene el signo + para incluir a todos **(6)** ______ otros grupos que no están aún representados en esta sigla.

Para hacer un pequeño resumen podemos **(7)** ______ que una mujer lesbiana es aquella mujer que se siente atraída por otra mujer. Por otro lado, un hombre gay es aquel que se siente atraído por otro hombre. Es decir que las personas lesbianas y gais **(8)** ______ homosexuales, porque se sienten atraídos por personas de su mismo sexo. Aquellas personas que se sienten atraídas tanto por mujeres **(9)** ______ por hombres son personas bisexuales.

Cuando hacemos referencia a las personas transgénero, decimos que son aquellas personas que nacen en el cuerpo de un hombre y se **(10)** ______ mujer, o viceversa. Por otro lado, están las personas transexuales, que son aquellas personas transgénero que se hormonan, o se han operado, para **(11)** ______ de sexo. Existen también aquellas personas que están en contra **(12)** ______ todo aquello que signifique una clasificación. Estas personas que tienen como objetivo vivir **(13)** ______ sin que los clasifiquen. Como se ve, la sociedad ha evolucionado mucho en los últimos años y ahora muchos miembros del colectivo pueden encontrar el grupo al que pertenecen y sentirse representados.

A	cambiar	**E**	diversos	**I**	libre	~~**M**~~	sobre
B	como	**F**	están	**J**	libremente	**N**	son
C	de	**G**	identidades	**K**	los	**O**	términos
D	decir	**H**	identifican	**L**	por	**P**	tiempo

0	**1**	**2**	**3**	**4**	**5**	**6**	**7**	**8**	**9**	**10**	**11**	**12**	**13**
M													

4 EXPRESIÓN ESCRITA

	✓✓	✓	!!
Puedo escribir textos sencillos y cohesionados sobre una serie de temas cotidianos dentro de mi campo de interés enlazando una serie de distintos elementos breves en una secuencia lineal.	☐	☐	☐
Elaboro descripciones sencillas y detalladas sobre una variedad de temas conocidos dentro de mi área de interés.	☐	☐	☐

Una mascota en mi piso nuevo

Has encontrado la siguiente entrada en un blog en español y decides escribir un comentario.

¡Hola a todas y a todos! Este es Simba, mi nueva mascota. Acabo de mudarme a vivir solo y lo he adoptado. ¡Va a ser mucho trabajo, pero me hace mucha compañía!

En tu **comentario** tienes que:

- decir si tienes mascotas
- comentar las ventajas y desventajas de tener mascota
- explicar si es mejor comprar o adoptar una mascota

Escribe unas **200 palabras**.

A escribir

Correo electrónico formal (propuesta)

Definition	Eine (digitale) Nachricht an eine oder mehrere Personen im beruflichen Umfeld		
Funktion	Einen Vorschlag für ein Projekt machen		
Leserschaft	Eine bestimmte Person bzw. Gruppe		
Register	formell/neutral		
Aufbau	De:	Para:	Fecha:
	Asunto: Betreffzeile formulieren (bezieht sich auf den Inhalt des E-Mails) Einführung: Grund des Schreibens nennen Ein neuer Absatz für jeden Hauptpunkt Schlusszeile: Bitte um Antwort, Dank für die Hilfe		

Nützliches Vokabular

Begrüßung	Estimado/-a señor/a + apellido:	A quien corresponda:
Grund des E-Mails	Me dirijo a usted para… Me pongo en contacto con usted para hacerle una propuesta sobre… Creo que sería positivo…	
Vorschläge machen	Me gustaría proponerle… Creo necesaria la creación de… El proyecto contaría con…	Me gustaría poner en marcha… Su ayuda en este proyecto sería… El proyecto tendría tres fases…
Schluss	Le agradezco de antemano su tiempo y su ayuda. Quedo a la espera de una respuesta por su parte sobre este proyecto.	No dude en ponerse en contacto conmigo para cualquier pregunta. Me gustaría concertar una cita para poder hablar más detenidamente sobre este proyecto.
Verabschiedung	Un saludo cordial,	Atentamente,

Beispielangabe
Este año vais de viaje de idiomas a Málaga, pero tu clase y tú queréis organizar una excursión de fin de semana a Alicante. Vuestro profesor de español os pide un correo electrónico para la agencia de viajes.

En tu **correo electrónico** tienes que:
- presentar a tus compañeras/-os de viaje
- describir las ventajas de conocer sitios nuevos
- sugerir un viaje a Alicante

Escribe unas **200 palabras**.

Beispieltext

De: Karl Hoffmann **Para:** Agencia de viajes "Málaga bonita" **Fecha:** 21 de marzo **Asunto:** Propuesta de una excursión a Alicante	**Formato**
A quien corresponda:	**Saludo**
Mi nombre es Karl Hoffmann y soy estudiante del instituto Vincent Van Gogh de Viena. Me pongo en contacto con usted en nombre de mi clase para sugerirle una excursión durante nuestra estancia en Málaga.	Introducción Motivo
Primero, el próximo mes de junio, mi clase y yo haremos un viaje de idiomas a Málaga. Somos un grupo de 24 jóvenes muy motivados y motivadas para aprender español. Nos gustan mucho tanto la lengua como la cultura hispanoamericana.	**Punto 1 –** Detalle 1 Detalle 2
Por este motivo, creemos que un viaje a España es ideal para conocer la cultura del país. Pensamos que no es bueno que los estudiantes vean todo en los libros, sino que viajen y tengan contacto con la realidad del país.	**Punto 2 –** Detalle 1 Detalle 2
Sabemos que Alicante no está en nuestro programa, pero nos gustaría proponer pasar el fin de semana en esta ciudad. Existen hostales baratos y podríamos visitar a nuestros antiguos estudiantes de intercambio, que son de Alicante.	**Punto 3 –** Detalle 1 Detalle 2
Quedo a la espera de su respuesta. Por favor, no dude en ponerse en contacto conmigo para aclarar cualquier información o detalle necesarios. Gracias por su tiempo.	**Despedida** **Contacto**
Un cordial saludo, Karl Hoffmann	**Cierre** **Nombre**

Correo electrónico formal (correo al director)

Definition	Eine (digitale) Nachricht an eine Person im sozialen Umfeld		
Funktion	Informationen geben, jemandem ein Kompliment machen oder kritisieren		
Leserschaft	Eine bestimmte Person		
Register	formell/neutral		
Aufbau	De:	Para:	Fecha:
	Asunto: Betreffzeile formulieren (bezieht sich auf den Inhalt des E-Mails) Einführung: Grund des Schreibens und die Quelle nennen, auf die sich das E-Mail bezieht. Ein neuer Absatz für jeden Hauptpunkt Schlussziele: Bitte um Antwort, Dank für die Hilfe		

Nützliches Vokabular

Begrüßung	Estimado/-a señor/a + apellido:	A quien corresponda:
Quelle	Después de leer el artículo publicado por su periódico el... He leído con atención el artículo sobre… publicado el...	
Grund des E-Mails	Me dirijo a usted para expresarle mi satisfacción con el punto de vista elegido. Me pongo en contacto con usted para expresar mi descontento con… Creo que el enfoque elegido por el autor no es el adecuado.	
Andere Perspektiven	Creo que el artículo se centra solamente en una perspectiva.	Me gustaría llamar su atención sobre otro enfoque posible: …
Schluss	Muchas gracias por publicar artículos tan informativos y objetivos.	Le agradezco la labor informativa de su periódico.
Verabschiedung	Un saludo,	Atentamente,

Beispielangabe
Has encontrado el siguiente comentario en un artículo de periódico. Ahora has decidido escribir al editor para expresar tu punto de vista.

> "Actualmente los jóvenes están más preocupados por los animales y por el medioambiente que por su futuro académico y laboral. No trabajan, no quieren esforzarse. Solamente quieren organizar manifestaciones para salvar el planeta. Creo que la escuelas y los institutos deberían enseñar a tener prioridades."
> (*La Hora*, 24 de septiembre de 2025)

En tu **correo electrónico** tienes que:
- dar tu opinión sobre el comentario
- explicar la importancia de la naturaleza para los/-as jóvenes
- hablar de tu visión del futuro

Escribe unas **200 palabras**.

De: Isabel García **Para:** Editor de La Hora **Fecha:** 25 de septiembre de 2025 **Asunto:** Respuesta al artículo del 24 de septiembre	**Formato**
A la atención de quien corresponda:	**Saludo**
Con gran interés he leído el artículo sobre los jóvenes y su futuro publicado ayer, 24 de septiembre de 2025, en la versión digital de su periódico. Me dirijo a usted para expresar mi descontento con una perspectiva tan cerrada.	**Introducción** Fuente Opinión
En primer lugar, me gustaría hablar de la opinión negativa de su artículo. Creo que el autor mezcla dos temas que no tienen nada que ver. A los jóvenes nos interesa el medioambiente porque es nuestro futuro. Sin embargo, sabemos que trabajar también es importante, pero no está relacionado con el medioambiente.	**Punto 1 –** Detalle 1 Detalle 2
La relevancia de la naturaleza para los jóvenes no siempre es fácil de entender. Nosotros y nosotras pertenecemos a una generación que presta más atención que nuestros padres a la naturaleza porque entendemos mejor su importancia. Además, nos encanta pasar tiempo al aire libre haciendo actividades y deporte.	**Punto 2 –** Detalle 1 Detalle 2
Sin embargo, nunca nos olvidamos de nuestro futuro. En cualquier caso, pensamos que en nuestro futuro habrá elementos nuevos que aún no conocemos, y antiguos. La naturaleza, vieja amiga, tiene que ser salvada. Nuestro futuro no es una cosa poco importante.	**Punto 3 –** Detalle 1 Detalle 2
Le agradezco la publicación de artículos sobre la juventud, pero creo que sería bueno tener en cuenta las ideas y perspectivas de los jóvenes.	**Agradecimiento** **Opinión**
Un saludo, Isabel García	**Cierre** **Nombre**

Correo electrónico formal (comunicación interna)

Definition	Eine (digitale) Nachricht an eine oder mehrere Personen im beruflichen Umfeld		
Funktion	Informationen geben		
Leserschaft	Eine bestimmte Gruppe im Unternehmen		
Register	formell/neutral		
Aufbau	De:	Para:	Fecha:
	Asunto: Betreffzeile formulieren (bezieht sich auf den Inhalt des E-Mails) Einführung: Grund des Schreibens und die Quelle nennen, auf die sich das E-Mail bezieht. Ein neuer Absatz für jeden Hauptpunkt Schlussziele: Danksagung für die Hilfe und Förderung einer Antwort		

Nützliches Vokabular

Begrüßung	Estimado/-a señor/a + apellido:	Estimados/-as empleados/-as:
Grund des E-Mails	Después de hablar con el director de la empresa, me pongo en contacto con ustedes para comunicarles las novedades sobre… La directora me ha pedido que les envíe la información sobre…	
Schluss	Muchas gracias por su atención. No duden en preguntar si tienen dudas.	Les agradezco su tiempo y escríbanme si tienen alguna pregunta o duda.
Verabschiedung	Un saludo,	Atentamente,

Beispielangabe

El director de tu empresa quiere organizar un pícnic con los empleados y tú tienes que enviar a tus compañeros/-as un correo electrónico con la información.

En tu **correo electrónico** tienes que:

- dar información sobre la actividad
- explicar cómo llegar a la localización del evento
- proponer actividades para después del evento

Escribe unas **200 palabras**.

De: Carmen Morales
Para: Empleados y empleadas de La Granja
Fecha: 4 de junio de 2026
Asunto: Comunicación sobre nueva actividad

Estimados/-as empleados/-as:
Me pongo en contacto con ustedes para comunicarles la última información de la Dirección. El director ha decidido organizar un pícnic para todos los empleados.
En primer lugar, me gustaría compartir los detalles del evento. El pícnic tendrá lugar el sábado 25 de junio a las 12 del mediodía. Se celebrará una barbacoa en el restaurante “La Chuleta de Oro”. El restaurante tiene aparcamiento gratuito para los asistentes.
El restaurante se encuentra a unos 15 kilómetros de la sede de la empresa. Para llegar, pueden ir en coche o en autobús. La empresa va a organizar un autobús que saldrá a las 11:30 desde las oficinas. Este autobús es gratis y vuelve a las oficinas a las 18:00.
El evento termina sobre las 18:00. Después tenemos la posibilidad de ir a la discoteca del restaurante, está en el sótano. Por otro lado, también podemos ir a nadar al embalse que está a unos kilómetros del restaurante.
Muchas gracias por su atención. No duden en preguntar si tienen dudas. Esperamos verles a todos allí.

Un saludo,
Carmen Morales

Formato

Saludo
Introducción
Fuente Información
Punto 1 – Detalle 1
Detalle 2
Detalle 3
Punto 2 – Detalle 1
Detalle 2
Detalle 3
Punto 3 – Detalle 1
Detalle 2

Agradecimiento

Cierre
Nombre

Ejemplos de tipos de textos frecuentes en la Matura

Folleto

Estás de prácticas en la empresa de viajes española "De viaje por Europa". Tu directora quiere hacer publicidad de Austria entre los turistas españoles. Tú tienes que escribir un folleto.

En tu **folleto** tienes que:
- explicar por qué es una buena idea visitar Austria
- describir dos fiestas tradicionales de Austria
- presentar la gastronomía de Austria

Escribe unas **200 palabras**.

Austria, un país muy desconocido	**Título**
Ven a Austria ¿Cuántas veces has oído hablar de Sisi y de Francisco José? Y seguro que aún no has visitado su país… "De viaje por Europa" te ofrece la posibilidad de descubrir Viena y su rica cultura.	**Introducción** Conexión con lector
Por qué visitar Austria A dos horas y media de avión desde Madrid o solamente dos horas desde Barcelona, podrás visitar Viena, la capital de un antiguo imperio. No es solamente la arquitectura, es la gastronomía, las fiestas, la gente, la naturaleza… Es más de lo que te imaginas.	**Punto 1** – Detalle 1 Detalle 2
Mil y una fiestas Austria no es un país aburrido. ¿Conoces el *Oktoberfest*? Se celebra en octubre y sirve para unir los vestidos tradicionales con mucha música, cerveza y la comida de siempre. ¿Quieres viajar en diciembre? Pues disfruta los mercadillos de Navidad casi en cada plaza y bebe un poco de *Glühwein*.	**Punto 2** – Detalle 1 Detalle 2
La comida Visitar un país significa comer bien pero de una forma diferente. En Austria podrás disfrutar de un buen Schnitzel si te gusta comer carne. Si eres vegetariano/-a, la ensalada de patata tradicional es tu plato.	**Punto 3** – Detalle 1 Detalle 2
En pocas palabras Viaja y disfruta de un país que siempre has querido conocer. En octubre, diciembre, o marzo, todos los meses ofrecen algo especial. Y no te olvides de probar la comida.	**Conclusión** **Motivación**

Entrada de blog

Te has mudado a un piso compartido nuevo. Has tenido tiempo para visitar el barrio y ahora quieres escribir una entrada de blog en una página para personas que buscan piso.

En tu **entrada** tienes que:
- describir tu piso nuevo
- presentar a tus compañeros/-as de piso
- hablar del barrio

Escribe unas **200 palabras**.

•••○○

caminandoporelmundo / 4 de septiembre / 23:35

Piso nuevo, barrio nuevo

¿Alguna vez os habéis mudado a una ciudad completamente nueva? Este año empiezo mis estudios de Periodismo y por eso este verano tuve que buscar un piso nuevo. No conocía ni la ciudad, ni el barrio ni a mis compañeros de piso… Pero he tenido mucha suerte.
Mi apartamento nuevo está en el centro de Madrid, en la calle Princesa. Tiene tres dormitorios, dos baños y una terraza muy amplia. No es el piso más moderno del mundo, pero está muy bien para tres estudiantes. Además, está muy bien comunicado.
El piso lo comparto con Ana y con Juan. Ana es de Santiago de Compostela y estudia Medicina. Lleva tres años viviendo en Madrid y es muy sociable. Juan estudia Informática y lleva dos años en Madrid. Tiene menos vida social que Ana, pero es muy simpático.
¿Qué puedo decir del barrio? Pues que me encanta. Para mí era muy importante tener todo cerca de casa: supermercado, farmacia, tiendas de alimentación, etc. Pero Argüelles, mi barrio, tiene además mucha vida cultural y nocturna. Es perfecto para estudiantes.
Fue una buena idea buscar información sobre el barrio antes de mudarme aquí. Ahora estoy encantado. ¿Y vosotros? ¿Cómo buscáis? Dejad un comentario. Os leo.

Formato

Título

Introducción
Conexión con lector

Punto 1 – Detalle 1
Detalle 2

Punto 2 – Detalle 1
Detalle 2

Punto 3 – Detalle 1
Detalle 2

Conclusión
Comentario

Comentario de blog

Has leído la entrada de caminandoporelmundo y tú también quieres compartir tu experiencia con la búsqueda de piso. Por eso, has decidido escribir un comentario.

En tu **comentario** tienes que:
- describir tu piso nuevo
- presentar a tus compañeros/-as de piso
- hablar del barrio

Escribe unas **200 palabras**.

•••○○

mequedodondeestoy / 5 de septiembre / 14:47

Hola, caminandoporelmundo. Acabo de leer tu entrada y tengo que decir que me ha interesado mucho. Bueno, en realidad me ha interesado, pero también me ha enfadado un poco. Te cuento el motivo.
¿Por qué todos los estudiantes se van a Madrid a estudiar? No creo que sea normal. Estoy convencido de que en otras ciudades, como Granada o Bilbao, tenemos otras universidades que también son muy buenas. ¿Y si todos nos vamos a Madrid? ¿Qué pasaría?
Nunca me ha gustado el efecto capital. En muchos países, como España, Francia o Portugal, las capitales son como un imán para las personas y para el dinero. Solemos olvidar que existen otras regiones y ciudades. ¿Son todo ventajas? No, en absoluto. Ahora mismo, buscar un piso en Madrid es muy difícil. Son todos extremadamente caros.
No estoy en contra de vivir en una gran ciudad, pero no me quiero ir a Madrid. Hay otras ciudades grandes en España que ofrecen las mismas ventajas pero con precios más baratos. Creo que es bueno vivir en sitios diferentes, pero no todos tenemos que ir a la capital.
Bueno, pues eso es todo. No quiero que pienses que estoy en contra de Madrid, pero creo que es bueno recordar las otras ciudades de España. ¿No te parece? Deja un comentario y cuéntame qué piensas.

Formato

Introducción
Conexión con autor

Punto 1 – Detalle 1

Detalle 2

Punto 2 – Detalle 1

Detalle 2

Punto 3 – Detalle 1
Detalle 2
Detalle 3

Conclusión
Comentario

Artículo

Leer la prensa y estar informado/-a es muy importante. La Unión Europea ha convocado un concurso de artículos en una lengua oficial escritos por jóvenes para saber qué opinión tienen sobre este tema. Tú has decidido enviar un artículo en español.

En tu **artículo** tienes que:
- comentar la importancia de estar informado/-a
- hablar de la prensa en tu país
- explicar cómo luchar contra las noticias falsas

Escribe unas **200 palabras**.

Información, más importante que nunca	**Título**
Hoy en día, estar informado significa que todos nosotros podemos saber lo que pasa en nuestra ciudad y en el mundo al mismo tiempo. La tecnología nos ayuda a conocer los eventos de cualquier país, y eso es realmente positivo. Sin embargo, el crecimiento de las noticias falsas es un problema que no se puede obviar.	**Introducción** Conexión con lector
Mucha gente piensa que la información es poder. Dicho de otro modo, estar bien informado/-a sobre la actualidad es una forma de evitar la manipulación.	**Punto 1** – Detalle 1
¿A quién votamos cuando hay elecciones? Si conocemos los diferentes partidos, podemos votar y saber qué votamos.	Detalle 2
En España hay medios de información muy diversos: canales de televisión, periódicos digitales, etc. Asimismo, hay medios públicos, como RTVE y privados, como Antena 3.	**Punto 2** – Detalle 1
En España, como en otros muchos países, los medios de comunicación tienen una línea editorial, es decir, una ideología. Es importante saber esto cuando leemos sus artículos.	Detalle 2
La llegada de internet y la difusión de la información por este canal nos ha traído un problema nuevo: las noticias falsas. ¿Qué podemos hacer para identificarlas? Muy fácil: hay que buscar siempre la fuente de información y el nombre del autor/a.	**Punto 3** – Detalle 1
Todos debemos hacer un esfuerzo por estar informados/-as y saber qué pasa en el mundo. Cuanta más información y más fuentes fiables, más difícil es que nos manipulen con noticias falsas.	**Conclusión**

Correo electrónico informal

Un/a amigo/-a español/a está buscando series o películas nuevas para ver en línea. Te ha escrito para pedirte recomendaciones. Tú has decidido ayudarle.

En tu **correo electrónico** tienes que:
- hablar de tus géneros favoritos
- explicar por qué (no) ves una serie o película
- recomendar una serie o película

Escribe unas **200 palabras**.

De: Carina Herzog
Para: Héctor Montoya
Fecha: 19 de julio
Asunto: Series y películas en línea

Querido Héctor:
¿Cómo estás? ¿Estás disfrutando de las vacaciones? Espero que sí. Yo estoy haciendo un curso de inglés en Inglaterra porque tengo un examen en septiembre. Te escribo como respuesta a tu correo electrónico sobre las series y películas en línea.
En mi opinión, ahora mismo hay mucha oferta en internet y no todos los géneros merecen la pena. A mí me encantan las comedias y las películas de miedo. Lo sé, suena un poco raro, pero es una forma de ver cosas muy diferentes y poder sorprenderme.
Ahora mismo hay un género que no veo nunca: el policíaco. No creo que tantas series y películas del mismo género sean buenas. Por otro lado, parece que todas son iguales y siempre tienen la misma estructura. Es muy desmotivante cuando sabes desde el principio quién es el asesino o la asesina.
¿Quieres una recomendación? Pues hace unos días vi la película "1898" y me encantó. Es una película histórica que trata de los últimos soldados españoles que lucharon en Filipinas. Creo que a veces es bueno que veamos series o películas que hablen de la historia.
Bueno, pues eso es todo. Espero que te lo pases muy bien este verano. No veas mucho la televisión, sal a la calle y disfruta del verano y del tiempo libre. Nos vemos pronto.

Un abrazo,
Carina Herzog

Formato
Saludo
Introducción
Preguntas Motivo
Punto 1 –
Detalle 1
Detalle 2
Punto 2 – Detalle 1
Detalle 2
Punto 3 – Detalle 1
Detalle 2
Despedida
Cierre
Nombre

Informe

Una empresa española que organiza voluntariados quiere saber qué proyectos les interesan a los jóvenes europeos. Tú has decidido hacer una encuesta en tu instituto. Ahora tienes que escribir un informe.

En tu **informe** tienes que:
- presentar la gráfica
- hablar de la importancia de los proyectos solidarios para los jóvenes
- recomendar una idea para un proyecto

Escribe unas **200 palabras**.

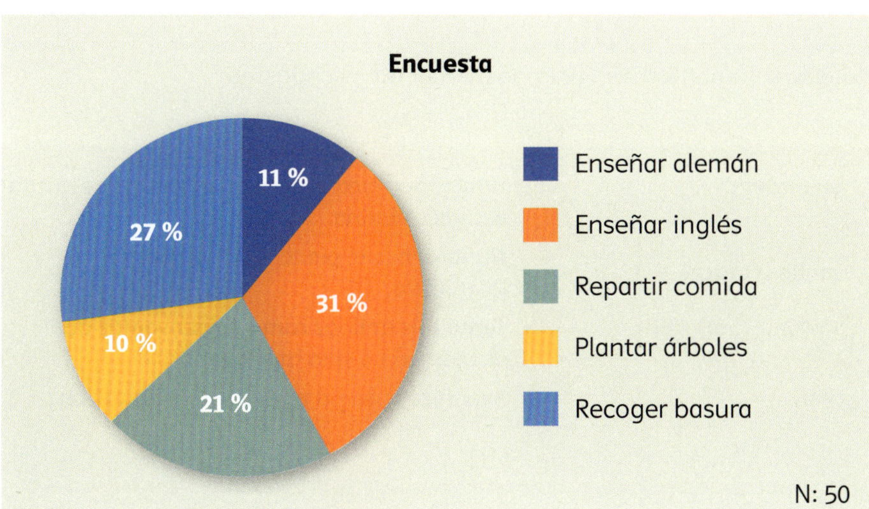

●●●○○	
De: Maximilian Nepf **Para:** Proyectos por el mundo **Fecha:** 24 de febrero **Asunto:** Informe sobre proyectos solidarios	**Formato**
Introducción El presente informe ha sido escrito para investigar qué proyectos solidarios son los favoritos de los jóvenes austriacos. Por este motivo, se hizo una encuesta en la escuela Vincent van Gogh en la que participaron 50 estudiantes.	**Introducción** Motivo Fuente
La gráfica Como se puede ver en la gráfica, la opción más votada por casi un tercio de los participantes es enseñar inglés, mientras que a algo más de un cuarto le gustaría recoger basura. Tan solo una minoría de 1 de cada 10 plantarían árboles o enseñarían alemán.	**Punto 1 –** Detalle 1 Detalle 2
Ser voluntaria/-o Actualmente trabajar en un proyecto solidario es algo frecuente. Eso es normal dado que los jóvenes normalmente tienen un tiempo para decidir qué hacer con su vida. Durante este tiempo, muchos eligen un proyecto que se adapte a sus gustos. Es una situación favorable para todos.	**Punto 2 –** Detalle 1 Detalle 2
Un proyecto nuevo Pensar en nuevas iniciativas siempre es positivo. Sería recomendable ofrecer un proyecto en un país extranjero y poder convalidar dicho proyecto luego por algunas asignaturas en la universidad. De este modo, los voluntarios podrían verse beneficiados durante el proyecto y también después.	**Punto 3 –** Detalle 1 Detalle 2
Conclusión La gráfica muestra que los jóvenes austriacos quieren participar en proyectos diferentes. Por otro lado, crear y desarrollar nuevos proyectos puede atraer a más voluntarios.	**Conclusión**

Konnektoren

Konnektoren dienen dazu, Sätze oder Teile von Sätzen miteinander zu verbinden. Vergleiche:

Tengo sueño. No puedo dormir.	Ich bin müde. Ich kann nicht schlafen.
Aunque tengo sueño, no puedo dormir.	**Obwohl** ich müde bin, kann ich nicht schlafen.
Por una parte, tengo sueño, por otra, no puedo dormir.	**Einerseits** bin ich müde, **andererseits** kann ich nicht schlafen.

Konnektoren haben unterschiedliche kommunikative Funktionen. Hier die wichtigsten:

Additive Konnektoren		
además	außerdem	Hablo muy bien español y, **además**, me encanta la música latina.
no… sino (también)	sondern (auch)	**No** solo toco el piano, **sino también** la guitarra.
tanto... como	sowohl … als auch	**Tanto** mis amigos **como** yo pensamos que el examen ha sido muy difícil.
y	und	Ayer hice la cama **y** ordené mi habitación.

Konzessive Konnektoren		
aunque	obwohl	**Aunque** hoy estoy cansado, voy al cine.
en cambio	hingegen	El año pasado el curso fue muy fácil, **en cambio** este año es todo más difícil.
en vez de	anstatt	**En vez de** ir de viaje de idiomas a Málaga, este año vamos a Alicante.
o	oder	No sé si hacer la tarea de Matemática **o** la de Biología.
o ... o	entweder ... oder	**O** quedo hoy con mis amigas/-os, **o** quedo mañana.
pero	aber	No me gusta madrugar, **pero** me encanta ver a mis amigos/-as en clase.
por una parte... por otra...	einerseits ... andererseits ...	**Por una parte** me encanta pasar tiempo con mis amigos, **por otra** también me gusta estar con mi familia.
sin embargo	trotzdem, jedoch	Hace mal tiempo. **Sin embargo**, quiero salir a correr un poco.

Kausale Konnektoren		
como	da	**Como** tengo tiempo libre, quedo con mis amigos.
porque	weil	Estoy cansado **porque** he hecho deporte.

Konsekutive Konnektoren		
así (que)	so (dass)	Ayer estudié español con mis amigos/-as, **así que** nos lo pasamos muy bien.
por eso	deswegen	Quiero trabajar en verano, **por eso** estoy buscando en las ofertas.
por esta razón	aus diesem Grund	Este verano voy a la playa con mis amigos. **Por esta razón**, estamos buscando un apartamento para todas/-os.

Temporale Konnektoren		
cuando	als	**Cuando** Carmen llegó a casa, Raúl ya había preparado la cena.
hasta que	bis	Mis alumnos estaban muy desmotivados **hasta que** me conocieron.
mientras	während	**Mientras** mi pareja cocina, yo me ducho.

Komparative (= Vergleichende) Konnektoren		
como	wie	Mis hermanos cocinan lasaña **como** la hacía nuestra abuela.

Konditionale Konnektoren		
cuando	wenn	**Cuando** hace frío, voy más abrigada al instituto.
si	wenn, falls	**Si** tengo tiempo, ayudo a mi hermano con su tarea de la escuela.

Finale Konnektoren		
para	um ... zu	Mis profesores quieren hacer una excursión **para** visitar un museo.

Konnektoren (mit Subjuntivo)

Konzessive Konnektoren		
a pesar de que	obwohl	**A pesar de que** haga calor, haremos el examen.
aunque	obwohl	**Aunque** estés cansado, hoy tienes que estudiar.
por más que	selbst wenn	**Por más que** lo intente, no lo conseguirá.

Temporale Konnektoren		
antes de que	bevor	**Antes de que** llegue Iván, tenemos que organizar todo.

Konditionale Konnektoren		
a menos que	es sei denn	**A menos que** me ayudes, no podré terminar el proyecto a tiempo.
con tal de que	sofern	**Con tal de que** los niños estén contentos, veremos la película infantil en el cine.
en caso de que	falls	**En caso de que** vengas, trae un poco de pan.
siempre y cuando	vorausgesetzt, dass	**Siempre y cuando** tengamos tiempo, iremos a desayunar a ese bar.

Finale Konnektoren		
a fin de que	um … zu	Juan me ha imprimido el billete **a fin de que** yo tenga menos estrés mañana.
para que	um … zu	Carmen quiere quedar conmigo **para que** podamos hablar de la fiesta.

Gramática

Dieser Anhang enthält die grammatischen Themen, die in *Caminos Austria 3* behandelt werden.

1. Der Artikel

Das Wichtigste über den Artikel findest du in *Caminos Austria 1* (S. 202–203).

1.1 Substantive mit und ohne Artikel

Wenn man ein Substantiv mit Artikel verwendet, bezieht man sich auf eine bestimmte Person oder Sache (**el** móvil), auf eine unbestimmte Person oder Sache (**un** móvil) oder aber auf eine Gesamtheit (Me gusta **la** fruta.). Wenn man es ohne Artikel verwendet, bezieht man sich auf eine ganze Kategorie.

- mit Artikel:

Elena ha comprado un móvil nuevo.	*Elena hat ein neues Handy gekauft.*
¿Dónde están las llaves?	*Wo sind die Schlüssel?*
¿Te gusta la fruta?	*Magst du Obst?*

- ohne Artikel:

¿Tiene móvil?	*Haben Sie ein Handy?*
No tengo coche.	*Ich habe kein Auto.*
Los viernes comemos pescado.	*Freitags essen wir Fisch.*

2. Das Adjektiv

Das Wichtigste über das Adjektiv findest du in *Caminos Austria 1* (S. 204–205) und *Caminos Austria 2* (S. 192–193).

2.1 Die Angleichung des Adjektivs

Das Adjektiv stimmt in Geschlecht und Zahl mit seinem Bezugswort – in der Regel einem Substantiv – überein. Im Gegensatz zum Deutschen gilt dies nicht nur, wenn das Adjektiv direkt beim Substantiv steht (una casa bonit**a** – *ein schönes Haus*), sondern auch, wenn es nach dem Verb steht (La casa es bonit**a**. – *Das Haus ist schön.*). Es kann sich aber auch auf einen Infinitiv oder einen Nebensatz beziehen.

- Übereinstimmung mit dem Subjekt:

El indefinido me parece complicad**o**.	*Das Indefinido scheint mir schwierig.*
La pronunciación me parece complicad**a**.	*Die Aussprache scheint mir schwierig.*
Los pronombres me resultan fácil**es**.	*Die Pronomen fallen mir leicht.*

- Übereinstimmung mit dem Objekt:

La ortografía la encuentro sencill**a**.	*Die Rechtschreibung finde ich einfach.*
Encuentro aburrid**as las clases de inglés**.	*Ich finde den Englischunterricht langweilig.*
Encuentro necesari**o conjugar un verbo**.	*Ich finde es notwendig, ein Verb zu konjugieren.*

2.2 Die Stellung des Adjektivs

- Im Gegensatz zum Deutschen stehen Adjektive normalerweise hinter dem Substantiv.

- Vorangestellt werden Adjektive, wenn sie eine dem Substantiv innewohnende Eigenschaft ausdrücken. Oft bilden beide eine feste Wendung: **la blanca nieve** (*der weiße Schnee*), **las Bellas Artes** (*die schönen Künste*).

- Vorangestellt werden auch **mucho**, **poco**, **tanto**, **otro**, **primero**, **tercero**, **alguno** und **ninguno**.
  Tenemos **mucho** trabajo y **poco** tiempo. — *Wir haben viel Arbeit und wenig Zeit.*
  Es la **tercera** vez que vienes tarde. — *Es ist das dritte Mal, dass du zu spät kommst.*

- Setzt der Sprecher ein Adjektiv vor das Substantiv, möchte er die vom Adjektiv ausgedrückte Eigenschaft besonders hervorheben.
  Es una película **hermosa**. — *Das ist ein schöner Film.*
  ¡Qué **hermosa** película! — *Was für ein schöner Film!*

- Einige Adjektive haben eine unterschiedliche Bedeutung, je nachdem, ob sie vor oder hinter dem Substantiv stehen.

Adjektiv	Stellung	Bedeutung
bueno	una buena amiga	*gut*
	una amiga buena	*gutmütig*
grande	un gran cuadro	*großartig*
	un cuadro grande	*groß*
nuevo	un nuevo televisor	*neuartig, originell*
	un televisor nuevo	*frisch gekauft*
viejo	un viejo amigo	*langjährig*
	un amigo viejo	*alt (betagt)*
mismo	al mismo tiempo	*gleich*
	usted mismo	*selbst, sogar*
cierto	ciertos programas	*gewisse, bestimmte*
	noticias ciertas	*wahr(haftig), sicher*
pobre	una pobre chica	*arm, bedauernswert*
	una chica pobre	*arm, mittellos*

2.3 Die Kurzform einiger Adjektive

- **Bueno**, **malo**, **primero**, **tercero**, **alguno** und **ninguno** werden vor einem männlichen Substantiv im Singular verkürzt und verlieren das **-o**. **Grande** wird vor männlichen und weiblichen Substantiven im Singular zu **gran** verkürzt.

Adjektiv	männlich	weiblich
malo → mal	un **mal** actor	una **mala** actriz
bueno → buen	un **buen** actor	una **buena** actriz
grande → gran	un **gran** cuadro	una **gran** exposición

2.4 Adjektive mit *ser* oder *estar* in unterschiedlicher Bedeutung

- Wir verwenden **ser** + Adjektiv für eine objektive Beschreibung bzw. um eine zum Wesen gehörige Eigenschaft anzugeben (*Pedro es alegre / triste.*).
  Will man einen vorübergehenden Zustand beschreiben oder eine subjektive Bewertung vornehmen, so verwendet man **estar** + Adjektiv
  (*Hoy estoy alegre. / ¡Qué triste estás!*).
  Einige wenige Adjektive haben eine unterschiedliche Bedeutung, je nachdem, ob sie in Verbindung mit **ser** oder **estar** gebraucht werden.

Adjektiv	ser	estar
bueno/-a	*gut, positiv*	*attraktiv (Person) (fam) / gut (Essen)*
malo/-a	*schlecht, negativ*	*gut (Person) / ungenießbar (Essen)*
rico/-a	*reich*	*lecker, angenehm*
listo/-a	*intelligent*	*bereit, fertig*
abierto/-a	*offen (Person)*	*geöffnet / offen (Sache)*
aburrido/-a	*langweilig, uninteressant*	*gelangweilt, uninteressiert*
atento/-a	*höflich*	*aufmerksam, konzentriert*

3. Das Pronomen

Das Wichtigste über das Subjekt- und Objektpronomen findest du in *Caminos Austria 1* (S. 206–208) und *Caminos Austria 2* (S. 194–197).

3.1 Die Verdoppelung des Objekts

- Wie im Deutschen gibt es im Spanischen die Möglichkeit, das Objekt dem Verb voranzustellen, wenn man es hervorheben will, z.B. *Dieses Buch finde ich interessant.* Stellt man im Spanischen das Objekt voran, muss man es zusätzlich durch das entsprechende Objektpronomen wieder aufgreifen: *Este libro **lo** encuentro interesante.*

Normaler Satzbau	Satzbau mit vorangestelltem Objekt
Me gusta aprender español. *Mir gefällt es, Spanisch zu lernen.*	A María **le** gusta aprender español. *María gefällt es, Spanisch zu lernen.*
¿Le das el libro a María? *Gibst du María das Buch?*	El libro, ¿se **lo** das a María? *Das Buch, gibst du es María?*
Encuentro difícil el indefinido. *Ich finde das Indefinido schwierig.*	El indefinido **lo** encuentro difícil. *Das Indefinido finde ich schwierig.*

3.2 Das Relativpronomen

Die Relativpronomen **que** und **donde** kennst du aus *Caminos Austria 1* (S. 220).

- Relativpronomen leiten einen Nebensatz ein, der sich auf ein vorangegangenes Wort oder einen ganzen Satz bezieht. Das häufigste Relativpronomen ist **que**. Es kann sich auf Personen oder Sachen, Subjekt oder Objekt beziehen und *der, die, den, das* bedeuten.

Cádiz es una ciudad **que** me gusta mucho. Tengo un amigo **que** vive allí. Es un austríaco **que** voy a ver todos los años.	*Cádiz ist eine Stadt, die mir gut gefällt.* *Ich habe einen Freund, der dort lebt.* *Es ist ein Österreicher, den ich jedes Jahr besuche.*

- Steht das Bezugswort des Relativsatzes nach einer Präposition, so wird diese vor dem Relativpronomen wieder aufgegriffen. Dazwischen steht der bestimmte Artikel.

Ya conoces **a Ernesto**. Es de Buenos Aires.	Ernesto, **al que** ya conoces, es de Buenos Aires.
En esta ciudad nació el tango. Ernesto habla **de los barrios** del puerto.	Es la ciudad **en la que** nació el tango. Los barrios **de los que** habla Ernesto están en el puerto.
Muchos argentinos se identifican **con el tango**.	El tango es la música **con la que** muchos argentinos se identifican.

4. Das Verb

Die Zeiten und Modi kennst du aus *Caminos Austria 1* (S. 209–214) und *Caminos Austria 2* (S. 197–207).

4.1 Der Gebrauch der Vergangenheitszeiten

In *Caminos Austria 1* findest du das Perfekt (S. 212–213), in *Caminos Austria 2* das Indefinido, Imperfekt und Plusquamperfekt (S. 197–200). Über den Gebrauch der Zeiten entscheidet die Haltung des Sprechers. Es gibt aber eine Reihe von Zeit- und Häufigkeitsangaben, die bevorzugt mit einer bestimmten Zeit verwendet werden.

4.1.1 Das Perfekt

- Mit dem Perfekt stellt die Sprecherin bzw. der Sprecher einen Bezug zur Gegenwart her. Es bezieht sich auf Handlungen oder Ereignisse innerhalb eines noch andauernden Zeitraumes. Deshalb steht es oft mit Zeitausdrücken wie **hoy**, **todavía (no)**, **esta semana**, **este año**.
  Esta mañana no **he desayunado**. *Ich habe heute Morgen nicht gefrühstückt.*

4.1.2 Das Indefinido

- Das Indefinido steht für Handlungen und Ereignisse innerhalb eines Zeitraums der Vergangenheit, den der Sprecher als abgeschlossen betrachtet. Es drückt Wechsel, Anfang oder Ende einer Handlung aus. Häufig steht es mit Zeitausdrücken wie **ayer**, **anoche**, **la semana pasada**, **en 1998**.

Rita **nació** en 1914.	*Rita wurde 1914 geboren.*
De niña no **fue** a la escuela.	*Als Kind ging sie nicht zur Schule.*
Se casó a los 17 años.	*Sie hat mit 17 geheiratet.*

- Das Indefinido dient auch dazu, vergangene Ereignisse abschließend zu bewerten:

Las mujeres **empezaron** a luchar por sus derechos. Eso **fue** muy importante.	*Die Frauen fingen an, für ihre Rechte zu kämpfen. Das war sehr wichtig.*

4.1.3 Das Imperfekt

- Das Imperfekt beschreibt Zustände und Gewohnheiten in der Vergangenheit oder drückt sich wiederholende, regelmäßige Handlungen in der Vergangenheit aus. Es steht häufig mit Zeitausdrücken wie **antes**, **siempre**, **todos los días**, **entonces** (*damals*).

La vida de Rita **era** igual a la de su abuela.	*Ritas Leben war genau wie das ihrer Großmutter.*
Las mujeres no **podían** votar.	*Frauen durften nicht wählen.*

- Innerhalb einer Erzählung werden Rahmen, Hintergrund oder Begleitumstände im Imperfekt ausgedrückt, während die neu einsetzende Handlung im Indefinido steht.

Pero cuando Rita **era** joven hubo cambios importantes.	*Aber als Rita jung war, fanden wichtige Veränderungen statt.*

4.1.4 Das Plusquamperfekt

- Man verwendet das Plusquamperfekt für vergangene Ereignisse, Situationen und Handlungen, die bereits vor einer anderen Handlung in der Vergangenheit stattgefunden haben. Es steht häufig mit Zeitausdrücken wie **antes**, **ya**, **todavía no**, **nunca**.

Hasta entonces, las mujeres nunca **habían votado**.	*Bis dahin hatten Frauen nie gewählt.*
Cuando votaron por primera vez, ya **habían luchado** mucho tiempo por ese derecho.	*Als sie zum ersten Mal wählten, hatten sie schon lange für dieses Recht gekämpft.*

4.2 Der Gebrauch von Indikativ oder Subjuntivo

Du findest einige Hinweise zum Gebrauch des Subjuntivo in *Caminos Austria 2* (S. 204–206). Während der Indikativ dazu gebraucht wird, einen tatsächlichen Sachverhalt darzustellen, dient der Subjuntivo in erster Linie nicht zur Mitteilung einer Tatsache, sondern bringt eine persönliche Haltung des Sprechers zum Ausdruck.

4.2.1 Nach Ausdrücken der Wahrscheinlichkeit

- Nach **quizá(s)**, **tal vez**, **probablemente** und **posiblemente** kann sowohl der Indikativ als auch der Subjuntivo verwendet werden. Mit dem Indikativ drückt man einen höheren Grad an Wahrscheinlichkeit aus als mit dem Subjuntivo. Möchte man das Gesagte stärker in Zweifel ziehen, verwendet man den Subjuntivo.

Indikativ (wahrscheinlich)	Subjuntivo (wenig wahrscheinlich)
Quizá el disco duro no **sirve**. *Vielleicht ist die Festplatte nicht geeignet.*	**Quizá** el disco duro no **sirva**. *Vielleicht ist die Festplatte nicht geeignet.*
Tal vez es un error del sistema. *Vielleicht ist es ein Systemfehler.*	**Tal vez sea** un error del sistema. *Vielleicht ist es ein Systemfehler.*
Probablemente ha fallado la conexión. *Wahrscheinlich hat die Verbindung versagt.*	**Probablemente haya fallado** la conexión. *Wahrscheinlich hat die Verbindung versagt.*

- **A lo mejor** (*vielleicht*) steht immer mit Indikativ.
  A lo mejor el disco duro no **sirve**. *Vielleicht ist die Festplatte nicht geeignet.*

4.2.2 Nach Verben des Glaubens und der Meinungsäußerung

- Nach Verben des Glaubens, Meinens und der Wahrnehmung wie **creer**, **pensar**, **opinar**, **encontrar**, **ver**, **me parece**… steht normalerweise der Indikativ. Sind sie jedoch verneint, folgt der Subjuntivo.

Indikativ	Subjuntivo
Creo que **es** mejor así. *Ich glaube, dass es so besser ist.*	**No creo** que **sea** mejor así. *Ich glaube nicht, dass es so besser ist.*
Veo que **estamos** todos aquí. *Ich sehe, dass wir alle hier sind.*	**No veo** que **estemos** todos aquí. *Ich sehe nicht, dass wir alle hier wären.*
Nos **parece** que **tienen** un problema. *Wir finden, dass sie ein Problem haben.*	**No** nos **parece** que **tengan** un problema. *Wir finden nicht, dass sie ein Problem haben.*

4.2.3 Nach unpersönlichen Ausdrücken

- Einige unpersönliche Ausdrücke, nach denen der Subjuntivo folgt, z. B. **es importante que…**, **es una pena que…**, **es posible que…**, **está prohibido que…**, kennst du schon aus *Caminos Austria 2*.

- Nach unpersönlichen Konstruktionen wie **es / me parece** + Adjektiv / Substantiv + **que** folgt ein Verb im Indikativ, wenn sie Gewissheit ausdrücken (**cierto / evidente / verdad**). Werden sie aber verneint, folgt der Subjuntivo.

Indikativ	Subjuntivo
Es cierto que el curso **es** caro. *Es stimmt, dass der Kurs teuer ist.*	**No es cierto** que el curso **sea** caro. *Es stimmt nicht, dass der Kurs teuer ist.*
Es verdad que el español **es** fácil. *Es ist wahr, dass Spanisch leicht ist.*	**No es verdad que** el español **sea** fácil. *Es ist nicht wahr, dass Spanisch leicht ist.*
Es evidente que no todos **pueden** estudiar fuera. *Es ist offensichtlich, dass nicht alle im Ausland studieren können.*	**No es evidente que** la gente **aprenda** más en los cursos online. *Es ist nicht offensichtlich, dass die Leute in Online-Kursen mehr lernen.*

- Auch bei der unpersönlichen Konstruktion **lo... es que** steht das folgende Verb im Subjuntivo. Ausnahme: Wenn nach **lo** ein Ausdruck der Gewissheit bzw. Sicherheit folgt.

Indikativ	Subjuntivo
Lo que te digo **es que** la playa está limpia. *Ich sage dir, dass der Strand sauber ist.*	**Lo** más importante **es que** la playa esté limpia. *Das Wichtigste ist, dass der Strand sauber ist.*
Lo cierto **es que** el hotel no **tiene** piscina. *Tatsache ist, dass das Hotel keinen Pool hat.*	**Lo** ideal **es que** el hotel **tenga** piscina. *Das Ideale ist, dass das Hotel einen Pool hat.*

4.2.4 In Relativsätzen

- In Relativsätzen verwendet man den Indikativ, wenn sich der Relativsatz auf etwas Reales, Bekanntes bezieht. Wenn der Relativsatz dagegen etwas Zukünftiges, Gewünschtes oder eine Bedingung ausdrückt, verwendet man den Subjuntivo.

Indikativ	Subjuntivo
Vivo en un lugar **que** no **tiene** río. *Ich wohne in einem Ort, der keinen Fluss hat.*	Quiero vivir en un lugar **que tenga** río. *Ich möchte in einem Ort wohnen, der einen Fluss hat.*
Soy de un pueblo **donde hay** mucha tranquilidad. *Ich bin aus einem Dorf, wo es viel Ruhe gibt.*	Viviré en un lugar **donde haya** mucha tranquilidad. *Ich werde in einem Dorf leben, wo es viel Ruhe gibt.*

- Bezieht sich der Relativsatz auf ein Indefinitpronomen, so steht der Subjuntivo, wenn es sich um eine Frage handelt oder wenn das Indefinitpronomen negativ ist (**nada**, **nadie**, **ninguno**).

Indikativ	Subjuntivo
Aquí hay **alguien que sabe** esto. *Hier gibt es jemanden, der das weiß.*	¿Conoces a **alguien que sepa** esto? *Kennst du jemanden, der das weiß?* Aquí no hay **nadie que sepa** esto. *Hier gibt es niemanden, der das weiß.*

4.2.5 Wenn man die Entscheidung anderen überlässt

- Der Subjuntivo drückt auch aus, dass die Entscheidung noch nicht getroffen ist oder dass man die Entscheidung anderen überlässt.

Indikativ	Subjuntivo
Este es el hotel **que** yo **prefiero.** *Das ist das Hotel, das ich bevorzuge.*	Vamos al hotel **que prefieras.** *Wir gehen in das Hotel, das du bevorzugst.*
Hago **lo que quiero.** *Ich mache, was ich will.*	Haz **lo que quieras.** *Mach, was du willst.*
Siempre vamos **adonde** tú **quieres.** *Wir gehen immer dorthin, wohin du willst.*	Ve **adonde quieras.** *Geh hin, wohin auch immer du willst.*
Siempre llamamos **cuando podemos.** *Wir rufen immer an, wenn wir können.*	Llame **cuando** usted **pueda.** *Rufen Sie an, wann immer Sie können.*
Lo hago **como** me **parece** mejor. *Ich mache es so, wie es mir am besten scheint.*	Hágalo **como** le **parezca** mejor. *Machen Sie es so, wie es Ihnen am besten scheint.*

4.2.6 Nach bestimmten Konjunktionen

- Du kennst schon eine Reihe von Konjunktionen, nach denen immer der Subjuntivo folgt, z. B. **para que** (*damit*), **sin que** (*ohne dass*), **a menos que** (*es sei denn, dass*), **antes de que** (*bevor*), **después de que** (*nachdem*). Andere Konjunktionen können mit Indikativ oder Subjuntivo stehen.

- In Nebensätzen mit **cuando**, **mientras** oder **aunque** wird der Indikativ verwendet, wenn von gegenwärtigen oder vergangenen Handlungen oder Ereignissen die Rede ist. Wird dagegen eine Möglichkeit oder Voraussetzung in der Zukunft ausgedrückt, so verwendet man den Subjuntivo.

Indikativ	Subjuntivo
Cuando voy a la playa, siempre me pongo crema. *Wenn ich zum Strand gehe, creme ich mich immer ein.*	Mañana, **cuando vaya** a la playa, llevaré sombrero. *Morgen, wenn ich zum Strand gehe, werde ich einen Hut mitnehmen.*
Luisa llamó **cuando estaba** en casa. *Luisa rief an, als sie zu Hause war.*	Llámame **cuando llegues** al hotel. *Ruf mich an, sobald du im Hotel bist.*
Mientras estoy en la playa, leo un libro. *Während ich am Strand bin, lese ich ein Buch.*	No bebas alcohol **mientras te sientas** mal. *Trink keinen Alkohol, solange du dich unwohl fühlst.*
Aunque estoy enfermo, puedo salir. *Obwohl ich krank bin, kann ich ausgehen.*	Tienes que trabajar, **aunque estés** enfermo. *Du musst arbeiten, selbst wenn du krank bist.*

4.3 Der Gebrauch von Infinitiv oder Subjuntivo

4.3.1 Mit persönlichem Subjekt

- Ob man – nach den genannten Ausdrücken, die den Subjuntivo erfordern – den Infinitiv oder Subjuntivo verwendet, hängt davon ab, ob Haupt- und Nebensatz dasselbe Subjekt haben oder nicht. Sind die Subjekte identisch, verwendet man den Infinitiv, sind sie verschieden, verwendet man **que** + Subjuntivo.

Infinitiv	Subjuntivo
Deseo **pasar** unas buenas vacaciones en Mallorca. *Ich möchte schöne Ferien auf Mallorca verbringen.*	Te deseo **que pases** unas buenas vacaciones en Mallorca. *Ich wünsche dir, dass du schöne Ferien auf Mallorca verbringst.*
Espero **verte** pronto. *Ich hoffe, dich bald zu sehen.*	Espero **que** el lugar **sea** tranquilo. *Ich hoffe, dass der Ort ruhig ist.*
Me da igual **tener** animales o no. *Es ist mir egal, Tiere zu haben oder nicht.*	Me da igual **que tengas** un perro. *Es ist mir egal, ob du einen Hund hast.*
Me hace ilusión **viajar** a Costa Rica. *Ich freue mich darauf, nach Costa Rica zu reisen.*	Me hace ilusión **que hagamos** este viaje. *Ich freue mich darauf, dass wir diese Reise machen.*

4.3.2 Mit unpersönlichen Ausdrücken

- Unpersönliche Ausdrücke stehen mit Infinitiv, wenn der Nebensatz eine allgemeine Aussage enthält (*man*). Steht im Nebensatz ein persönliches Subjekt, verwendet man **que** + Subjuntivo.

Infinitiv	Subjuntivo
Hace falta **ahorrar** agua, pero no es necesario **exagerar**. *Es ist nötig, Wasser zu sparen, aber man muss nicht übertreiben.*	Hace falta **que la gente ahorre** agua, pero no es necesario **que exagere**. *Es ist nötig, dass die Leute Wasser sparen, aber sie müssen nicht übertreiben.*

4.4 Das Perfekt des Subjuntivo

- Das Perfekt des Subjuntivo wird gebildet mit dem Subjuntivo von **haber** und dem Partizip Perfekt. Dieses ist unveränderlich und endet immer auf **-o**.

	haber +	Partizip
yo	haya	cantado
tú	hayas	comido
usted, él, ella	haya	vivido
nosotros/-as	hayamos	sido
vosotros/-as	hayáis	vuelto
ustedes, ellos/-as	hayan	puesto

- Es wird nach den gleichen Regeln verwendet wie das Präsens des Subjuntivo, bezieht sich jedoch auf eine vergangene Handlung.

Mit Ausdrücken des Wunsches:	**Ojalá** que mañana a esta hora **hayáis terminado** esto. *Hoffentlich habt ihr das morgen um diese Zeit beendet.*
Mit Ausdrücken des Gefühls:	**Me alegro de** que me **hayas traído** flores. *Ich freue mich, dass du mir Blumen mitgebracht hast.*
Mit Ausdrücken der Wahrscheinlichkeit:	**Quizá** mi colega **haya instalado** mal el programa. *Vielleicht hat mein Kollege das Programm falsch installiert.*
Mit unpersönlichen Ausdrücken:	**Es importante** que Manuel **haya venido** a la reunión. *Es ist wichtig, dass Manuel zu der Besprechung gekommen ist.*

4.5 Das Imperfekt des Subjuntivo

- Das Imperfekt des Subjuntivo wird von der 3. Person Plural des Indefinido abgeleitet, indem man die Endung **-ron** durch **-ra** ersetzt: trabaja**ron** → trabaja**ra**, trabaja**ras**, …

	Verben auf **-ar**	Verben auf **-er**/**-ir**	unregelmäßige Verben
yo	trabaj**ara**	comi**era**	estar: estuviera, …
tú	trabaj**aras**	comi**eras**	tener: tuviera, …
usted, él, ella	trabaj**ara**	comi**era**	ser / ir: fuera, …
nosotros/-as	trabaj**áramos**	comi**éramos**	venir: viniera, …
vosotros/-as	trabaj**arais**	comi**erais**	poder: pudiera, …
ustedes, ellos/-as	trabaj**aran**	comi**eran**	haber: hubiera, …

- In einigen Ländern wird die Endung **-ase** bzw. **-iese** bevorzugt: trabajase, trabajases, trabajase, trabajásemos…; estuviese, estuvieses… Die Bedeutung ist jedoch dieselbe.

- Das Imperfekt des Subjuntivo wird immer dann verwendet, wenn die Ausdrücke, die den Subjuntivo auslösen, im Konditional, Imperfekt oder Indefinido stehen.
  Me gustaría que alguien **hiciera** mañana este trabajo. — *Ich hätte gern, dass jemand morgen diese Arbeit macht.*
  Queríamos una cocina que **tuviera** microondas. — *Wir wollten eine Küche, die eine Mikrowelle hat.*
  La jefa le pidió a Jorge que **viniera** un poco más temprano. — *Die Chefin bat Jorge, ein bisschen früher zu kommen.*

- Es steht auch nach **como si** (*als ob*), da hier ein irrealer Vergleich ausgedrückt wird.
  Cuando llevamos ayuda a estas personas, sienten **como si** la sociedad las **aceptara**. — *Wenn wir diesen Personen Hilfe bringen, fühlen sie sich, als ob die Gesellschaft sie akzeptierte.*

4.6 Die indirekte Rede

4.6.1 Die Wiedergabe von Aussagen und Fragen

Die indirekte Rede dient dazu, die Worte einer dritten Person wiederzugeben.

- Handelt es sich um eine Aussage, so wird die indirekte Rede von einem Verb des Sagens, z. B. **decir**, **comentar**, **contar + que** eingeleitet:
  "Me gustó mucho la película." — **Me ha contado que** le gustó mucho la película.
  „Der Film hat mir sehr gefallen." — *Er hat mir gesagt, dass ihm der Film sehr gefallen habe.*

- Will man eine Frage wiedergeben, die kein Fragewort enthält, so wird die indirekte Rede von einem Verb des Fragens, z. B. **preguntar**, **querer saber + si** eingeleitet:
  "¿Vienes mañana?" — **Te pregunto si** vienes mañana.
  „Kommst du morgen?" — *Ich frage dich, ob du morgen kommst.*

- Gibt man eine Frage wieder, die von einem Fragewort (**cuándo**, **dónde**, **quién**…) eingeleitet wird, bleibt dieses auch in der indirekten Rede erhalten.
  "¿Cuándo vienes mañana?" — **Te pregunto cuándo** vienes mañana.
  „Wann kommst du morgen?" — *Ich frage dich, wann du morgen kommst.*

- Genauso wie im Deutschen werden in der indirekten Rede die Person, die Possessivpronomen, Zeit- und Ortsangaben wie **ayer**, **aquí** usw. dem Standpunkt desjenigen angepasst, der die Äußerung wiedergibt.
  "**Mi** madre vino **ayer**." — Me dijo que **su** madre había venido **el día anterior**.
  „Meine Mutter ist gestern angekommen." — *Er sagte mir, dass seine Mutter am Tag davor angekommen sei.*

4.6.2 Die Wiedergabe von Bitten und Aufforderungen

- In der indirekten Rede verwendet man normalerweise den Indikativ. Gibt man jedoch eine Bitte, eine Aufforderung, einen Rat oder einen Vorschlag wieder, verwendet man den Subjuntivo. Im Deutschen steht in diesen Fällen oft „sollen".

Aussage	Bitte
"Me van a reservar una habitación." *„Sie werden mir ein Zimmer reservieren."* La clienta dice **que** le **van a reservar** un hotel. *Die Kundin sagt, dass sie für sie ein Hotel reservieren werden.*	"¿Me pueden reservar una habitación?" *„Können Sie mir ein Zimmer reservieren?"* La clienta **dice que** le **reservemos** un hotel. *Die Kundin sagt, dass wir ein Hotel für sie reservieren sollen.*

4.6.3 Die Zeitenfolge in der indirekten Rede

- Die Verwendung der Zeiten in der indirekten Rede unterliegt bestimmten Regeln und hängt davon ab, in welcher Zeitform das Verb des Sagens steht. Dabei ist die „reale Zeit" nicht ausschlaggebend. Steht das Verb des Sagens im Präsens oder Perfekt, so werden die Zeiten gegenüber der direkten Rede nicht verändert, es ändert sich nur die Perspektive des Sprechers. Der Imperativ wird durch das Präsens des Subjuntivo wiedergegeben.

Direkte Rede	Indirekte Rede: **Dice… / Ha dicho…**
"¡**Eres** un desvergonzado!" *„Du bist ein Schelm!"* "Mi amigo **vino** ayer." *„Mein Freund ist gestern gekommen."* "¡**Descansa**!" *„Ruhe dich aus!"*	… que **soy** un desvergonzado. *… dass ich ein Schelm sei.* … que su amigo **vino** el día anterior. *… dass sein Freund am Tag zuvor gekommen sei.* … que **descanses**. *… dass du dich ausruhen sollst.*

- Steht das Verb des Sagens im Imperfekt, Indefinido oder Plusquamperfekt, werden einige Zeiten in der indirekten Rede „um einen Schritt nach hinten versetzt".

Direkte Rede	Indirekte Rede: **Dijo / Decía / Había dicho…**	Zeitverschiebung
"¡**Es** un desvergonzado!"	que **era** un desvergonzado.	Präsens → Imperfekt
"Ya lo **ha hecho**."	que ya lo **había hecho**.	Perfekt → Plusquamperfekt
"No lo **olvidaré**."	que no lo **olvidaría**.	Futur → Konditional
"¡**Descansa**!"	que **descansaras**.	Imperativ → Imperf. des Subj.
"¡Más vale que **vengas**!"	que más valía que **viniera**.	Subj. → Imperfekt des Subj.

- Das Imperfekt, Plusquamperfekt und Konditional ändern sich nicht. Das Indefinido kann bleiben oder als Plusquamperfekt wiedergegeben werden.

4.7 Das Passiv

4.7.1 Die Bildung des Passiv

- Das Passiv wird gebildet aus ***ser***, das in verschiedenen Zeiten stehen kann, und dem Partizip Perfekt. Dabei verhält sich das Partizip wie ein Adjektiv, d. h. es stimmt mit dem Subjekt in Geschlecht und Zahl überein. Wird der Urheber (das Subjekt des Aktivsatzes) genannt, verwendet man die Präposition ***por***.

Aktiv	Passiv
Muchos turistas visitan el mercado. *Viele Touristen besuchen den Markt.*	El mercado **es visitado** por muchos turistas. *Der Markt wird von vielen Touristen besucht.*
Los artistas exhibieron numerosas obras. *Die Künstler stellten zahlreiche Werke aus.*	Numerosas obras **fueron exhibidas** por los artistas. *Zahlreiche Werke wurden von den Künstlern ausgestellt.*
Los fenicios fundaron la ciudad en el s. XII a. C. *Die Phönizier gründeten die Stadt im 12. Jh. v. Chr.*	La ciudad **fue fundada** por los fenicios en el s. XII a. C. *Die Stadt wurde von den Phöniziern im 12 Jh. v. Chr. gegründet.*

- Das Passiv wird im Spanischen nur selten und fast nur in der Schriftsprache gebraucht. Im folgenden Abschnitt findest du andere Konstruktionen, die bevorzugt werden:

4.7.2 Unpersönliche Konstruktionen zur Vermeidung des Passiv

- Es gibt verschiedene Arten, Unpersönlichkeit auszudrücken.

2. Person Singular:	Siempre **llevas** algún regalo a una boda. *Zu einer Hochzeit nimmt man immer ein Geschenk mit.*
3. Person Plural:	**Dicen** que es la mejor fiesta. *Man sagt, dass es das beste Fest sei.*
se + 3. Person Singular oder Plural:	**Se hace** una tarta o **se llevan** regalos. *Man backt einen Kuchen oder bringt Geschenke mit.*
Indefinitpronomen:	**Algunos** van. **Nadie** hace **nada** especial. *Einige gehen hin. Niemand macht etwas Besonderes.*
Unpersönliche Ausdrücke:	**La gente** / **Todo el mundo** envía tarjetas. *Die Leute schicken / Jedermann schickt Karten.*

- Nach **se** + 3. Person steht das Verb im Plural, wenn das nachfolgende Objekt im Plural steht (Se llev**an** regalos.).

4.7.3 Die Übersetzung von *werden*

- Dem deutschen ***werden*** entsprechen im Spanischen unterschiedliche Konstruktionen.

Futur / nahe Zukunft:	Vendremos. / Vamos a venir. *Wir werden kommen.*
Passiv:	El proyecto fue fundado por jóvenes. *Das Projekt wurde von Jugendlichen gegründet.*
Passiv mit **se**:	Se reunieron fondos para la escuela. *Es wurden Spenden für die Schule gesammelt.*

- Andere Bedeutungen von ***werden***.

Veränderung / Entwicklung: **hacerse** + Adjektiv / Substantiv	Pedro se hizo rico. *Pedro wurde reich.*
Verwandlung: **convertirse en** + Substantiv	El edificio se convirtió en un hospital. *Das Gebäude wurde in ein Krankenhaus umgewandelt.*
Vorübergehende Veränderung des Aussehens bzw. des Gemüts: **ponerse** + Adjektiv	María se puso pálida / nerviosa. *María wurde bleich / nervös.*
Starke Gemüts- bzw. Charakterveränderung: **volverse** + Adjektiv / Substantiv	Nos hemos vuelto más tolerantes. *Wir sind toleranter geworden.* Se ha vuelto un idiota. *Er ist ein Idiot geworden.*
Entwicklung:	Todos envejecemos / crecemos. *Wir werden alle älter.*
Ergebnis: **(llegar a) ser** + Substantiv	Quiero llegar a ser padrino de un niño. *Ich möchte Pate eines Kindes werden.*

- Außerdem gibt es eine Reihe von spanischen Verben, die das deutsche ***werden*** sozusagen in ihrer Bedeutung enthalten, dazu gehören:
  – einige reflexive Verben wie **enfermarse** (*krank werden*), **alegrarse** (*sich freuen*), **enfadarse** (*wütend werden*), **cansarse** (*müde werden*)
  – viele Verben auf **-ecer**, wie **enrojecer** (*rot werden*)
  – einige Verben wie **adelgazar** (*schlank werden*), **engordar** (*dick werden*), **mejorar** (*besser werden*)
  – **cumplir... años** (*... Jahre alt werden*)

4.8 Entsprechungen der deutschen Modalverben

- Da die deutschen Modalverben jeweils verschiedene Bedeutungen haben, gibt es dafür im Spanischen auch mehrere Übersetzungsmöglichkeiten, die meistens Kombinationen bestimmter Verben mit einem Infinitiv oder einem Satz im Subjuntivo sind.

Pflicht / Notwendigkeit	**hay que** + Infinitiv *man muss* **tener que** + Infinitiv *müssen*	Hay que estar bien informado. *Man muss gut informiert sein.* Tienes que escuchar esta noticia. *Du musst diese Nachricht hören.*
	deber + Infinitiv *sollen*	Debes leer los periódicos. *Du sollst die Zeitungen lesen.*
Erlaubnis	**poder** + Infinitiv *dürfen / können*	¿Puedo sentarme aquí? *Darf ich mich hier hinsetzen?*
	dejar / permitir + Infinitiv / Subjuntivo *erlauben, zulassen*	Mi padre no me permite que fume. *Mein Vater erlaubt mir nicht, dass ich rauche.* ¡No me dejáis hablar! *Ihr lasst mich nicht zu Wort kommen!*
Verbot	**no deber** + Infinitiv *nicht dürfen*	¡No debes aceptarlo! *Du darfst das nicht akzeptieren!*
Notwendigkeit	**necesitar / hacer falta** + Infinitiv / Subjuntivo *müssen / brauchen / nötig sein*	Necesitamos descansar. *Wir müssen uns ausruhen.* No hace falta que me ayudes. *Du brauchst mir nicht zu helfen.*
Möglichkeit	**poder** + Infinitiv *können*	Mañana no puedo venir. *Morgen kann ich nicht kommen.*
Fähigkeit	**saber** + Infinitiv *können / wissen (wie)*	Lucía sabe nadar muy bien. *Lucía kann sehr gut schwimmen.*

5. Der Satz

Das Wichtigste über den Satz findest du in *Caminos Austria 1* (S. 220).

5.1 Der direkte und indirekte Fragesatz

Das Wichtigste über den Fragesatz findest du in *Caminos Austria 1* (S. 215) und in *Caminos Austria 2* (S. 210).

- Fragewörter tragen immer einen Akzent, egal ob sie eine direkte oder indirekte Frage einleiten. Hat die direkte Frage kein Interrogativpronomen, wird die indirekte Frage mit **si** *(ob)* eingeleitet.

direkte Frage	indirekte Frage
La "madrugá", ¿es la noche del Jueves Santo? *Ist die „madrugá" die Nacht vom Gründonnerstag?*	Quiero saber **si** es la noche del Jueves Santo. *Ich möchte wissen, ob es die Nacht vom Gründonnerstag ist.*
¿**Qué** significa "costalero"? *Was bedeutet „costalero"?*	Me interesaría saber **qué** significa "costalero". *Ich möchte wissen, was „costalero" bedeutet.*
¿**Cuál** es la procesión más antigua? *Welches ist die älteste Prozession?*	Pregunta **cuál** es la procesión más antigua. *Er fragt, welches die älteste Prozession ist.*
¿**Cómo** se celebra la fiesta en Colombia? *Wie wird das Fest in Kolumbien gefeiert?*	Quiero conocer **cómo** se celebra la fiesta. *Ich möchte erfahren, wie das Fest gefeiert wird.*
¿**Por qué** se cantan las saetas? *Warum singt man Saetas?*	Me gustaría saber **por qué** se cantan las saetas. *Ich möchte gerne wissen, warum man Saetas singt.*
¿**Quién** lleva las imágenes? *Wer trägt die Figuren?*	Me pregunto **quién** lleva las imágenes. *Ich frage mich, wer die Figuren trägt.*

5.2 Der Relativsatz

- Zum Relativpronomen siehe Abschnitt 3.2
- Zum Gebrauch von Indikativ und Subjuntivo siehe Abschnitt 4.2.4

5.3 Der Bedingungssatz

- Bedingungssätze haben zwei Teile: Im Nebensatz wird eine Bedingung aufgestellt und im Hauptsatz eine Folge dieser Bedingung ausgedrückt. Am häufigsten wird der Nebensatz mit **si** eingeleitet. Die Verwendung der Zeiten hängt davon ab, für wie wahrscheinlich die Sprecherin bzw. der Sprecher die Erfüllung der Bedingung hält.

5.3.1 Der reale Bedingungssatz

- Ist die Bedingung aus Sicht des Sprechers in der Gegenwart oder in der Zukunft erfüllbar, steht im **Si**-Satz Indikativ Präsens, im Hauptsatz Imperativ, Präsens oder Futur.

Bedingung: **Si** + Indikativ Präsens	Hauptsatz: Imperativ / Präsens / Futur
Si está comunicando, *Wenn besetzt ist,*	**llame** otra vez. *rufen Sie erneut an.*
Si hoy **tengo** tiempo, *Wenn ich heute Zeit habe,*	te **llamo**. *rufe ich dich an.*
Si mañana no **llueve**, *Wenn es morgen nicht regnet,*	**iremos** de excursión. *werden wir einen Ausflug machen.*

- Weitere Konjunktionen zur Einleitung eines Bedingungssatzes sind **excepto si** *(außer wenn)*, **en caso de que** *(falls)* und **a menos que** *(es sei denn, dass)*. Auf die beiden Letzteren folgt der Subjuntivo.

En caso de que ahorremos, se controlará el problema ecológico.	*Falls wir sparen, wird das Umweltproblem unter Kontrolle sein.*
La energía se terminará **excepto si ahorramos**.	*Die Energie wird zu Ende gehen, es sei denn, wir sparen.*
El problema va a seguir **a menos que** los gobiernos **hagan** algo.	*Das Problem wird weiter bestehen, es sei denn, die Regierungen tun etwas.*

5.3.2 Der irreale Bedingungssatz der Gegenwart

- Ist die Bedingung aus Sicht des Sprechers in der Gegenwart oder in der Zukunft schwer oder gar nicht erfüllbar, steht im **Si**-Satz Imperfekt des Subjuntivo und im Hauptsatz Konditional.

Bedingung: **Si** + Imperfekt des Subjuntivo	Hauptsatz: Konditional
Si hiciera mal tiempo todo el verano,… *Wenn den ganzen Sommer schlechtes Wetter wäre, …*	… **haríamos** un viaje al Caribe. *… würden wir eine Reise in die Karibik machen.*
Si fuera millonario,… *Wenn ich Millionär wäre, …*	… **me compraría** un coche deportivo. *… würde ich mir einen Sportwagen kaufen.*

6. Präpositionen

Weitere Präpositionen kennst du schon aus *Caminos Austria 1* (S. 216–217) und *Caminos Austria 2* (S. 210–211).

6.1 Die Präpositionen *por* und *para*

por	
Grund / Ursache *(wegen)*	> ¿Por qué aprendes español? ◆ **Por** mi amiga/-o.
ungefähre Zeitangabe	Hago los deberes **por** la noche.
ungefähre Ortsangabe *(an, vorbei, in)*	Voy a pasar **por** la casa de Ana. Está **por** aquí.
Einverständnis *(z. B. meinetwegen)*	**Por** mí podemos escuchar ahora la audición.
Mittel *(per, mit)*	El cliente llama **por** teléfono.
Preis / Leistung / Tausch *(für)*	Lo vendo **por** 10 €.
Feste Wendungen	**por** lo general, **por** supuesto, **por** último

para	
Ziel / Vorhaben / Absicht *(für, um zu)*	> ¿Por qué aprendes español? ◆ **Para** hablar con mi amiga Paula, que es española.
Termin / Frist *(für, bis)*	Quiero los deberes **para** el lunes.
Zielort *(nach)*	Hace tres años, Jorge se fue **para** Chile.
Standpunkt *(für, nach Meinung von)*	**Para** mí, conjugar los verbos no tiene sentido.
Adressat *(für)*	Este regalo es **para** María.
Feste Wendungen	**para** siempre, **para** nada

7. Wortbildung

Neue Wörter entstehen unter anderem, indem man vorhandene Wörter mit einem Präfix (Vorsilbe) oder Suffix (Nachsilbe) erweitert und ihnen damit eine neue Bedeutung verleiht.

8.1 Präfixe

anti-	*gegen*	antifranquista
co(n)-	*mit*	coautor, colaboración
contra-	*gegen*	contraataque, contradicción
des-	*nicht*	desorden, descanso
in- (i-, im-)	*nicht*	independencia, incultura
pos(t)-	*nach*	postguerra, posmodernismo
pre-	*vor*	prejuicio, preconcepto
re-	*wieder*	reconstrucción
su(b)-	*unter*	subtítulo, subarrendar

8.2 Suffixe

- Mit folgenden Suffixen kann man aus Adjektiven oder Verben Substantive bilden.

aus Adjektiven			aus Verben		
-dad	cruel	crueldad	**-ción**	agitar	agitación
-ismo	social	socialismo	**-dor/a**	gobernar	gobernador/a
-ura	loco	locura	**-ante**	comerciar	comerciante
-ez/a	pequeño	pequeñez	**-iente**	depender	dependiente
-ía	alegre	alegría	**-imiento**	conocer	conocimiento

Verbtabelle

Die drei regelmäßigen Verbgruppen.

Infinitiv Partizip Gerundium	Präsens	Indefinido	Imperfekt	Futur	Konditional	Präsens des Subjuntivo	Imperfekt des Subjuntivo	Imperativ
	tom**o**	tom**é**	tom**aba**	tom**aré**	tom**aría**	tom**e**	tom**ara** / tom**ase**	
tom**ar**	tom**as**	tom**aste**	tom**abas**	tom**arás**	tom**arías**	tom**es**	tom**aras** / tom**ases**	tom**a**
tom**ado**	tom**a**	tom**ó**	tom**aba**	tom**ará**	tom**aría**	tom**e**	tom**ara** / tom**ase**	tom**e**
tom**ando**	tom**amos**	tom**amos**	tom**ábamos**	tom**aremos**	tom**aríamos**	tom**emos**	tom**áramos** / tom**ásemos**	
	tom**áis**	tom**asteis**	tom**abais**	tom**aréis**	tom**aríais**	tom**éis**	tom**arais** / tom**aseis**	tom**ad**
	tom**an**	tom**aron**	tom**aban**	tom**arán**	tom**arían**	tom**en**	tom**aran** / tom**asen**	tom**en**
	com**o**	com**í**	com**ía**	com**eré**	com**ería**	com**a**	com**iera** / com**iese**	
com**er**	com**es**	com**iste**	com**ías**	com**erás**	com**erías**	com**as**	com**ieras** / com**ieses**	com**e**
com**ido**	com**e**	com**ió**	com**ía**	com**erá**	com**ería**	com**a**	com**iera** / com**iese**	com**a**
com**iendo**	com**emos**	com**imos**	com**íamos**	com**eremos**	com**eríamos**	com**amos**	com**iéramos** / com**iésemos**	
	com**éis**	com**isteis**	com**íais**	com**eréis**	com**eríais**	com**áis**	com**ierais** / com**ieseis**	com**ed**
	com**en**	com**ieron**	com**ían**	com**erán**	com**erían**	com**an**	com**ieran** / com**iesen**	com**an**
	viv**o**	viv**í**	viv**ía**	viv**iré**	viv**iría**	viv**a**	viv**iera** / viv**iese**	
viv**ir**	viv**es**	viv**iste**	viv**ías**	viv**irás**	viv**irías**	viv**as**	viv**ieras** / viv**ieses**	viv**e**
viv**ido**	viv**e**	viv**ió**	viv**ía**	viv**irá**	viv**iría**	viv**a**	viv**iera** / viv**iese**	viv**a**
viv**iendo**	viv**imos**	viv**imos**	viv**íamos**	viv**iremos**	viv**iríamos**	viv**amos**	viv**iéramos** / viv**iésemos**	
	viv**ís**	viv**isteis**	viv**íais**	viv**iréis**	viv**iríais**	viv**áis**	viv**ierais** / viv**ieseis**	viv**id**
	viv**en**	viv**ieron**	viv**ían**	viv**irán**	viv**irían**	viv**an**	viv**ieran** / viv**iesen**	viv**an**

Im Folgenden findest du alle unregelmäßigen Verben, die in *Caminos Austria 3* vorkommen, sowie Beispielverben mit unregelmäßigen Formen (*e → ie, e → i, i → í, o → ue, u → ue, u → ú, c → zc*). Aus Platzgründen werden in der Konjugationstabelle nur einige Modellverben aufgeführt. Andere Verben, die genauso konjugiert werden bzw. dieselbe Unregelmäßigkeit aufweisen, findest du in der anschließenden Liste.
Verben mit orthographischen Veränderungen werden nicht aufgeführt, z. B. empe**z**ar → empe**c**é, pa**g**ar → pa**gu**é, sa**c**ar → sa**qu**é, se**gu**ir → siga

Infinitiv Partizip Gerundium	Präsens	Indefinido	Imperfekt	Futur	Konditional	Präsens des Subjuntivo	Imperfekt des Subjuntivo	Imperativ
abrir *öffnen* **abierto** abriendo								
andar *zu Fuß gehen* andado andando	ando andas anda andamos andáis andan	**anduve** **anduviste** **anduvo** **anduvimos** **anduvisteis** **anduvieron**	andaba andabas andaba andábamos andabais andaban	andaré andarás andará andaremos andaréis andarán	andaría andarías andaría andaríamos andaríais andarían	ande andes ande andemos andéis anden	**anduviera** / **anduviese** **anduvieras** / **anduvieses** **anduviera** / **anduviese** **anduviéramos** / **anduviésemos** **anduvierais** / **anduvieseis** **anduviera** / **anduviesen**	 anda ande andad anden
caer *hinfallen* caído ca**y**endo	**caigo** caes cae caemos caéis caen	caí caíste ca**y**ó caímos caísteis ca**y**eron	caía caías caía caíamos caíais caían	caeré caerás caerá caeremos caeréis caerán	caería caerías caería caeríamos caeríais caerían	**caiga** **caigas** **caiga** **caigamos** **caigáis** **caigan**	**cayera** / **cayese** **cayeras** / **cayeses** **cayera** / **cayese** **cayéramos** / **cayésemos** **cayerais** / **cayeseis** **cayeran** / **cayesen**	 cae **caiga** caed **caigan**
conducir **c → zc** *fahren* conducido conduciendo	condu**zc**o conduces conduce conducimos conducís conducen	**conduje** **condujiste** **condujo** **condujimos** **condujisteis** **condujeron**	conducía conducías conducía conducíamos conducíais conducían	conduciré conducirás conducirá conduciremos conduciréis conducirán	conduciría conducirías conduciría conduciríamos conduciríais conducirían	condu**zc**a condu**zc**as condu**zc**a condu**zc**amos condu**zc**áis condu**zc**an	**condujera** / **condujese** **condujeras** / **condujeses** **condujera** / **condujese** **condujéramos** / **condujésemos** **condujerais** / **condujeseis** **condujeran** / **condujesen**	 conduce condu**zc**a conducid condu**zc**an
conocer **c → zc** *kennen(lernen)* conocido conociendo	cono**zc**o conoces conoce conocemos conocéis conocen	conocí conociste conoció conocimos conocisteis conocieron	conocía conocías conocía conocíamos conocíais conocían	conoceré conocerás conocerá conoceremos conoceréis conocerán	conocería conocerías conocería conoceríamos conoceríais conocerían	cono**zc**a cono**zc**as cono**zc**a cono**zc**amos cono**zc**áis cono**zc**an	conociera / conociese conocieras / conocieses conociera / conociese conociéramos / conociésemos conocierais / conocieseis conocieran / conociesen	 conoce cono**zc**a conoced cono**zc**an

Infinitiv Partizip Gerundium	Präsens	Indefinido	Imperfekt	Futur	Konditional	Präsens des Subjuntivo	Imperfekt des Subjuntivo	Imperativ
construir **i → y** *bauen* construido construyendo	construyo construyes construye construimos construís construyen	construí construiste construyó construimos construisteis construyeron	construía construías construía construíamos construíais construían	construiré construirás construirá construiremos construiréis construirán	construiría construirías construiría construiríamos construiríais construirían	construya construyas construya construyamos construyáis construyan	construyera / construyese construyeras / construyeses construyera / construyese construyéramos / construyésemos construyerais / construyeseis construyeran / construyesen	 construye construya construid construyan
contar **o → ue** *(er)zählen* contado contando	cuento cuentas cuenta contamos contáis cuentan	conté contaste contó contamos contasteis contaron	contaba contabas contaba contábamos contabais contaban	contaré contarás contará contaremos contaréis contarán	contaría contarías contaría contaríamos contaríais contarían	cuente cuentes cuente contemos contéis cuenten	contara / contase contaras / contases contara / contase contáramos / contásemos contarais / contaseis contaran / contasen	 cuenta cuente contad cuenten
continuar **u → ú** *fortsetzen* continuado continuando	continúo continúas continúa continuamos continuáis continúan	continué continuaste continuó continuamos continuasteis continuaron	continuaba continuabas continuaba continuábamos continuabais continuaban	continuaré continuarás continuará continuaremos continuaréis continuarán	continuaría continuarías continuaría continuaríamos continuaríais continuarían	continúe continúes continúe continuemos continuéis continúen	continuara / continuase continuaras / continuases continuara / continuase continuáramos / continuásemos continuarais / continuaseis continuaran / continuasen	 continúa continúe continuad continúen
creer *glauben* creído creyendo	creo crees cree creemos creéis creen	creí creíste creyó creímos creísteis creyeron	creía creías creía creíamos creíais creían	creeré creerás creerá creeremos creeréis creerán	creería creerías creería creeríamos creeríais creerían	crea creas crea creamos creáis crean	creyera / creyese creyeras / creyeses creyera / creyese creyéramos / creyésemos creyerais / creyeseis creyeran / creyesen	 cree crea creed crean
cubrir *decken* **cubierto** cubriendo								

Infinitiv Partizip Gerundium	Präsens	Indefinido	Imperfekt	Futur	Konditional	Präsens des Subjuntivo	Imperfekt des Subjuntivo	Imperativ
dar	**doy**	**di**	daba	daré	daría	**dé**	**diera / diese**	
geben	das	**diste**	dabas	darás	darías	des	**dieras / dieses**	da
	da	**dio**	daba	dará	daría	**dé**	**diera / diese**	**dé**
	damos	**dimos**	dábamos	daremos	daríamos	demos	**diéramos / diésemos**	
dado	dais	**disteis**	dabais	daréis	daríais	deis	**dierais / dieseis**	dad
dando	dan	**dieron**	daban	darán	darían	den	**dieran / diesen**	den
decir	digo	**dije**	decía	**diré**	**diría**	**diga**	**dijera / dijese**	
sagen	dices	**dijiste**	decías	**dirás**	**dirías**	**digas**	**dijeras / dijeses**	**di**
	dice	**dijo**	decía	**dirá**	**diría**	**diga**	**dijera / dijese**	**diga**
	decimos	**dijimos**	decíamos	**diremos**	**diríamos**	**digamos**	**dijéramos / dijésemos**	
dicho	decís	**dijisteis**	decíais	**diréis**	**diríais**	**digáis**	**dijerais / dijeseis**	decid
diciendo	dicen	**dijeron**	decían	**dirán**	**dirían**	**digan**	**dijeran / dijesen**	**digan**
dormir	**due**rmo	dormí	dormía	dormiré	dormiría	**due**rma	**d**u**r**miera / **d**u**r**miese	
o → ue, u	**due**rmes	dormiste	dormías	dormirás	dormirías	**due**rmas	**d**u**r**mieras / **d**u**r**mieses	**due**rme
schlafen	**due**rme	d**u**rmió	dormía	dormirá	dormiría	**due**rma	**d**u**r**miera / **d**u**r**miese	**due**rma
	dormimos	dormimos	dormíamos	dormiremos	dormiríamos	d**u**rmamos	d**u**rmiéramos / d**u**rmiésemos	
dormido	dormís	dormisteis	dormíais	dormiréis	dormiríais	d**u**rmáis	d**u**rmierais / d**u**rmieseis	dormid
d**u**rmiendo	**due**rmen	d**u**rmieron	dormían	dormirán	dormirían	**due**rman	d**u**rmieran / d**u**rmiesen	**due**rman
enviar	env**í**o	envié	enviaba	enviaré	enviaría	env**í**e	enviara / enviase	
i → í	env**í**as	enviaste	enviabas	enviarás	enviarías	env**í**es	enviaras / enviases	env**í**a
schicken	env**í**a	envió	enviaba	enviará	enviaría	env**í**e	enviara / enviase	env**í**e
	enviamos	enviamos	enviábamos	enviaremos	enviaríamos	enviemos	enviáramos / enviásemos	
enviado	enviáis	enviasteis	enviabais	enviaréis	enviaríais	enviéis	enviarais / enviaseis	enviad
enviando	env**í**an	enviaron	enviaban	enviarán	enviarían	env**í**en	enviaran / enviasen	env**í**en
escribir								
schreiben								
escrito								
escribiendo								

Infinitiv Partizip Gerundium	Präsens	Indefinido	Imperfekt	Futur	Konditional	Präsens des Subjuntivo	Imperfekt des Subjuntivo	Imperativ
estar	**estoy**	**estuve**	estaba	estaré	estaría	est**é**	**estuviera / estuviese**	
sich befinden	**estás**	**estuviste**	estabas	estarás	estarías	est**és**	**estuvieras / estuvieses**	**está**
	está	**estuvo**	estaba	estará	estaría	est**é**	**estuviera / estuviese**	**esté**
	estamos	**estuvimos**	estábamos	estaremos	estaríamos	estemos	**estuviéramos / estuviésemos**	
estado	estáis	**estuvisteis**	estabais	estaréis	estaríais	estéis	**estuvierais / estuvieseis**	estad
estando	**están**	**estuvieron**	estaban	estarán	estarían	est**én**	**estuvieran / estuviesen**	**estén**
haber	**he**	**hube**	había	**habré**	**habría**	**haya**	**hubiera / hubiese**	
haben (Hilfsverb)	**has**	**hubiste**	habías	**habrás**	**habrías**	**hayas**	**hubieras / hubieses**	**he**
es gibt (hay)	**ha (hay)**	**hubo**	había	**habrá**	**habría**	**haya**	**hubiera / hubiese**	**haya**
	hemos	**hubimos**	habíamos	**habremos**	**habríamos**	**hayamos**	**hubiéramos / hubiésemos**	
habido	habéis	**hubisteis**	habíais	**habréis**	**habríais**	**hayáis**	**hubierais / hubieseis**	habed
habiendo	**han**	**hubieron**	habían	**habrán**	**habrían**	**hayan**	**hubieran / hubiesen**	**hayan**
hacer	**hago**	**hice**	hacía	**haré**	**haría**	**haga**	**hiciera / hiciese**	
machen	haces	**hiciste**	hacías	**harás**	**harías**	**hagas**	**hicieras / hicieses**	**haz**
	hace	**hizo**	hacía	**hará**	**haría**	**haga**	**hiciera / hiciese**	**haga**
	hacemos	**hicimos**	hacíamos	**haremos**	**haríamos**	**hagamos**	**hiciéramos / hiciésemos**	
hecho	hacéis	**hicisteis**	hacíais	**haréis**	**haríais**	**hagáis**	**hicierais / hicieseis**	haced
haciendo	hacen	**hicieron**	hacían	**harán**	**harían**	**hagan**	**hicieran / hiciesen**	**hagan**
ir	**voy**	**fui**	**iba**	iré	iría	**vaya**	**fuera / fuese**	
gehen, fahren	**vas**	**fuiste**	**ibas**	irás	irías	**vayas**	**fueras / fueses**	**ve**
	va	**fue**	**iba**	irá	iría	**vaya**	**fuera / fuese**	**vaya**
	vamos	**fuimos**	**íbamos**	iremos	iríamos	**vayamos**	**fuéramos / fuésemos**	
ido	**vais**	**fuisteis**	**ibais**	iréis	iríais	**vayáis**	**fuerais / fueseis**	**id**
yendo	**van**	**fueron**	**iban**	irán	irían	**vayan**	**fueran / fuesen**	**vayan**
jugar	**jue**go	jugué	jugaba	jugaré	jugaría	**jue**gue	jugara / jugase	
u → ue	**jue**gas	jugaste	jugabas	jugarás	jugarías	**jue**gues	jugaras / jugases	**jue**ga
spielen	**jue**ga	jugó	jugaba	jugará	jugaría	**jue**gue	jugara / jugase	**jue**gue
	jugamos	jugamos	jugábamos	jugaremos	jugaríamos	juguemos	jugáramos / jugásemos	
jugado	jugáis	jugasteis	jugabais	jugaréis	jugaríais	juguéis	jugarais / jugaseis	jugad
jugando	**jue**gan	jugaron	jugaban	jugarán	jugarían	**jue**guen	jugaran / jugasen	**jue**guen

Infinitiv Partizip Gerundium	Präsens	Indefinido	Imperfekt	Futur	Konditional	Präsens des Subjuntivo	Imperfekt des Subjuntivo	Imperativ
morir	**mue**ro	morí	moría	moriré	moriría	**mue**ra	m**u**riera / m**u**riese	
sterben	**mue**res	moriste	morías	morirás	morirías	**mue**ras	m**u**rieras /m**u**rieses	**mue**re
(s. dormir)	**mue**re	m**u**rió	moría	morirá	moriría	**mue**ra	m**u**riera / m**u**riese	**mue**ra
o → ue, u	morimos	morimos	moríamos	moriremos	moriríamos	m**u**ramos	m**u**riéramos / m**u**riésemos	m**u**ramos
muerto	morís	moristeis	moríais	moriréis	moriríais	m**u**ráis	m**u**rierais / m**u**rieseis	morid
m**u**riendo	**mue**ren	m**u**rieron	morían	morirán	morirían	**mue**ran	m**u**rieran / m**u**riesen	**mue**ran
oír	**oigo**	oí	oía	oiré	oiría	**oiga**	**oyera** / **oyese**	
hören	o**y**es	oíste	oías	oirás	oirías	**oigas**	**oyeras** / **oyeses**	**oye**
	o**y**e	o**y**ó	oía	oirá	oiría	**oiga**	**oyera** / **oyese**	**oiga**
	oímos	oímos	oíamos	oiremos	oiríamos	**oigamos**	**oyéramos** / **oyésemos**	
oído	oís	oísteis	oíais	oiréis	oiríais	**oigáis**	**oyerais** / **oyeseis**	oíd
o**y**endo	**oyen**	o**y**eron	oían	oirán	oirían	**oigan**	**oyeran** / **oyesen**	**oigan**
oler	**hue**lo	olí	olía	oleré	olería	**hue**la	oliera / oliese	
riechen	**hue**les	oliste	olías	olerás	olerías	**hue**las	olieras / olieses	**hue**le
	huele	olió	olía	olerá	olería	**hue**la	oliera / oliese	**hue**la
	olemos	olimos	olíamos	oleremos	oleríamos	olamos	oliéramos / oliésemos	
olido	oléis	olisteis	olíais	oleréis	oleríais	oláis	olierais / olieseis	oled
oliendo	**hue**len	olieron	olían	olerán	olerían	**hue**lan	olieran / oliesen	**hue**lan
pedir	**pi**do	pedí	pedía	pediré	pediría	**pi**da	**pi**diera / **pi**diese	
e → i	**pi**des	pediste	pedías	pedirás	pedirías	**pi**das	**pi**dieras / **pi**dieses	**pi**de
bitten, verlangen	**pi**de	**pi**dió	pedía	pedirá	pediría	**pi**da	**pi**diera / **pi**diese	**pi**da
	pedimos	pedimos	pedíamos	pediremos	pediríamos	**pi**damos	**pi**diéramos / **pi**diésemos	
pedido	pedís	pedisteis	pedíais	pediréis	pediríais	**pi**dáis	**pi**dierais / **pi**dieseis	pedid
pidiendo	**pi**den	**pi**dieron	pedían	pedirán	pedirían	**pi**dan	**pi**dieran / **pi**diesen	**pi**dan
pensar	**pie**nso	pensé	pensaba	pensaré	pensaría	**pie**nse	pensara / pensase	
e → ie	**pie**nsas	pensaste	pensabas	pensarás	pensarías	**pie**nses	pensaras / pensases	**pie**nsa
denken	**pie**nsa	pensó	pensaba	pensará	pensaría	**pie**nse	pensara / pensase	**pie**nse
	pensamos	pensamos	pensábamos	pensaremos	pensaríamos	pensemos	pensáramos / pensásemos	
pensado	pensáis	pensasteis	pensabais	pensaréis	pensaríais	penséis	pensarais / pensaseis	pensad
pensando	**pie**nsan	pensaron	pensaban	pensarán	pensarían	**pie**nsen	pensaran / pensasen	**pie**nsen

Infinitiv Partizip Gerundium	Präsens	Indefinido	Imperfekt	Futur	Konditional	Präsens des Subjuntivo	Imperfekt des Subjuntivo	Imperativ
poder	**pue**do	**pude**	podía	**podré**	**podría**	**pue**da	**pudiera / pudiese**	
können	**pue**des	**pudiste**	podías	**podrás**	**podrías**	**pue**das	**pudieras / pudieses**	**pue**de
	puede	**pudo**	podía	**podrá**	**podría**	**pue**da	**pudiera / pudiese**	**pue**da
	podemos	**pudimos**	podíamos	**podremos**	**podríamos**	podamos	**pudiéramos / pudiésemos**	
podido	podéis	**pudisteis**	podíais	**podréis**	**podríais**	podáis	**pudierais / pudieseis**	poded
p**u**diendo	**pue**den	**pudieron**	podían	**podrán**	**podrían**	**pue**dan	**pudieran / pudiesen**	**pue**dan
poner	**pongo**	**puse**	ponía	**pondré**	**pondría**	**ponga**	**pusiera / pusiese**	
setzen, stellen,	pones	**pusiste**	ponías	**pondrás**	**pondrías**	**pongas**	**pusieras / pusieses**	**pon**
legen	pone	**puso**	ponía	**pondrá**	**pondría**	**ponga**	**pusiera / pusiese**	**ponga**
	ponemos	**pusimos**	poníamos	**pondremos**	**pondríamos**	**pongamos**	**pusiéramos / pusiésemos**	
puesto	ponéis	**pusisteis**	poníais	**pondréis**	**pondríais**	**pongáis**	**pusierais / pusieseis**	poned
poniendo	ponen	**pusieron**	ponían	**pondrán**	**pondrían**	**pongan**	**pusieran / pusiesen**	**pongan**
querer	qu**ie**ro	**quise**	quería	**querré**	**querría**	qu**ie**ra	**quisiera / quisiese**	
wollen, mögen	qu**ie**res	**quisiste**	querías	**querrás**	**querrías**	qu**ie**ras	**quisieras / quisieses**	qu**ie**re
	qu**ie**re	**quiso**	quería	**querrá**	**querría**	qu**ie**ra	**quisiera / quisiese**	qu**ie**ra
	queremos	**quisimos**	queríamos	**querremos**	**querríamos**	queramos	**quisiéramos / quisiésemos**	
querido	queréis	**quisisteis**	queríais	**querréis**	**querríais**	queráis	**quisierais / quisieseis**	quered
queriendo	qu**ie**ren	**quisieron**	querían	**querrán**	**querrían**	qu**ie**ran	**quisieran / quisiesen**	qu**ie**ran
romper	rompo	**rompí**	rompía	**romperé**	rompería	rompa	**rompiera / rompiese**	
zerbrechen	rompes	**rompiste**	rompías	**romperás**	romperías	rompas	**rompieras / rompieses**	rompe
	rompe	**rompió**	rompía	**romperá**	rompería	rompa	**rompiera / rompiese**	rompa
	rompemos	**rompimos**	rompíamos	**romperemos**	romperíamos	rompamos	**rompiéramos / rompiésemos**	
roto	rompéis	**rompisteis**	rompíais	**romperéis**	romperíais	rompais	**rompierais / rompieses**	romped
rompiendo	rompen	**rompieron**	rompían	**romperán**	romperían	rompan	**rompieran / rompiesen**	rompan
saber	**sé**	**supe**	sabía	**sabré**	**sabría**	**sepa**	**supiera / supiese**	
wissen	sabes	**supiste**	sabías	**sabrás**	**sabrías**	**sepas**	**supieras / supieses**	sabe
	sabe	**supo**	sabía	**sabrá**	**sabría**	**sepa**	**supiera / supiese**	**sepa**
	sabemos	**supimos**	sabíamos	**sabremos**	**sabríamos**	**sepamos**	**supiéramos / supiésemos**	
sabido	sabéis	**supisteis**	sabíais	**sabréis**	**sabríais**	**sepáis**	**supierais / supieseis**	sabed
sabiendo	saben	**supieron**	sabían	**sabrán**	**sabrían**	**sepan**	**supieran / supiesen**	**sepan**

Infinitiv Partizip Gerundium	Präsens	Indefinido	Imperfekt	Futur	Konditional	Präsens des Subjuntivo	Imperfekt des Subjuntivo	Imperativ
salir	**salgo**	salí	salía	**saldré**	**saldría**	**salga**	saliera / saliese	
weggehen	sales	saliste	salías	**saldrás**	**saldrías**	**salgas**	salieras / salieses	**sal**
	sale	salió	salía	**saldrá**	**saldría**	**salga**	saliera / saliese	**salga**
	salimos	salimos	salíamos	**saldremos**	**saldríamos**	**salgamos**	saliéramos / saliésemos	
salido	salís	salisteis	salíais	**saldréis**	**saldríais**	**salgáis**	salierais / salieseis	salid
saliendo	salen	salieron	salían	**saldrán**	**saldrían**	**salgan**	salieran / saliesen	**salgan**
sentir	siento	sentí	sentía	sentiré	sentiría	sienta	sintiera / sintiese	
e → ie, i	sientes	sentiste	sentías	sentirás	sentirías	sientas	sintieras / sintieses	siente
fühlen	siente	sintió	sentía	sentirá	sentiría	sienta	sintiera / sintiese	sienta
	sentimos	sentimos	sentíamos	sentiremos	sentiríamos	sintamos	sintiéramos / sintiésemos	
sentido	sentís	sentisteis	sentíais	sentiréis	sentiríais	sintáis	sintierais / sintieseis	sentid
sintiendo	sienten	sintieron	sentían	sentirán	sentirían	sientan	sintieran / sintiesen	sientan
ser	**soy**	**fui**	**era**	seré	sería	**sea**	**fuera / fuese**	
sein	**eres**	**fuiste**	**eras**	serás	serías	**seas**	**fueras / fueses**	**sé**
	es	**fue**	**era**	será	sería	**sea**	**fuera / fuese**	**sea**
	somos	**fuimos**	**éramos**	seremos	seríamos	**seamos**	**fuéramos / fuésemos**	
sido	**sois**	**fuisteis**	**erais**	seréis	seríais	**seáis**	**fuerais / fueseis**	sed
siendo	**son**	**fueron**	**eran**	serán	serían	**sean**	**fueran / fuesen**	**sean**
tener	**tengo**	**tuve**	tenía	**tendré**	**tendría**	**tenga**	**tuviera / tuviese**	
haben	tienes	**tuviste**	tenías	**tendrás**	**tendrías**	**tengas**	**tuvieras / tuvieses**	**ten**
	tiene	**tuvo**	tenía	**tendrá**	**tendría**	**tenga**	**tuviera / tuviese**	**tenga**
	tenemos	**tuvimos**	teníamos	**tendremos**	**tendríamos**	**tengamos**	**tuviéramos / tuviésemos**	
tenido	tenéis	**tuvisteis**	teníais	**tendréis**	**tendríais**	**tengáis**	**tuvierais / tuvieseis**	tened
teniendo	tienen	**tuvieron**	tenían	**tendrán**	**tendrían**	**tengan**	**tuvieran / tuviesen**	**tengan**
traer	**traigo**	**traje**	traía	traeré	traería	**traiga**	**trajera / trajese**	
(her)bringen	traes	**trajiste**	traías	traerás	traerías	**traigas**	**trajeras / trajeses**	trae
	trae	**trajo**	traía	traerá	traería	**traiga**	**trajera / trajese**	**traiga**
	traemos	**trajimos**	traíamos	traeremos	traeríamos	**traigamos**	**trajéramos / trajésemos**	
traído	traéis	**trajisteis**	traíais	traeréis	traeríais	**traigáis**	**trajerais / trajeseis**	traed
trayendo	traen	**trajeron**	traían	traerán	traerían	**traigan**	**trajeran / trajesen**	**traigan**

Infinitiv Partizip Gerundium	Präsens	Indefinido	Imperfekt	Futur	Konditional	Präsens des Subjuntivo	Imperfekt des Subjuntivo	Imperativ
venir	**vengo**	**vine**	venía	**vendré**	**vendría**	**venga**	**viniera / viniese**	
kommen	**vie**nes	**viniste**	venías	**vendrás**	**vendrías**	**vengas**	**vinieras / vinieses**	**ven**
	viene	**vino**	venía	**vendrá**	**vendría**	**venga**	**viniera / viniese**	**venga**
	venimos	**vinimos**	veníamos	**vendremos**	**vendríamos**	**vengamos**	**viniéramos / viniésemos**	
venido	venís	**vinisteis**	veníais	**vendréis**	**vendríais**	**vengáis**	**viniérais / vinieseis**	venid
viniendo	**vie**nen	**vinieron**	venían	**vendrán**	**vendrían**	**vengan**	**vinieran / viniesen**	**vengan**
ver	**veo**	**vi**	veía	veré	vería	vea	**viera / viese**	
sehen	ves	**viste**	veías	verás	verías	veas	**vieras / vieses**	ve
	ve	**vio**	veía	verá	vería	vea	**viera / viese**	**vea**
	vemos	**vimos**	veíamos	veremos	veríamos	veamos	**viéramos / viésemos**	
visto	veis	**visteis**	veíais	veréis	veríais	veáis	**vierais / vieseis**	ved
viendo	ven	**vieron**	veían	verán	verían	vean	**vieran / viesen**	**vean**
volver	**vuel**vo	volví	volvía	volveré	volvería	**vuel**va	volviera / volviese	
o → ue	**vuel**ves	volviste	volvías	volverás	volverías	**vuel**vas	volvieras / volvieses	**vuel**ve
zurückkehren	**vuel**ve	volvió	volvía	volverá	volvería	**vuel**va	volviera / volviese	**vuel**va
	volvemos	volvimos	volvíamos	volveremos	volveríamos	volvamos	volviéramos / volviésemos	
vuelto	volvéis	volvisteis	volvíais	volveréis	volveríais	volváis	volvierais / volvieseis	volved
volviendo	**vuel**ven	volvieron	volvían	volverán	volverían	**vuel**van	volvieran / volviesen	**vuel**van

Liste der unregelmäßigen Verben, die in *Caminos Austria 3* vorkommen. Jene, die fett gedruckt sind, sind in der Verbtabelle (S. 215–223) konjugiert.

abrir
andar
acordarse *(ue)*
acostarse *(ue)*
actuar *(ú)*
agradecer *(zc)*
almorzar *(ue)*
amanecer *(zc)*
aparecer *(zc)*
apetecer *(zc)*
apretar *(ie)*
atender *(ie)*
atraer *(traer)*
caer
cerrar *(ie)*
cocer *(ue)*
colgar *(ue)*
comenzar *(ie)*
competir *(i)*
comprobar *(ue)*
concertar *(ie)*
conducir
conocer
conseguir *(i)*
construir
contar
continuar
contraponer *(poner)*
contribuir *(y)*
convenir *(venir)*
convertir(se) *(sentir)*
corregir *(i)*
costar *(ue)*
crecer *(zc)*
creer
cubrir
dar
decir
deducir *(conducir)*
defender *(ie)*
demostrar *(ue)*
desaparacer *(zc)*
desatender *(ie)*
describir *(escribir)*
descubrir *(cubrir)*
despedir(se) *(i)*
despertarse *(ie)*
destruir *(y)*
detener *(tener)*
devolver *(volver)*
disponer *(poner)*
disminuir *(y)*
divertirse *(sentir)*
doler *(ue)*
dormir
elegir *(i)*
empezar *(ie)*
encender *(ie)*
encontrar *(ue)*
enfriar *(í)*
enrojecer *(zc)*
entender *(ie)*
enterrar *(ie)*
envejecer *(zc)*
enviar
escribir
esquiar *(í)*
establecer *(zc)*
estar
extenderse *(ie)*
gobernar *(ie)*
guiar *(í)*
haber
hacer
huir *(y)*
impedir *(i)*
imponer(se) *(poner)*
incluir *(y)*
introducir *(conducir)*
invertir *(ie)*
ir
jugar
leer *(creer)*
llover *(ue)*
mantener *(tener)*
morder *(ue)*
morir
mostrar *(ue)*
mover *(ue)*
nacer *(zc)*
nevar *(ie)*
obedecer *(zc)*
obtener *(tener)*
ofrecer *(zc)*
oír
oler
parecer *(zc)*
pedir
pensar
perder *(ie)*
pertenecer *(zc)*
poder
poner
preferir *(sentir)*
prevenir *(venir)*
probar *(ue)*
producir *(conducir)*
prohibir *(í)*
promover *(ue)*
proponer *(poner)*
provenir *(venir)*
querer
recomendar *(ie)*
reconocer *(zc)*
reconstruir *(y)*
recordar *(ue)*
reducir *(conducir)*
referirse *(sentir)*
reír *(í)*
repetir *(i)*
requerir *(sentir)*
resolver *(volver)*
reunir *(ú)*
rogar *(ue)*
romper
saber
salir
seguir *(i)*
sentarse *(ie)*
sentir
ser
servir *(i)*
situar *(ú)*
sonar *(ue)*
soñar *(ue)*
sonreír *(reír)*
suponer *(poner)*
sustituir *(y)*
tener
tostar *(ue)*
traducir *(conducir)*
traer
valer *(salir)*
venir
ver
vestirse *(i)*
volar *(ue)*
volver

Vocabulario

- Hier findest du die neuen Wörter und Ausdrücke der Lektionen in der Reihenfolge ihres Vorkommens.
- Die deutsche Übersetzung gibt die Bedeutung im jeweiligen Zusammenhang wieder; auf die Angabe des deutschen Artikels wurde verzichtet.
- Zu Verben mit unregelmäßigen Präsensformen *(i)*, *(ie)*, *(y)*, *(zc)* findet sich ein Hinweis.
- Beachte die Schreibweise der Endungen: **amigo/-a** bedeutet, dass die weibliche Endung **(a)** die männliche **(o)** ersetzt; **profesor/a** bedeutet, dass die weibliche Endung (a) an die männliche Form angehängt wird.

Wenn du einmal ein Wort nicht findest, ist es wahrscheinlich schon an anderer Stelle vorgekommen.

Abkürzungen:
Esp. = spanisches Spanisch
f = feminin, weiblich
fam = familiär, umgangssprachlich
inf = Infinitiv
LA = lateinamerikanische Variante
m = maskulin, männlich

Unidad 1

trabajar con tabletas	mit Tablets arbeiten
participar en clase	in Unterricht mitmachen
el uniforme	Schuluniform
el guarpapolvos *(LA)*	Schuluniform, Schulkittel
llevar uniforme	Schuluniform tragen
el viaje a la nieve	Skiwoche
el viaje de idiomas	Sprachreise
el/la asistente de conversación	der/die Sprachassistent/in
la escuela pública	öffentliche Schule
la escuela privada	Privatschule

Unidad 1 A

1	**la lengua materna**	Muttersprache
	el dialecto	Dialekt
	el nivel	Niveau
	el nivel principiante	Anfängerniveau
	el nivel intermedio	mittleres Niveau
	el nivel avanzado	fortgeschrittenes Niveau
	bilingüe	zweisprachig
	la biografía	Biografie
	la materia optativa	Wahlfach
	esforzarse *(o>ue)*	sich bemühen
	el tema cotidiano	alltägliches Thema
	adquirir *(i>ie)*	erwerben
	expresarse	sich ausdrücken
2	**la dificultad**	Schwierigkeit
	el método	Methode
	me resulta difícil + *inf.*	ich tue mir schwer
	me cuesta + *inf.*	es fällt mir schwer
	la frustración	Frustration
	tener miedo de	Angst haben
	me parece	ich finde
	la comprensión oral	Hörübung
	leer en voz alta	vorlesen
	la pronunciación	Aussprache
	la versión original	Originalfassung
	abrir la mente	den Horizont erweitern
4	**el artículo**	Artikel
	la conjugación	Konjugation
	la declinación	Deklination
	la voz pasiva	Passiv
	el participio	Partizip
	la terminación	Endung
	la entonación	Intonation
	aprender, el aprendizaje	lernen, Lernen
5	**lo más posible**	so oft wie möglich
6	**la persona nativa**	Native speaker, Muttersprachler/in

Unidad 1 B

1	**el sistema escolar**	Schulsystem
	la Educación Primaria	Grundschule (von 6 bis 12 Jahren)
	la ESO = Educación Secundaria obligatoria	obligatorische Sekundarstufe (von 12 bis 16 Jahren)
	la formación profesional	Berufsausbildung
	la Educación Infantil	Vorschule (von 0 bis 6 Jahren)
	el itinerario científico	wissenschaftlicher Zweig
	humanístico/-a	humanistisch
	tecnológico/-a	technisch, technologisch
	el Título de Graduado en ESO	mittlerer Bildungsabschluss
	el Bachillerato	gymnasiale Oberstufe (7. und 8. Klasse in Spanien)
	la modalidad	Fachrichtung
	las Ciencias	Naturwissenschaften
	las Humanidades	Geisteswissenschaften
	las Ciencias Sociales	Sozialwissenschaften
	las Artes	Kunst
	la EBAU	Matura-, Reifeprüfung
	el Título de Bachiller	Matura-, Reifezeugnis
	la Enseñanza Universitaria	Universitätsausbildung, Studium
	la iniciación profesional	Berufseinstieg
	la certificación	Bescheinigung, Nachweis
	el grado medio	Mittelstufe
	el grado superior	Oberstufe
	la escuela politécnia	Polytechnische Schule
	la escuela secundaria de formación profesional	Berufsbildende höhere Schule
	la escuela de educación secundaria de enseñanza general	Allgemeinbildende höhere Schule
	la escuela de formación profesional y aprendizaje	Berufsschule und Lehre

	el sistema de educación secundaria media	Mittelschule
	a diferencia de	im Gegensatz zu
	igual que	genau wie
2	la digitalización	Digitalisierung
3	en cambio	hingegen
	incluso	sogar
	en resumen	zusammengefasst
	no solo... sino también	nicht nur ... sondern auch
	por una parte... por otra...	auf der einen Seite ... auf der anderen ...
	sexista	sexistisch

Unidad 1 C

2	es una pena que + *subj.*	es ist schade, dass
4	tener buena presencia	ein gutes Auftreten haben
	tener paciencia	Geduld haben
	corregir las tareas	die Hausübungen verbessern

Unidad 1 D

2	en primer plano	im Vordergrund
	al fondo	im Hintergrund
3	mirar bien	genauer schauen
	las gafas 3D	3D-Brille
	la pizarra	Tafel

Unidad 2

	separar la basura	den Müll trennen
	reutilizar	wiederverwenden
	reciclar	recyceln
	malgastar	verschwenden
	el transporte público	die Öffis
	usar el transporte público	öffentlich fahren
	la bolsa de plástica	Plastiksackerl
	tirar la comida	Essen wegwerfen
	derrochar	verschwenden

Unidad 2 A

1	gastar energía	Energie verbrauchen
	consumir energía	Energie verbrauchen
	el doble	zweifach
	el triple	dreifach
	el cuádruple	vierfach
2	molestar	stören
	preocupar	besorgen
	el alimento ecológico	Bioprodukt
	apagar la luz	Licht ausschalten
	no soportar	nicht ertragen
	hacer ilusión	Freude machen
3	la mayoría de las veces	meistens
	dos veces a la semana	zweimal pro Woche
	a menudo	oft
	producir	produzieren
	dejar encendido/-a	eingeschaltet lassen
	bajar	senken
	subir	erhöhen
	ahorrar	sparen
4	contaminar	verschmutzen
5	invertir *(e>ie)*	investieren
	la energía renovable	erneuerbare Energie
	el agujero de la capa de ozono	Ozonloch
	limitar	begrenzen
	el fertilizante	Dünger
	la pesticida	Pestizid
	el calentamiento	Erwärmung
	la inundación	Überschwemmung
	el artículo desechable	Einweg-, Wegwerfartikel
	la deforestación	Abholzung
	la sequía	Dürre
	el insomnio	Schlaflosigkeit
	el riesgo de cáncer	Krebsrisiko
	el efecto invernadero	Treibhauseffekt
	la escasez de agua potable	Trinkwassermangel
	la enfermedad respiratoria	Atemwegserkrankung
	la energía eólica	Windenergiew
	la bombilla de bajo consumo	Energiesparlampe
	el termostato	Thermostat
	tapar	abdecken, bedecken
	la olla	Kochtopf
	la cocina eléctrica	Elektroherd
	la olla exprés	Schnellkochtopf
	el lavaplatos	Geschirrspülmaschine
	el rollo de papel	Küchenrolle
	el papel reciclado	Recyclingpapier
	el trapo (de cocina)	(Küchen-)Lappen
	el ámbito	Bereich
6	el contenedor	Container
	el contenedor de vidrio	Glascontainer
	el contenedor de papel	Papiercontainer
	el contenedor de plástico	Plastikcontainer
	el contenedor de residuos orgánicos	Biomüllcontainer
	el cartucho de tinta	Druckerpatrone
	distribuir	verteilen
	la organización ecológica	Umweltorganisation
	popularizar	bekannt machen
	generar basura	Müll produzieren
	el propósito	Ziel
	enfocarse	sich fokussieren
	los recursos del planeta	Naturressourcen

Unidad 2 B

1	la energía no renovable	nicht erneuerbare Energie
	la fuente	Quelle
	la energía nuclear	Kernenergie

la energía hidraúlica	Wasserkraftenergie
la energía solar	Solarenergie
la energía biomasa	Biomasseenergie
el gas natural	Erdgas
el carbón	Köhle
el petróleo	Erdöl
2 **inagotable**	unerschöpflich
instalar	installieren
el choque visual	visueller Schock
el panel solar	Solarpanel
los costos	die Kosten
la contaminación acústica	Lärmbelastung
el impacto ambiental	Umweltauswirkung
la ayuda económica	finanzielle Hilfe
el hábitat	Lebensraum
3 **la aeroturbina**	Windturbine
el parque eólico	Windpark
el molino de viento	Windmühle
4 **la granizada**	Hagelschauer
la tormenta	Gewitter
la avalancha	Lawine
el terremoto	Erdbeben
la erupción volcánica	Vulkanausbruch
el incendio forestal	Waldbrand
la catástrofe natural	Naturkatastrophe
entrar en erupción	ausbrechen
el desplazamiento	Verschiebung
la lava	Lava
el terreno	Gelände, Boden
agrario/-a	landwirtschaftlich
5 **segunda mano**	zweite Hand
la energía verde	grüne Energie
autoabastecerse *(c>zc)*	sich selbst versorgen

Unidad 2 C

2 **la pila**	Batterie
la conciencia ecológica	Umweltbewusstsein
3 **el hundimiento**	Untergang
la marea negra	Ölpest
el efecto invernadero	Treibhauseffekt

Unidad 3

Unidad 3 A

1 **el género musical**	Musikgenre
la banda sonora	Soundtrack
el gusto musical	Musikgeschmack
asistir a un festival	ein Festival besuchen
el festival	Festival
descargar	herunterladen
poner *(pongo)* **nervioso/-a**	nervös werden
2 **Me gustaría saber**	ich möchte wissen
Quisiera preguntar	ich möchte fragen
Me interesaría saber	ich würde gern wissen
la entrada	Eintrittskarte
disponible	verfügbar
la banda	Band
sacar una entrada	eine Eintrittskarte kaufen
3 **con qué frecuencia**	wie oft
la frecuencia	Häufigkeit
la novela policíaca	Krimi
la ciencia ficción	Science fiction
la novela romántica	Liebesroman
la autobiografía	Autobiografie
el libro de cocina	Kochbuch
el libro de fantasía	Fantasybuch
4 **aprobar**	passen
el brillo	Helligkeit
almacenar	speichern
significativamente	deutlich
al azar	zufällig
hacer anotaciones	Notizen machen
la anotación	Notiz
sostenible	nachhaltig
5 **el entusiasmo**	Begeisterung
compartir el entusiasmo por	die Begeisterung teilen
previsible	vorhersehbar
imprevisible	unvorhersehbar
superficial	oberflächlich
tedioso/-a	langweilig
decepcionante	enttäuschend
profundo/-a	tiefgründig
flojo/-a	*hier:* nicht gut
ameno/-a	unterhaltsam

Unidad 3 B

1 **el drama**	Drama
el documental	Dokumentation
la película histórica	Historienfilm
el musical	Musical
la película del oeste	Western
se trata de	es handelt sich um
va de	es geht um
cuenta la historia de	es erzählt die Geschichte von
se basa en	basierend auf
el hecho real	wahre Geschichte
se desarrolla en	es spielt in
tiene lugar en	es findet statt in
está rodada en	es wurde gedreht in
el/la protagonista	Protagonist/in
el/la personaje principal	Hauptfigur
el actor/la actriz	Schauspieler/in
compuesto/-a por	bestehend aus
2 **la serie**	Serie
el programa de humor	Comedy-Sendung
el telediario	Nachrichtensendung

	el concurso	Spieleshow
	el programa infantil	Kindersendung
	la telenovela	Seifenoper
	el programa deportivo	Sportsendung
3	la suscripción	Abo
	suscribirse	abonnieren
	el/la suscriptor/a	Abonnent/in
	tumbarse en el sofá	sich auf dem Sofa hinlegen
	de antemano / con antelación	im Voraus
	el acceso	Zugang
	lanzar una película	einen Film veröffentlichen
	a la carta	à la carte
	el episodio	Folge
	la publicidad	Werbung
	oponer *(opongo)* resistencia	Widerstand leisten
4	la telebasura	Trash-TV

Unidad 3 C

4	atraer *(atraigo)*	anziehen

Rincón profesional A

1	la logística	Logistik
2	la firma digital	digitale Signatur
	el contrato	Vertrag
	la campaña de concienciación	Sensibilisierungs-kampagne
	subvencionar	fördern, subventionieren
	el abono de transporte	Fahrkarte
3	la política verde	grüne Politik
	estar obligado/-a a + *inf.*	gezwungen sein
5	la comunicación interna	interne Kommunikation
	Quedo a vuestra entera disposición	Ich stehe euch gerne zur Verfügung
	Mediante el presente correo	Mit diesem E-Mail
	Procedo a informaros de	Ich möchte euch informieren über
6	el turismo ecológico	Ökotourismus
	reducir	reduzieren
	la huella de CO_2	CO_2-Fußabdruck
	la oferta turística	touristisches Angebot
	la población rural	ländliche Bevölkerung
	beneficiarse de	profitieren
	la calamidad	Unglück
	el abanico de posibilidades	Vielfalt der Möglichkeiten
	ir desde … hasta …	von … bis … gehen
8	el lavado de imagen	Reputationsmanagement
	la reputación	Ruf
	el boca a boca	Mundpropaganda
	la responsabilidad social	soziale Verantwortung
	engañoso/-a	irreführend
	la mentira	Lüge
	adicional	zusätzlich

Evalúa tus competencias A

1	enriquecer *(enriquezco)*	bereichern
	entendible	verständlich
	ejercitar	üben
	artificial	künstlich
4	aportar	beitragen
	el granito de arena	Sandkorn

Unidad 4

el malentendido	Missverständnis
el emoticono	Emoji

Unidad 4 A

1	la batería externa	externer Akku
	el parlante inalámbrico *(LA)*	Lautsprecher
	el navegador	Navi(gationsgerät)
	el disco duro externo	externe Festplatte
	la televisión inteligente	Smart-TV
	las gafas de realidad virtual	Virtual-Reality-Brille
	la conexión	Empfang
4	eliminar barreras	Barrieren abbauen
	la barrera	Barriere
	la información falsa	Falschinformation
	el anonimato	Anonymität
	el correo basura	Spam-Mails
	el servicio bancario electrónico	Online-Banking
	la privacidad	Privatsphäre
	en abundacia	in Fülle
	inadecuado/-a	unpassend
	la distracción	Ablenkung
	interactuar	interagieren
5	la prensa sensacionalista	Boulevardpresse
	la prensa amarilla	Boulevardpresse
	el punto de vista crítico	kritische Sichtweise
	llamativo/-a	auffällig
	la ausencia	Abwesenheit
	manipular	manipulieren

Unidad 4 B

1	el Antiguo Egipto	das Alte Ägypten
	el jeroglífico	Hieroglyphe
	la comunicación verbal	verbale Kommunikation
2	estar ocupado/-a	besetzt sein
	el rúter	Router
	la cobertura	Empfang
	la interferencia	Störung
3	subir	hochladen
	la adrenalina	Adrenalin
	la dificultad técnica	technische Schwierigkeit
	la pesadilla	Albtraum
	saturado/-a	überlastet
	caerse	*hier:* nicht funktionieren

Unidad 4 C

4	el/la ponente	Vortragende/r
	la noticia falsa	Fake News
	cuestionar	hinterfragen

Unidad 5

las condiciones materiales de vida	materielle Lebensbedingungen
la seguridad física y personal	physische und persönliche Sicherheit
la seguridad	Sicherheit
la gobernanza	Regierungsführung
los derechos básicos	Grundrechte
votar	wählen

Unidad 5 A

1	la residencia de estudiantes	Studentenwohnheim
	mudarse	umziehen
	el piso compartido	Wohngemeinschaft (WG)
	intenso/-a	intensiv
	venir bien	nützlich sein
	la calidad de vida	Lebensqualität
	la facilidad	Leichtigkeit
	el entorno natural	natürliche Umgebung
	el espacio verde	Grünfläche
	el carril bici	Fahrradweg
	dar una de cal y una de arena	ein Lob und eine Kritik aussprechen
	el parque de atracciones	Freizeitpark
2	la contaminación acústica	Lärmverschmutzung
	la instalación deportiva	Sportanlage
	la limpieza	Sauberkeit
	la vida nocturna	Nachtleben
	la criminalidad	Kriminalität
4	el atasco	Stau
	el fenómeno	Phänomen
	iluminar	beleuchten
6	la crueldad	Grausamkeit
	el socialismo	Sozialismus
	la pequeñez	Kleinheit
	agitar	schütteln
	la agitación	Unruhe
	gobernar	regieren
	comerciar	handeln

Unidad 5 B

1	el barrio	Bezirk
2	asociar	assoziieren
3	el/la bailarín/a	Tänzer/in
	el/la imitador/a	Imitator/in

Unidad 5 C

2	el centro de salud	Gesundheitseinrichtung
	el comedor social	Sozialküche
3	el correo electrónico al director	Leserbrief
	me parece mentira que	es kommt mir unwirklich vor
	me impresiona que	es beeindruckt mich
	proponer *(propongo)*	vorschlagen
	crucial	entscheidend

Unidad 5 D

2	con este aspecto en mente	mit diesem Aspekt im Hinterkopf
	enlazar	verknüpfen
	dar pie a	Anstoß geben zu

Unidad 6

festejar	feiern
el solsticio	Sonnenwende
recordar *(o>ue)*	*hier:* ehren
la esclavitud	Sklaverei
la vendimia	Weinlese
la cosecha	Ernte

Unidad 6 A

1	la Semana Santa	Osterwoche
	la cofradía	Bruderschaft, Gemeinschaft
	adornar	dekorieren
	el paso de Semana Santa	Prozessionsfigur
	sagrado/-a	heilig
	la capucha	Kapuze
	el costalero	Lastenträger
	entrenar	üben, trainieren
	la mantilla	Mantilla
	la cera	Wachs
	la devoción	Hingabe
	el piropo	Kompliment
	el tambor	Trommel
	la tamborrada	Trommel
2	lamentablemente	leider
	la elaboración	Herstellung
	la uva	Weintraube
	reunirse	sich treffen
	el desfile	Parade
	la carroza	Festwagen
3	el jet lag	Jetlag

Unidad 6 B

2	en honor a	zu Ehren von
	declarar	erklären
	acercarse	annähern

4	encargarse de	sich kümmern
	entretenido/-a	unterhaltsam
	reconocer	zugeben
	mirara donde mirada	egal, wo ich hingeschaut habe
5	ponerse *(pongo)* enfermo/-a	krank werden
	la sucursal	Filiale
	entrañable	liebevoll
	engordar	zunehmen

Unidad 6 C

2	guardar recuerdos	Erinnerungen behalten
	el/la nazareno/-a	Nazaräer

Unidad 6 D

2	subrayar	unterstreichen
	enfatizar	betonen

Rincón profesional B

2	el almacén	Lager
	la barra	Theke
	mantener limpio/-a	sauber halten
	tirar una cerveza	zapfen
	la consumición	Bestellung
	cobrar	kassieren
	la coctelera	Shaker
	la copa de vino	Weinglas
	la copa de champán	Sektglas
	la copa de martini	Martiniglas
	el colador	Barsieb
	el mortero	Mörser
	el medidor	Messbecher
	el sacacorchos	Korkenzieher
	el barril	Fass
3	el/la amante	Liebhaber/in
	cafetero/-a	Kaffeetrinker/in
	la formación	Ausbildung
	incalculable	unermesslich
	la textura	Textur
	la degustación	Verkostung
	el molido	das Mahlen
	moler *(o>ue)*	mahlen
	la nata montada	Schlagobers
5	alimenticio/-a	nahrhaft
	rechazar	ablehnen
	el origen	Ursprung
6	el/la especialista	Spezialist/in
	la alimentación	Ernährung
	a partir de	ab
	el/la tutor/a	Tutor/in
	la sustitución	Ersatz
	el sabor	Geschmack
	la tortura	Folter
	satisfecho/-a	zufrieden
	sinceramente	ehrlich

Evalúa tus competencias B

1	extenderse *(e>ie)*	verbreiten
	el logo	Logo
	prohibir	verbieten
	el corte	Schnittstelle

Unidad 7

	la protección	Schutz
	la donación	Spende
	donar	spenden
	el colectivo	Gemeinschaft
	la mediación	Mediation
	la barrera de acceso	Zugangssperre
	el/la refugiado/-a	(männlicher/weiblicher) Flüchtling

Unidad 7 A

1	la Agenda 2030	Agenda 2030
	el derecho social	Sozialrecht
	la conclusión	Schlussfolgerung
	la labor	Arbeit
	el voluntariado	Freiwilligenarbeit
	el crecimiento	Wachstum
	alcanzar	erreichen
	nivel de estudios alto	hohes Bildungsniveau
	la feminización	Feminisierung
	leve	leicht
	en relación con	im Zusammenhang mit
	ejercer *(ejerzo)*	ausüben
	la influencia	Einfluss
2	favorable	günstig
3	el/la marginado/-a	Ausgegrenzte/r
	el enriquecimiento	Bereicherung
	el/la mayor	Ältere
	la discapacidad	Behinderung
5	el campamento de refugiados	Flüchtlingslager
	el Sáhara Occidental	Westsahara
	el territorio	Gebiet
	las Naciones Unidas	Vereinte Nationen
	sea como fuere	wie auch immer
	la frontera	Grenze
	el maletero	Kofferraum
	detener	*hier:* festnehmen
	el Centro de Internamiento de Extranjeros	Ausländerinternierungs-zentrum
	devolver *(o>ue)*	*hier:* abschieben

Unidad 7 B

1	el testimonio	Zeugenaussage
	el/la mediador/a	Mediator/in
	excluído/-a	ausgeschlossen
	aislarse	sich isolieren
	voluntariamente	freiwillig
	el clima	Klima
	concentrarse en	sich konzentrieren
	tener sentido	Sinn machen
	apuntarse	sich einschreiben

comportarse mal	sich schlecht benehmen
la relación humana	zwischenmenschliche Beziehung
el acoso escolar	Mobbing in der Schule
darse *(doy)* **cuenta de**	bemerken
el desarrollo personal	persönliche Entwicklung
la exclusión social	soziale Ausgrenzung

2

la convivencia	Zusammenleben
caer bien/mal	gut/nicht gut leiden können
el punto fuerte	Stärke
exigente	anspruchsvoll
pelearse	sich streiten
llevarse bien (con)	sich gut verstehen (mit)
estar celoso/-a (de)	eifersüchtig sein (auf)
los ánimos están alterados	die Gemüter sind erregt
agudizarse	sich verschärfen
estar sometido/-a a presión	unter Druck gesetzt sein
la manía	Macke, Tick
atreverse (a)	sich trauen (zu)
esforzarse *(o>ue)*	sich bemühen, anstrengen
el/la repetidor/a	Repetent/in
rebelde	rebellisch
ser el centro de atención	im Mittelpunkt stehen
en secreto	heimlich
vulnerable	verletzlich
el/la delegado/-a	*hier:* Klassensprecher/in

Unidad 7C

2

el/la bisabuelo/-a	Urgroßvater/Urgroßmutter
el/la tatarabuelo/-a	Ururgroßvater/Ururgroßmutter
la cuenta bancaria	Bankkonto
la autorización	Genehmigung, Erlaubnis

Unidad 8

el perro	Hund
el gato	Katze
el caballo	Pferd
la cabra	Ziege
el conejo	Kaninchen
la oveja	Schaf
la paloma	Taube
el pez	Fisch
la mariposa	Schmetterling
la serpiente	Schlange
la tortuga	Schildkröte
el tigre	Tiger
el cerdo	Schwein
el cocodrilo	Krokodil
la ballena	Wal
el pato	Ente
el mono	Affe
el ratón	Maus
el animal doméstico	Haustier
el animal salvaje	Wildtier

Unidad 8A

1

cobarde	feige
listo/-a	schlau
ser la oveja negra de la familia	das schwarze Schaf der Familie sein
estar fuerte como un toro	stark sein wie ein Stier
estar loco como una cabra	verrückt sein wie eine Ziege
ser listo como un zorro	schlau sein wie ein Fuchs
sentirse *(ie)* **como pez en el agua**	sich fühlen wie ein Fisch im Wasser
llevarse como perro y gato	wie Hund und Katze sein
ser cobarde como una gallina	feige sein wie ein Huhn
tener vista/ojos de águila	Adleraugen haben
ser más lento que una tortuga	langsamer sein als eine Schildkröte
llorar lágrimas de cocodrilo	Krokodilstränen weinen

2

el/la dueño/-a	Besitzer/in
el periquito	Wellensittich
dócil	zahm
solitario/-a	einsam
el aburrimiento	Langeweile
dar la sensación de	den Eindruck erwecken

3

obediente	gehorsam
cariñoso/-a	liebevoll
pacífico/-a	friedlich
fiel	treu
travieso/-a	frech
tonto/-a	dumm

4

el gasto	Ausgabe
el/la veterinario/-a	Tierarzt/Tierärztin
ensuciar	verschmutzen
sacar a pasear	spazieren gehen
el apoyo emocional	emotionale Unterstützung
hacer compañía	Gesellschaft leisten
el pasatiempo	Hobby
la obligación	Verpflichtung
la alergía	Allergie
abandonado/-a	verlassen
abandonar	verlassen
el refugio de animales	Tierheim

6

el bienestar	Wohlergehen
inhumano/-a	unmenschlich
el pelo	Haar
renunciar	verzichten
considerar	betrachten

9

el entretenimiento	Unterhaltung
la jaula	Käfig
el valor	Wert
la interacción	Interaktion
descuidar	vernachlässigen
apto/-a	geeignet
el cautiverio	Gefangenschaft
enloquecer	wahnsinnig werden
en peligro de extinción	vom Aussterben bedroht
a costa de	auf Kosten von

Unidad 8 B

1	el parque natural	Naturpark
	el parque nacional	Nationalpark
	el ecosistema	Ökosystem
	disponer (dispongo)	verfügen
	la biosfera	Biosphäre
	el espacio natural	Naturraum
2	la casualidad	Zufall
	el océano	Ozean
	el paraíso	Paradies
	el eslogan	Slogan
	la orquídea	Orchidee

Unidad 8 C

4	el cachorro	Welpe
	el adiestramiento	Training
	adiestrar	trainieren
	vacunar	impfen

Unidad 9

el sufragio femenino	Frauenwahlrecht
el parlamento	Parlament
el derecho al voto	Wahlrecht
el/la parlamentario/-a	Abgeordnete/r
la dictadura	Diktatur
la reivindicación	Forderung
la violencia de género	Gewalt gegen Frauen
la ley	Gesetz
la prevención	Prävention
la recuperación	Erholung
la persecución	Verfolgung
el delito	Verbrechen
el/la transexual	Transsexuelle
la legalización	Legalisierung
legalizar	legalisieren
divorciarse	sich scheiden lassen
el/la ministro de Sanidad	Gesundheitsminister/in
la interrupción del embarazo	Schwangerschaftsabbruch
el embarazo	Schwangerschaft
abortar	abtreiben
el/la homosexual	Homosexuelle
adoptar	adoptieren
la adopción	Adoption

Unidad 9 A

1	el feminismo	Feminismus
	la conciliación familiar	Vereinbarkeit von Familie und Beruf
	la igualdad	Gleichheit
	el techo de cristal	gläserne Decke
	la equiparación	Gleichstellung
	el ascenso	Beförderung
3	la segunda clase	zweite Klasse
	el/la ciudadano/-a	Bürger/in
	el orden	*hier:* Ebene
	la conquista	*hier:* Erfolg
4	el incendio	Brand
	la fábrica	Fabrik
	la suma de dinero	Geldsumme
	la bancarrota	Bankrott
5	el coloquio	Kolloquium
	emergente	aufkommend
	el arte urbano	urbane Kunst
	el mural	Wandgemälde
	la mesa redonda	Runder Tisch
	perderse *(e>ie)*	*hier:* verpassen
	yo en tu lugar	ich an deiner Stelle
	ser un rollo	es ist langweilig

Unidad 9 B

1	el orgullo gay	Gay Pride
	el orgullo no binario	Non binary Pride
	el orgullo lésbico	Lesbian Pride
	el orgullo hetero aliado	Ally Pride
	el orgullo bisexual	Bisexual Pride
	el orgullo transgénero	Transgender Pride
	orgulloso/-a	stolz
	inclinado/-a	geneigt
	la comunidad queer	queer Community
	corresponderse	übereinstimmen
	la identidad	Identität
	categorizar	kategorisieren
	el sexo	Geschlecht
2	con motivo de	aus Anlass von
	la manifestación	Demonstration
	el movimiento social	soziale Bewegung
	pertenecer *(pertenezco)*	gehören
	arrestar	verhaften
	perder *(e>ie)* el control	die Kontrolle verlieren
	rebelarse	rebellieren
	con el paso de los años	im Laufe der Jahre
	sumarse	sich anschließen
	el monumento nacional	Nationaldenkmal
	el enfrentamiento	Konfrontation
	concurrido/-a	belebt
4	el lenguaje inclusivo	inklusive Sprache
	polémico/-a	kontrovers
	representado/-a	vertreten
	minoritario/-a	Minderheits-
	tardar más tiempo	länger brauchen
	educar	erziehen
5	la discriminación	Diskriminierung
	hacer bromas	Witze machen

Unidad 9 D

2	fluido/-a	fließend
	argumentar	argumentieren
	la aclaración	Klärung

Rincón Profesional C

3

el dióxido de carbono	Kohlendioxid
el aguacate	Avocado
empaquetado/-a	verpackt
dañino/-a	schädlich
influyente	einflussreich
el consumo energético	Energieverbrauch
la calefacción	Heizung
el termostato	Thermostat
implementar	umsetzen
el huerto	Gemüsegarten
la prioridad	Priorität

5

homogéneo/-a	homogen
la inclusión	Inklusion
la diversidad	Vielfalt
la orientación sexual	sexuelle Orientierung
el retorno de la inversión	Kapitalrendite

Evalúa tus competencias C

1

incondicional	bedingungslos
brindar	*hier:* anbieten
la terapia	Therapie
estimular	anregen
acariciar	streicheln

Sprachbiografie: Checklisten Niveau B1

Beim Spanischlernen mit **Caminos Austria** trainierst du alle Fertigkeiten, die für den Ausbau deiner Spanischkenntnisse wichtig sind. Für einen erfolgreichen Lernprozess ist es hilfreich, wenn du dir immer wieder deinen aktuellen Kenntnisstand bewusst machst. Die folgenden Checklisten ermöglichen dir, dich selbst realistisch einzuschätzen. Lies die „Kann-Beschreibungen" und hake ab, wenn du meinst, dies auf Spanisch zu können. Solltest du bei einzelnen Punkten noch unsicher sein, kannst du zur Kontrolle an den entsprechenden Stellen im Buch nachschauen.

B1 – Verstehen: Hören

Ich kann die Hauptpunkte verstehen, wenn klare Standardsprache verwendet wird und wenn es um vertraute Dinge aus Freizeit, Bildung, Beruf etc. geht. Ich kann vielen Radio- oder Fernsehsendungen über aktuelle Ereignisse und über Themen aus meinen Interessensgebieten die Hauptinformation entnehmen, wenn relativ langsam und deutlich gesprochen wird.

Ich kann…	Ja! (Datum)	Unidad	Kontrollaufgaben Seite / Aufgabennummer
… Meinungsäußerungen verstehen.		1A 2A 3A 3A 4B 7	S. 13 / 4 S. 27 / 3B S. 44 / 1A S. 44 / 1B S. 76 / 2A S. 127 / 2
… die Hauptinformationen bei einer Befragung verstehen.		RP A ETC A 5B 6A 8A	S. 59 / 3 S. 66 / 3 S. 91 / 1A S. 103 / 1B S. 145 / 2
… die Hauptinformationen eines Gesprächs verstehen.		1A 2A 3C RP A 4 4B 6B 7A 9A	S. 13 / 4 S. 27 / 3B S. 54 / 5 S. 62 / 7B S. 68 / 1B S. 77 / 3B S. 107 / 2C S. 133 / 6 S. 164 / 5D
… Nachrichten / Vorträge verstehen.		1B 2B 2C 3 5B 6C RP B ETC B 8C 9A	S. 15 / 1A S. 33 / 3B S. 37 / 4 S. 43 / 2A S. 94 / 5 S. 112 / 3 S. 117 / 2C S. 124 / 2 S. 154 / 4 S. 162 / 4B
… eine Geschichte / einen Bericht über ein (vergangenes) Ereignis verstehen		1 9 ETC C	S. 9 / 2 S. 158 / 1 S. 182 / 2

B1 – Verstehen: Lesen

Ich kann Texte verstehen, in denen vor allem sehr gebräuchliche Alltags- und Berufssprache verwendet wird. Ich kann private Briefe verstehen, in denen von Ereignissen, Gefühlen und Wünschen berichtet wird.

Ich kann…	Ja! (Datum)	Unidad	Kontrollaufgaben Seite / Aufgabennummer
… einen Fragenbogen verstehen.		3A	S. 46 / 3A
… Sachtexte und Zeitungsartikel lesen und verstehen.		2B RP A 4B 5B 6A RP B ETC B 8B 9B ETC C	S. 34 / 4B S. 61 / 6 S. 75 / 1 S. 93 / 3 S. 102 / 1A S. 118 / 3B S. 122 / 1 S. 152 / 2B S. 166 / 2 S. 180 / 1
… Meinungsäußerungen verstehen.		3A ETC A 5A 7B	S. 47 / 4B S. 64 / 1 S. 87 / 1A S. 134 / 1
… Briefe und persönliche Berichte verstehen.		1B 7A	S. 17 / 3B S. 128 /1
… verschiedene Sprichwörter verstehen.		8A	S. 144 / 1B
… das Programm einer Veranstaltung verstehen.		9A	S. 163 / 5A

B1 – Sprechen: An Gesprächen teilnehmen

Ich kann die meisten Situationen bewältigen, denen man auf Reisen im Sprachgebiet begegnet. Ich kann ohne Vorbereitung an Gesprächen über Themen teilnehmen, die mir vertraut sind, die mich persönlich interessieren oder sich auf Themen des Alltags wie Familie, Hobbys, Arbeit, Reisen, aktuelle Ereignisse etc. beziehen.

Ich kann…	Ja! (Datum)	Unidad	Kontrollaufgaben Seite / Aufgabennummer
… mich unterhalten / meine Meinung äußern über Themen wie: • Sprachenlernen • Tiere / Tierhaltung • Feste / Rituale		 1A 1A 1A 1A 1A 4D 8A 8A 6A 6A 6B 6B 6D	 S. 10 / 1A S.11 / 2A S. 12 / 2C S. 14 / 5A S. 12 / 2D S. 81 / 1 S. 146 / 4B S. 146 / 4C S. 103 / 1C S. 103 / 1D S. 107 / 1 S. 107 / 2A S. 113 / 1

B1 – Sprechen: An Gesprächen teilnehmen

Ich kann die meisten Situationen bewältigen, denen man auf Reisen im Sprachgebiet begegnet. Ich kann ohne Vorbereitung an Gesprächen über Themen teilnehmen, die mir vertraut sind, die mich persönlich interessieren oder sich auf Themen des Alltags wie Familie, Hobbys, Arbeit, Reisen, aktuelle Ereignisse etc. beziehen.

Ich kann…	Ja! (Datum)	Unidad	Kontrollaufgaben Seite / Aufgabennummer
… mich unterhalten / meine Meinung äußern über Themen wie:			
• Sprachenlernen		1A	S. 10 / 1A
		1A	S.11 / 2A
		1A	S. 12 / 2C
		1A	S. 14 / 5A
		1A	S. 12 / 2D
		4D	S. 81 / 1
• Tiere / Tierhaltung		8A	S. 146 / 4B
		8A	S. 146 / 4C
• Feste / Rituale		6A	S. 103 / 1C
		6A	S. 103 / 1D
		6B	S. 107 / 1
		6B	S. 107 / 2A
		6D	S. 113 / 1
• Freizeit		3	S. 42 / 1B
		3A	S. 48 / 5B
		3B	S. 50 / 2B
• Kommunikationsmittel		4	S. 69 / 1C
		4A	S. 70 / 1B
		4A	S. 74 / 5C
• Wohnsituation / Stadt- / Landleben		5	S. 85 / 2B
• Lebensqualität		5	S. 84 / 1
		5A	S. 88 / 2A
• Soziale Projekte		5C	S. 95 / 2C
		7C	S. 138 / 4
• Veränderungen		4A	S. 71 / 2
		4A	S. 73 / 4B
		1C	S. 19 / 4B
• Stereotype		4C	S. 80 / 4B
• Generationenkonflikte		7B	S. 136 / 2B
• Umwelt		2	S. 25 / 2
		2A	S. 26 / 1
		2A	S. 29 / 6B
		2B	S. 31 / 1C
		1B	S. 16 / 2
		2B	S. 35 / 5B
		2D	S. 39 / 1
		RP A	S. 58 / 1A
		RP A	S. 62 / 7A
• Schulsysteme		RP B	S. 116 / 1
• Berufe und Ausbildungen		RP B	S. 118 / 3A
• Fair Trade		RP B	S. 119 / 4A
• Feminismus und Gender		9A	S. 160 / 1A
		9A	S. 160 / 2
		9B	S. 168 / 4B
… Gefühle und Empfindungen ausdrücken.		3A	S. 48 / 5B
… verschiedene Grade von Wahrscheinlichkeiten ausdrücken.		8A	S. 148 / 7B
… Informationen höflich erbitten.			

… ein Gespräch strukturieren.		1B 2D 4D 6D	S. 16 / 2 S. 39 / 1 S. 81 / 1 S. 113 / 1
… ausdrücken, dass ich etwas (nicht) wusste.		3B	S. 52 / 5
… die Aussagen anderer (in der Vergangenheit) wiedergeben.			
… Vermutungen über Vergangenes ausdrücken.		4 8A	S. 68 / 1A S. 147 / 6B
… Anfragen höflich ausdrücken.		9A	S. 163 / 5B
… eine Umfrage durchführen.		2A 3A 5A 6B 8A 9B	S. 30 / 7A S. 46 / 3A S. 88 / 2B S. 110 / 4D S. 148 / 8A S. 169 / 5B

B1 – Sprechen: Zusammenhängendes Sprechen

Ich kann in einfachen, zusammenhängenden Sätzen sprechen, um Erfahrungen und Ereignisse oder meine Träume, Hoffnungen und Ziele zu beschreiben. Ich kann kurz meine Meinungen und Pläne erklären und begründen. Ich kann eine Geschichte erzählen oder die Handlung eines Buches oder Films wiedergeben und meine Reaktionen beschreiben.

Ich kann…	Ja! (Datum)	Unidad	Kontrollaufgaben Seite / Aufgabennummer
… über Themen sprechen wie: • Sprachenlernen • Tiere und Tiergarten • Feste, Traditionen und Rituale • Städte und Lebensqualität • Hilfsorganisationen und -projekte • Freundschaften • Freizeit und Kultur, Film und Fernsehen • Kommunikation		 1A 1A 1A 8A 6B 5A RP B 7A RP A RP A 3 4A 8A	 S. 10 / 1A S. 11 / 2A S. 12 / 2C S. 149 / 9C S. 108 / 1D S. 88 / 3 S. 119 / 4B S. 130 / 4B S. 59 / 4A S. 63 / 8B S. 43 / 2B S. 74 / 5B S. 162 / 4A
… eine Fabel / eine Anekdote / die Handlung eines Films oder Buchs nacherzählen.			
… Statistiken interpretieren.		RP C RP C	S. 176 / 4 S. 178 / 6
… über persönliche Beziehungen sprechen.			
… über Prioritäten sprechen.			
… (irreale) Bedingungen ausdrücken.			
… die wichtigsten Informationen eines Textes zusammenfassen.		RP C	S. 175 / 3
… Bedingungen ausdrücken.		8A 8A	S. 147 / 6B S. 148 / 7B

... Bilder zu verschiedenen Themen beschreiben und vergleichen.		1C 1D 2B 3C 3D 4C	S. 18 / 1 S. 21 / 1 S. 36 / 1 S. 53 / 1 S. 55 / 1 S. 79 / 1
		5C 5D 6C 7C 7D 8C 8D 9C 9D	S. 95 / 1 S. 97 / 1 S. 111 / 1 S. 137 / 1 S. 139 / 1 S. 153 / 1 S. 155 / 1 S. 170 / 1 S. 171 / 1

B1 – Schreiben

Ich kann über Themen, die mir vertraut sind oder mich persönlich interessieren, einfache zusammenhängende Texte schreiben. Ich kann persönliche Briefe schreiben und darin von Erfahrungen und Eindrücken berichten.

Ich kann...	Ja! (Datum)	Unidad	Kontrollaufgaben Seite / Aufgabennummer
... über meine Erfahrungen berichten / meine Meinung ausdrücken zu Themen wie: • Sprachen / Lernerfahrungen • Tiere / Haustiere • Urlaub • Umwelt • Kulturelle Aspekte • Konsumverhalten		 1A 8A 8A ETC C 4A 2A 6B ETC B 8A	 S. 12 / 3 S. 145 / 3C S. 146 / 5 S. 183 / 4 S. 73 / 4C S. 27 / 4 S. 108 / 3E S. 125 / 4 S. 164 / 5E
... ein Buch / einen Film empfehlen.		3A ETC A	S. 48 / 5C S. 65 / 2
... kurze Sachtexte (Artikel, Berichte etc.) schreiben.		2A 3A 5A 8A	S. 30 / 7B S. 46 / 3C S. 88 / 2C S. 148 / 8B
... einen Brief / ein E-Mail / einen Blogeintrag/ Blogkommentar verfassen mit • einer konkreten Anfrage • einer Beschwerde / Verbesserungsvorschläge • beruflicher Information		 1C 2B 2C RP A 1A 5C 7C 9C RP A	 S. 18 / 3 S. 35 / 5C S. 38 / 5 S. 60 / 4B S. 12 / 3 S. 96 / 3A S. 138 / 5 S. 170 / 3 S. 60 / 5A
... eine Geschichte / ein (vergangenes) Ereignis (nach) erzählen.		6C 7A	S. 111 / 2B S. 132 / 5C
... einen Werbetext / eine Broschüre verfassen.		2A ETC A	S. 27 / 4 S. 66 / 2
... eine Rede vorbereiten		3D	S. 55 / 2C

Lösungen / Bildquellenverzeichnis

Evalúa tus competencias A

1 Comprensión lectora

0G – 1B – 2E – 3I – 4A – 5K – 6D – 7H – 8J

3 Comprensión auditiva

0F – 1K – 2A – 3H – 4G – 5C – 6J – 7D – 8E

4 Lenguaje en contexto

0. propongo
1. habitaciones
2. colaborar
3. importante
4. negativo
5. separación
6. medida
7. crear
8. reutilizables
9. volver
10. bolsas
11. llevar

Evalúa tus competencias B

1 Comprensión lectora

0E – 1D – 2G – 3A – 4J – 5B – 6H – 7C

2 Comprensión auditiva

0D – 1H – 2F – 3A – 4B – 5E

3 Lenguaje en contexto

0. realidad
1. actualidad
2. grandes
3. lugares
4. entrada
5. pueda
6. jueguen
7. comentarios
8. comodidad
9. alquileres
10. volver
11. vista

Evalúa tus competencias C

1 Comprensión lectora

0C – 1A/B/D – 2A/B/D – 3A/B/D – 4E – 5F – 6A – 7C/E – 8C/E – 9D – 10B

2 Comprensión auditiva

0	sus experiencias
1	cuando terminó la escuela.
2	niños.
3	actividades cotidianas y escolares.
4	sus padres.
5	2 años.
6	la compañía / no sentirse solos
7	la protección del mediambiente / el medioambiente
8	cuidar la naturaleza
9	separar la basura

3 Lenguaje en contexto

0M – 1E – 2O – 3G – 4P – 5L – 6K – 7D – 8N – 9B – 10H – 11A – 12C – 13J

S. 8.1: Caiaimage/Chris Ryan / Getty Images - iStockphoto; **S. 8.2:** shironosov / Getty Images - iStockphoto; **S. 8.3:** FatCamera / Getty Images; **S. 8.4:** molchanovdmitry / Getty Images - iStockphoto; **S. 8.5:** deineka / Getty Images - iStockphoto; **S. 9.1:** skynesher / Getty Images; **S. 9.2:** SDI Productions / Getty Images; **S. 9.3:** andresr / Getty Images - iStockphoto; **S. 9.4:** gorodenkoff / Getty Images - iStockphoto; **S. 10.10:** Hernan Caputo / Getty Images - iStockphoto; **S. 10.1-9:** emwar / Getty Images - iStockphoto; **S. 12.1:** Caiaimage/Chris Ryan / Getty Images - iStockphoto; **S. 12.2:** MEDITERRANEAN / Getty Images; **S. 13.1:** chrupka / Getty Images - iStockphoto; **S. 14.1:** picture / Getty Images - iStockphoto; **S. 14.2:** picture / Getty Images - iStockphoto; **S. 14.3:** alvarez / Getty Images - iStockphoto; **S. 15.1:** Adam Silye / Curso escolar 2019/2020 / Ministerio de Educación y Formación Profesional; **S. 16.1:** kosmozoo / Getty Images; **S. 16.2:** kosmozoo / Getty Images; **S. 16.3:** Lorado / Getty Images - iStockphoto; **S. 17.1:** MediaProduction / Getty Images; **S. 18.1:** Ivan Pantic / Getty Images; **S. 18.2:** adamkaz / Getty Images; **S. 18.3:** bortnikau / Getty Images - iStockphoto; **S. 19.1:** vatrushka67 / Getty Images - iStockphoto; **S. 19.2:** ArnaPhoto / Getty Images - iStockphoto; **S. 19.3:** Intellson / Getty Images - iStockphoto; **S. 19.4:** Magnilion / Getty Images; **S. 20.1:** Martin Dimitrov / Getty Images; **S. 20.2:** bowie15 / Getty Images - iStockphoto; **S. 21.1:** tiero / Getty Images - iStockphoto; **S. 21.2:** izusek / Getty Images; **S. 21.3:** JohnnyGreig / Getty Images; **S. 22.1:** Caiaimage/Chris Ryan / Getty Images - iStockphoto; **S. 22.2:** shironosov / Getty Images - iStockphoto; **S. 22.3:** FatCamera / Getty Images; **S. 22.4:** molchanovdmitry / Getty Images - iStockphoto; **S. 22.5:** skynesher / Getty Images; **S. 22.6:** SDI Productions / Getty Images; **S. 22.7:** andresr / Getty Images - iStockphoto; **S. 22.8:** gorodenkoff / Getty Images - iStockphoto; **S. 24.1:** AndreyPopov / Getty Images - iStockphoto; **S. 24.2:** Imgorthand / Getty Images; **S. 24.3:** xijian / Getty Images - iStockphoto; **S. 24.4:** querbeet / Getty Images - iStockphoto; **S. 25.1:** knape / Getty Images; **S. 25.2:** LUHUANFENG / Getty Images - iStockphoto; **S. 25.3:** voinSveta / Getty Images - iStockphoto; **S. 25.4:** Maica / Getty Images; **S. 26.1:** Rainer Puster / Getty Images - iStockphoto; **S. 26.2:** golero / Getty Images; **S. 26.3:** Bastian Weltjen / Getty Images - iStockphoto; **S. 26.4:** coffeekai / Getty Images - iStockphoto; **S. 26.5:** gorodenkoff / Getty Images - iStockphoto; **S. 26.6:** SolStock / Getty Images; **S. 26.7:** AndreyPopov / Getty Images - iStockphoto; **S. 26.8:** avtk / Getty Images - iStockphoto; **S. 26.9:** komunitestock / Getty Images; **S. 27.1:** KatarzynaBialasiewicz / Getty Images - iStockphoto; **S. 27.2:** bymuratdeniz / Getty Images - iStockphoto; **S. 28.1:** BrianAJackson / Getty Images - iStockphoto; **S. 28.2:** SolStock / Getty Images; **S. 29.6:** ShutterWorx / Getty Images; **S. 29.7:** Lebazele / Getty Images - iStockphoto; **S. 29.8:** Yulia_Kotina / Getty Images - iStockphoto; **S. 29.9:** MicroStockHub / Getty Images - iStockphoto; **S. 29.10:** Müge Ayma / Getty Images - iStockphoto; **S. 29.11:** Turnervisual / Getty Images; **S. 29.12:** Eivaisla / Getty Images - iStockphoto; **S. 29.13:** SomeMeans / Getty Images - iStockphoto; **S. 29.14:** kolotuschenko / Getty Images - iStockphoto; **S. 29.15:** domnicky / Getty Images - iStockphoto; **S. 29.16:** Proximo / Getty Images - iStockphoto; **S. 29.17:** adventtr / Getty Images - iStockphoto; **S. 29.18:** vahekatrjyan / Getty Images - iStockphoto; **S. 29.19:** AtlasStudio / Getty Images - iStockphoto; **S. 29.20:** p1images / Getty Images; **S. 29.21:** Anastasiia Romashina / Getty Images - iStockphoto; **S. 29.1-5:** MA 48, Wien / Christan Houdek; **S. 30.1:** Inside Creative House / Getty Images - iStockphoto; **S. 31.1:** acilo / Getty Images - iStockphoto; **S. 31.2:** ljubaphoto / Getty Images; **S. 31.3:** dszc / Getty Images; **S. 31.4:** Mario Eduardo KOUFIOS FRAIZ / Getty Images - iStockphoto; **S. 31.5:** RelaxFoto.de / Getty Images; **S. 31.6:** gerenme / Getty Images - iStockphoto; **S. 31.7:** artisteer / Getty Images - iStockphoto; **S. 31.8:** svet110 / Getty Images - iStockphoto; **S. 31.9:** scibak / Getty Images - iStockphoto; **S. 32.1:** kamisoka / Getty Images; **S. 32.2:** DiyanaDimitrova / Getty Images - iStockphoto; **S. 32.3:** AscentXmedia / Getty Images; **S. 33.1:** fokkebok / Getty Images - iStockphoto; **S. 33.2:** mahod84 / Getty Images - iStockphoto; **S. 33.3:** David Marsden / Getty Images - iStockphoto; **S. 34.1:** Gregory_DUBUS / Getty Images - iStockphoto; **S. 34.2:** solarseven / Getty Images - iStockphoto; **S. 34.3:** med_ved / Getty Images - iStockphoto; **S. 34.4:** Claudiad / Getty Images; **S. 34.5:** Markus Volk / Getty Images - iStockphoto; **S. 34.6:** Mlenny / Getty Images; **S. 34.7:** MriyaWildlife / Getty Images - iStockphoto; **S. 34.8:** Gilitukha / Getty Images - iStockphoto; **S. 34.9:** MG Photography /

Bildquellenverzeichnis

Getty Images - iStockphoto; **S. 35.1:** Studio Grand Web / Getty Images - iStockphoto; **S. 36.1:** Halfpoint / Getty Images; **S. 36.2:** Bruno Giuliani / Getty Images - iStockphoto; **S. 36.3-8:** Aratehortua / Getty Images - iStockphoto; **S. 37.1:** Liliboas / Getty Images - iStockphoto; **S. 38.1:** Baloncici / Getty Images - iStockphoto; **S. 39.1:** Petmal / Getty Images - iStockphoto; **S. 40.1:** AndreyPopov / Getty Images - iStockphoto; **S. 40.2:** Imgorthand / Getty Images; **S. 40.3:** MA 48, Wien / Christan Houdek; **S. 40.4:** MA 48, Wien / Christan Houdek; **S. 40.5:** xijian / Getty Images - iStockphoto; **S. 40.6:** querbeet / Getty Images - iStockphoto; **S. 40.9:** knape / Getty Images; **S. 40.10:** LUHUANFENG / Getty Images - iStockphoto; **S. 40.11:** voinSveta / Getty Images - iStockphoto; **S. 40.12:** Maica / Getty Images; **S. 40.13:** MA 48, Wien / Christan Houdek; **S. 40.7-8:** MA 48, Wien / Christan Houdek; **S. 41.1:** acilo / Getty Images - iStockphoto; **S. 41.2:** ljubaphoto / Getty Images; **S. 41.3:** dszc / Getty Images; **S. 41.4:** Mario Eduardo KOUFIOS FRAIZ / Getty Images - iStockphoto; **S. 41.5:** RelaxFoto.de / Getty Images; **S. 41.6:** gerenme / Getty Images - iStockphoto; **S. 41.7:** artisteer / Getty Images - iStockphoto; **S. 41.8:** svet110 / Getty Images - iStockphoto; **S. 42.1:** Diamond Dogs / Getty Images - iStockphoto; **S. 42.2:** RgStudio / Getty Images; **S. 42.3:** Oleksii Didok / Getty Images - iStockphoto; **S. 42.4:** kzenon / Getty Images - iStockphoto; **S. 42.5:** zeljkosantrac / Getty Images - iStockphoto; **S. 42.6:** Imgorthand / Getty Images; **S. 43.1:** Nikada / Getty Images; **S. 43.2:** nd3000 / Getty Images - iStockphoto; **S. 43.3:** Imgorthand / Getty Images; **S. 43.4:** skynesher / Getty Images; **S. 43.5:** Tempura / Getty Images; **S. 44.1:** AaronAmat / Getty Images - iStockphoto; **S. 45.1:** Natalia SO / Getty Images - iStockphoto; **S. 45.2:** svetikd / Getty Images; **S. 46.1:** Adam Silye; **S. 46.2:** kurmyshov / Getty Images - iStockphoto; **S. 47.1:** Eva-Katalin / Getty Images - iStockphoto; **S. 48.1:** nikkimeel / Getty Images - iStockphoto; **S. 48.2:** damircudic / Getty Images; **S. 48.3:** ~UserGI15613517 / Getty Images - iStockphoto; **S. 48.4:** martin-dm / Getty Images; **S. 49.1:** PictureLux / The Hollywood Archive / Alamy Stock Photo / mauritius images; **S. 49.2:** Photo 12 / Alamy Stock Photo / mauritius images; **S. 49.3:** Album / Alamy Stock Photo; **S. 49.4:** Album / Alamy Stock Photo; **S. 49.5:** Anebert / Getty Images - iStockphoto; **S. 50.1:** RichLegg / Getty Images - iStockphoto; **S. 50.2:** gorodenkoff / Getty Images - iStockphoto; **S. 50.3:** fivepointsix / Getty Images - iStockphoto; **S. 50.4:** mauritius images / Atlaspix / Alamy / Alamy Stock Photos; **S. 50.5:** Aron M / Getty Images - iStockphoto; **S. 50.6:** Album / Alamy Stock Foto; **S. 50.7:** mauritius images / Ron Niebrugge / Alamy / Alamy Stock Photos; **S. 50.8:** Venkatesh Selvarajan / Getty Images - iStockphoto; **S. 50.9:** Maica / Getty Images - iStockphoto; **S. 51.1:** g-stockstudio / Getty Images - iStockphoto; **S. 52.1:** simpson33 / Getty Images - iStockphoto; **S. 53.1:** da-kuk / Getty Images; **S. 53.2:** bernardbodo / Getty Images - iStockphoto; **S. 53.3:** Jorge Garcia Argazkiak / Getty Images - iStockphoto; **S. 54.1:** pixelfit / Getty Images - iStockphoto; **S. 55.1:** ozgurcankaya / Getty Images; **S. 55.2:** fizkes / Getty Images - iStockphoto; **S. 56.1:** Diamond Dogs / Getty Images - iStockphoto; **S. 56.2:** RgStudio / Getty Images; **S. 56.3:** zeljkosantrac / Getty Images - iStockphoto; **S. 56.4:** Imgorthand / Getty Images; **S. 56.5:** Imgorthand / Getty Images; **S. 56.6:** Oleksii Didok / Getty Images - iStockphoto; **S. 56.7:** kzenon / Getty Images - iStockphoto; **S. 56.8:** nd3000 / Getty Images - iStockphoto; **S. 56.9:** Nikada / Getty Images; **S. 56.10:** nd3000 / Getty Images - iStockphoto; **S. 58.1:** Petmal / Getty Images - iStockphoto; **S. 59.1:** izusek / Getty Images; **S. 60.1:** Qvasimodo / Getty Images - iStockphoto; **S. 60.2:** petovarga / Getty Images - iStockphoto; **S. 61.1:** Bela Art / Getty Images - iStockphoto; **S. 62.1:** SolStock / Getty Images; **S. 63.1:** Firn / Getty Images - iStockphoto; **S. 64.1:** solidcolours / Getty Images - iStockphoto; **S. 65.1:** Coppy / Getty Images; **S. 66.1:** elenabs / Getty Images - iStockphoto; **S. 66.2:** Prostock-Studio / Getty Images - iStockphoto; **S. 67.1:** Petmal / Getty Images - iStockphoto; **S. 68.1:** FG Trade Latin / Getty Images; **S. 68.2:** Lordn / Getty Images - iStockphoto; **S. 68.3:** macniak / Getty Images - iStockphoto; **S. 68.4:** dragana991 / Getty Images - iStockphoto; **S. 69.1:** PeterPencil / Getty Images; **S. 70.1:** simpson33 / Getty Images - iStockphoto; **S. 70.2:** franckreporter / Getty Images; **S. 70.3:** shapecharge / Getty Images; **S. 70.4:** hsyncoban / Getty Images; **S. 70.5:** Lise Gagne / Getty Images; **S. 70.6:** baloon111 / Getty Images - iStockphoto; **S. 70.7:** Kenneth Cheung / Getty Images - iStockphoto; **S. 70.8:** Antonio_Diaz / Getty Images - iStockphoto; **S. 71.1:** B4LLS / Getty Images - iStockphoto; **S. 71.2:** grinvalds / Getty Images - iStockphoto; **S. 72.1:** oatawa / Getty Images - iStockphoto; **S. 73.1:** AaronAmat / Getty Images - iStockphoto; **S. 74.1:** EDICIONES EL PAÍS S.L.; **S. 74.2:** Grupo Crónica; **S. 74.3:** alvarez / Getty Images - iStockphoto; **S. 75.1:** narvikk / Getty Images - iStockphoto; **S. 76.1:** skynesher / Getty Images; **S. 77.1:** alexsl / Getty Images - iStockphoto; **S. 77.2:** Valeriy_G / Getty Images - iStockphoto; **S. 78.1:** opolja / Getty Images - iStockphoto; **S. 78.1:** JackF / Getty Images - iStockphoto; **S. 79.2:** Viktoriia Hnatiuk / Getty Images - iStockphoto; **S. 79.3:** SolStock / Getty Images - iStockphoto; **S. 81.1:** Khanchit Khirisutchalual / Getty Images - iStockphoto; **S. 82.1:** franckreporter / Getty Images; **S. 82.2:** shapecharge / Getty Images; **S. 82.3:** hsyncoban / Getty Images; **S. 82.4:** simpson33 / Getty Images - iStockphoto; **S. 82.5:** Lise Gagne / Getty Images; **S. 82.6:** baloon111 / Getty Images - iStockphoto; **S. 82.7:** Kenneth Cheung / Getty Images - iStockphoto; **S. 82.8:** Antonio_Diaz / Getty Images - iStockphoto; **S. 82.9:** Artem Khyzhynskiy / Getty Images - iStockphoto; **S. 82.10:** Devenorr / Getty Images - iStockphoto; **S. 82.11:** pixelfit / Getty Images; **S. 82.12:** Михаил Руденко / Getty Images - iStockphoto; **S. 84.1:** kasto80 / Getty Images - iStockphoto; **S. 84.2:** Georgijevic / Getty Images; **S. 84.3:** PeopleImages / Getty Images - iStockphoto; **S. 84.4:** Caiaimage/Chris Ryan / Getty Images - iStockphoto; **S. 84.5:** AscentXmedia / Getty Images; **S. 84.6:** alvarez / Getty Images; **S. 85.1:** Azat_ajphotos / Getty Images - iStockphoto; **S. 85.2:** SDI Productions / Getty Images; **S. 85.3:** DisobeyArt / Getty Images - iStockphoto; **S. 85.4:** Statista 2024; **S. 87.1:** nantonov / Getty Images - iStockphoto; **S. 87.2:** WillSelarep / Getty Images; **S. 87.3:** AleksandarGeorgiev / Getty Images; **S. 87.4:** MasterLu / Getty Images - iStockphoto; **S. 87.5:** SerrNovik / Getty Images - iStockphoto; **S. 87.6:** StockByM / Getty Images - iStockphoto; **S. 88.1:** girafchik123 / Getty Images - iStockphoto; **S. 88.2:** Dabal77 / Thinkstock; **S. 88.3:** SDI Productions / Getty Images; **S. 89.1:** Ridofranz / Getty Images - iStockphoto; **S. 91.1:** DC_Colombia / Getty Images - iStockphoto; **S. 92.1:** R.M. Nunes / Getty Images - iStockphoto; **S. 92.2:** Leamus / Getty Images - iStockphoto; **S. 92.3:** Tony Marturano / Getty Images - iStockphoto; **S. 93.1:** Nikada / Getty Images; **S. 93.2:** Natalia SO / Getty Images - iStockphoto; **S. 93.3:** Christian Peters / Getty Images - iStockphoto; **S. 93.4:** diegograndi / Getty Images - iStockphoto; **S. 94.1:** Khosrork / Getty Images - iStockphoto; **S. 94.2:** TomasSereda / Getty Images - iStockphoto; **S. 95.1:** diegograndi / Getty Images - iStockphoto; **S. 95.2:** Grafissimo / Getty Images; **S. 95.3:** miodrag ignjatovic / Getty Images; **S. 96.1:** stefanamer / Getty Images - iStockphoto; **S. 97.1:** AscentXmedia / Getty Images; **S. 97.2:** Tzido / Getty Images - iStockphoto; **S. 98.1:** kasto80 / Getty Images - iStockphoto; **S. 98.2:** Georgijevic / Getty Images; **S. 98.3:** PeopleImages / Getty Images - iStockphoto; **S. 98.4:** Caiaimage/Chris Ryan / Getty Images - iStockphoto; **S. 98.5:** DisobeyArt / Getty Images - iStockphoto; **S. 98.6:** AscentXmedia / Getty Images; **S. 98.7:** alvarez / Getty Images; **S. 98.8:** Azat_ajphotos / Getty Images - iStockphoto; **S. 98.9:** SDI Productions / Getty Images; **S. 100.1:** mijastrzebski / Getty Images - iStockphoto; **S. 100.2:** EAQ / Getty Images - iStockphoto; **S. 100.3:** flocu / Getty Images - iStockphoto; **S. 101.1:** Maica / Getty Images - iStockphoto; **S. 101.2:** mauritius images / Alamy Stock Photos / GeorgiaFlash; **S. 101.3:** Phooey / Getty Images; **S. 101.4:** oscar garces / Getty Images - iStockphoto; **S. 102.1:** Abilio Lemos / Getty Images - iStockphoto; **S. 102.2:** Gannet77 / Getty Images; **S. 103.1:** MediaProduction / Getty Images - iStockphoto; **S. 104.1:** Sudowoodo / Getty Images - iStockphoto; **S. 105.1:** Robert Pavsic / Getty Images - iStockphoto; **S. 106.1:** ViewApart / Getty Images - iStockphoto; **S. 106.2:** Liudmila Chernetska / Getty Images - iStockphoto; **S. 107.1:** Irina Starikova / Getty Images - iStockphoto; **S. 108.1:** mauritius images / Alamy Stock Photos / Alex Segre; **S. 108.2:** arousa / Getty Images - iStockphoto; **S. 108.3:** JackF / Getty Images - iStockphoto; **S. 109.1:** Guzel Kolobova / Getty Images - iStockphoto; **S. 109.2:** percds / Getty Images - iStockphoto; **S. 110.1:** Eva-Katalin / Getty Images; **S. 111.1:** Sloot / Getty Images - iStockphoto; **S. 111.2:** mauritius images / Alamy Stock Photos / zixia; **S. 111.3:** Andrii Zastrozhnov / Getty Images - iStockphoto; **S. 112.1:** skynesher / Getty Images; **S. 112.2:** RossHelen / Getty Images - iStockphoto; **S. 113.1:** Kar-Tr / Getty Images - iStockphoto; **S. 113.2:** koya79 / Getty Images - iStockphoto; **S. 114.1:** Syldavia / Getty Images - iStockphoto; **S. 116.1:** jacoblund / Getty Images - iStockphoto; **S. 116.2:** Nastasic / Getty Images; **S. 116.3:** andresr / Getty Images; **S. 116.4:** pixelfit / Getty Images; **S. 116.5:** NickyLloyd / Getty Images; **S. 116.6:** Youngoldman / Getty Images - iStockphoto; **S. 117.1 bis 10:** bortonia / Getty Images; **S. 117.11:** MaximFesenko / Getty Images - iStockphoto; **S. 118.1:** pixelfit / Getty Images; **S. 118.2:** Harbucks / Getty Images - iStockphoto; **S. 119.1:** World Fair Trade Organisation; **S. 120.1:** archivector / Getty Images - iStockphoto; **S. 120.2:** monster_code / Getty Images - iStockphoto; **S. 120.3:** fcafotodigital / Getty Images; **S. 120.4:** Nastasic / Getty Images; **S. 121.1:** vaaseenaa / Getty Images - iStockphoto; **S. 122.1:** skynesher / Getty Images; **S. 124.1:** FG Trade Latin / Getty Images; **S. 125.1:** Eva-Katalin / Getty Images - iStockphoto; **S. 126.1:** SDI Productions / Getty Images; **S. 126.2:** Halfpoint / Getty Images - iStockphoto; **S. 126.3:** Inside Creative House / Getty Images - iStockphoto; **S. 126.4:** kate_sept2004 / Getty Images; **S. 126.5:** FilippoBacci / Getty Images - iStockphoto; **S. 126.6:** shironosov / Getty Images - iStockphoto; **S. 127.1:** SeventyFour / Getty Images - iStockphoto; **S. 127.2:** Eva-Katalin / Getty Images; **S. 127.3:** monkeybusinessimages / Getty Images - iStockphoto; **S. 127.4:** Tirachard / Getty Images - iStockphoto; **S. 128.1:** Serhii Brovko / Getty Images - iStockphoto; **S. 128.2:** dragana991 / Getty Images - iStockphoto; **S. 130.1:** JOAQUIN SARMIENTO / AFP / picturedesk.com; **S. 130.2:** PAU BARRENA / AFP / picturedesk.com; **S. 130.3:** JuanJo Martin / EPA / picturedesk.com ; **S. 130.4:** JON NAZCA / REUTERS / picturedesk.com; **S. 130.5:** Juan Medina / REUTERS / picturedesk.com; **S. 130.6:** J.J.GUILLEN / EPA / picturedesk.com; **S. 131.1:** ajr_images / Getty Images - iStockphoto; **S. 132.1:** kate_sept2004 / Getty Images - iStockphoto; **S. 132.2:** FredFroese / Getty Images; **S. 132.3:** SolStock / Getty Images; **S. 132.4:** SolStock / Getty Images - iStockphoto; **S. 133.1:** Umkehrer / Getty Images - iStockphoto; **S. 134.1:** FatCamera / Getty Images; **S. 135.1:** PeopleImages / Getty Images - iStockphoto; **S. 135.2:** kanzefar / Getty Images - iStockphoto; **S. 135.3:** SrdjanPav / Getty Images - iStockphoto; **S. 136.1:** finwal / Getty Images - iStockphoto; **S. 136.2:** ptizza_dodo / Getty Images - iStockphoto; **S. 137.1:** FredFroese / Getty Images - iStockphoto; **S. 137.2:** pixdeluxe / Getty Images - iStockphoto; **S. 137.3:** fotostorm / Getty Images - iStockphoto; **S. 138.1:** Pekic / Getty Images - iStockphoto; **S. 138.2:** NickyLloyd / Getty Images - iStockphoto; **S. 138.3:** SDI Productions / Getty Images - iStockphoto; **S. 139.1:** SolStock / Getty Images - iStockphoto; **S. 139.2:** SolStock / Getty Images - iStockphoto; **S. 140.1:** SDI Productions / Getty Images; **S. 140.2:** Halfpoint / Getty Images - iStockphoto; **S. 140.3:** Inside Creative House / Getty Images - iStockphoto; **S. 140.4:** kate_sept2004 / Getty Images; **S. 140.5:** FilippoBacci / Getty Images - iStockphoto; **S. 140.6:** shironosov / Getty Images - iStockphoto; **S. 140.7:** SeventyFour / Getty Images - iStockphoto; **S. 140.8:** Eva-Katalin / Getty Images; **S. 140.9:** monkeybusinessimages / Getty Images - iStockphoto; **S. 140.10:** Tirachard / Getty Images - iStockphoto; **S. 142.1:** blanscape / Getty Images - iStockphoto; **S. 142.2:** Michele Pevide / Getty Images - iStockphoto; **S. 142.3:** Alexia Khruscheva / Getty Images - iStockphoto; **S. 142.4:** Valmol48 / Getty Images - iStockphoto; **S. 142.5:** malerapaso / Getty Images - iStockphoto; **S. 142.6:** Valmol48 / Getty Images - iStockphoto; **S. 142.7:** SGAPhoto / Getty Images - iStockphoto; **S. 142.8:** HowardOates / Getty Images - iStockphoto; **S. 142.9:** Dantesattic / Getty Images - iStockphoto; **S. 143.1:** DamianKuzdak / Getty Images - iStockphoto; **S. 143.2:** cinoby / Getty Images - iStockphoto; **S. 143.3:** Zocha_K / Getty Images - iStockphoto; **S. 143.4:** tillsonburg / Getty Images - iStockphoto; **S. 143.5:** Ryo_stockPhoto / Getty Images - iStockphoto; **S. 143.6:** Craig Lambert / Getty Images - iStockphoto; **S. 143.7:** oliviaelisa92 / Getty Images - iStockphoto; **S. 143.8:** wrangel / Getty Images - iStockphoto; **S. 143.9:** Andyworks / Getty Images - iStockphoto; **S. 144.1:** TriggerPhoto / Getty Images - iStockphoto; **S. 144.2:** Sonja Filitz / Getty Images - iStockphoto; **S. 144.3:** alberto clemares expósito / Getty Images - iStockphoto; **S. 144.4:** jordieasy / Getty Images - iStockphoto; **S. 144.5:** chendongshan / Getty Images - iStockphoto; **S. 144.6:** tane-mahuta / Getty Images - iStockphoto; **S. 144.7:** KenCanning / Getty Images - iStockphoto; **S. 144.8:** dzika_mrowka / Getty Images - iStockphoto; **S. 144.9:** Artur Bogacki / Getty Images - iStockphoto; **S. 144.10:** ozgurcankaya / Getty Images - iStockphoto; **S. 145.1:** Maica / Getty Images - iStockphoto; **S. 146.1:** 24K-Production / Getty Images - iStockphoto; **S. 146.2:** AleksandarNakic / Getty Images - iStockphoto; **S. 147.1:** doble-d / Getty Images - iStockphoto; **S. 148.1:** Akarawut Lohacharoenvanich / Getty Images - iStockphotos; **S. 149.1:** microgen / Getty Images - iStockphoto; **S. 149.2:** joebrandt / Getty Images - iStockphoto; **S. 151.1:** SimonDannhauer / Getty Images - iStockphoto; **S. 151.2:** ABDESIGN / Getty Images - iStockphoto; **S. 151.3:** Simon Dannhauer / Getty Images - iStockphoto; **S. 151.4:** UlyssePixel / Getty Images - iStockphoto; **S. 152.1:** HadelProductions / Getty Images; **S. 152.2:** Inside Creative House / Getty Images - iStockphoto; **S. 152.3:** Andrey Danilovich / Getty Images; **S. 152.4:** romrodinka / Getty Images - iStockphoto; **S. 153.1:** Pekic / Getty Images; **S. 153.2:** RichVintage / Getty Images; **S. 154.1:** SolStock / Getty Images; **S. 155.1:** Arnaoty / Getty Images - iStockphoto; **S. 155.2:** appleuzr / Getty Images; **S. 156.1:** blanscape / Getty Images - iStockphoto; **S. 156.2:** Michele Pevide / Getty Images - iStockphoto; **S. 156.3:** Alexia Khruscheva / Getty Images - iStockphoto; **S. 156.4:** tillsonburg / Getty Images - iStockphoto; **S. 156.5:** Valmol48 / Getty Images - iStockphoto; **S. 156.6:** malerapaso / Getty Images - iStockphoto; **S. 156.7:** Valmol48 / Getty Images - iStockphoto; **S. 156.8:** Ryo_stockPhoto / Getty Images - iStockphoto; **S. 156.9:** SGAPhoto / Getty Images - iStockphoto; **S. 156.10:** HowardOates / Getty Images - iStockphoto; **S. 156.11:** Dantesattic / Getty Images - iStockphoto; **S. 156.12:** Craig Lambert / Getty Images - iStockphoto; **S. 156.13:** DamianKuzdak / Getty Images - iStockphoto; **S. 156.14:** cinoby / Getty Images -

iStockphoto; **S. 156.15:** Zocha_K / Getty Images - iStockphoto; **S. 156.16:** oliviaelisa92 / Getty Images - iStockphoto; **S. 156.17:** wrangel / Getty Images - iStockphoto; **S. 156.18:** Andyworks / Getty Images - iStockphoto; **S. 159.1:** 12ee12 / Fotolia; **S. 159.2:** pop_jop / Getty Images - iStockphoto; **S. 160.1:** Eva Almqvist / Getty Images - iStockphoto; **S. 161.1:** oatawa / Getty Images - iStockphoto; **S. 163.1:** Tenreiro / Getty Images - iStockphoto; **S. 163.2:** svetikd / Getty Images; **S. 163.3:** InnaPoka / Getty Images - iStockphoto; **S. 163.4:** Smart / Getty Images - iStockphoto; **S. 163.5:** gilaxia / Getty Images; **S. 164.1:** PeopleImages / Getty Images - iStockphoto; **S. 164.2:** LordHenriVoton / Getty Images; **S. 165.1:** Photoplotnikov / Getty Images - iStockphoto; **S. 165.2:** Photoplotnikov / Getty Images - iStockphoto; **S. 165.3:** Photoplotnikov / Getty Images - iStockphoto; **S. 165.4:** Photoplotnikov / Getty Images - iStockphoto; **S. 165.5:** Photoplotnikov / Getty Images - iStockphoto; **S. 165.6:** Photoplotnikov / Getty Images - iStockphoto; **S. 166.1:** littleny / Getty Images - iStockphoto; **S. 170.1:** FG Trade Latin / Getty Images; **S. 170.2:** Mixmike / Getty Images; **S. 170.3:** PeopleImages / Getty Images - iStockphoto; **S. 171.1:** tomazl / Getty Images - iStockphoto; **S. 171.2:** jacoblund / Getty Images - iStockphoto; **S. 175.1:** enot-poloskun / Getty Images - iStockphoto; **S. 176.1:** Anne-Marie Miller / Getty Images - iStockphoto; **S. 176.1:** SerhiiBobyk / Getty Images - iStockphoto; **S. 176.1:** OnstOn / Getty Images - iStockphoto; **S. 176.2:** VICTOR / Getty Images; **S. 176.3:** Richard Chambers / Getty Images - iStockphoto; **S. 176.4:** appleuzr / Getty Images; **S. 176.5:** fonikum / Getty Images; **S. 176.6:** fonikum / Getty Images; **S. 178.1:** Naciones Unidas; **S. 180.1:** LUNAMARINA / Getty Images; **S. 182.1:** Halfpoint / Getty Images - iStockphoto; **S. 182.2:** Vittorio Gravino / Getty Images - iStockphoto; **S. 183.1:** Nazar Rybak / Getty Images - iStockphoto

Caminos Austria 3

Erfolgreich neue Wege gehen mit Caminos Austria!
Die Neubearbeitung des erfolgreichen Spanischlehrwerks funktioniert und macht Spaß.

- Alle Inhalte wurden aktualisiert, sie orientieren sich an den Themenpools der AHS und BHS und den Interessen und Bedürfnissen der Jugendlichen.
- Die bewährte Grammatikprogression wurde beibehalten.
- Neu gestaltete Kapitelauftakt- und Abschlussdoppelseiten sorgen für Transparenz.
- Eine Vielzahl an Übungen – auch in den Formaten der SR(D)P – und regelmäßige Kompetenzchecks garantieren den Lernerfolg, wobei auch die Kreativität nicht zu kurz kommt.
- Alle Audios sind in der öbv QuickMedia App abrufbar.
- Auch als Ausgabe mit E-Book+ erhältlich.

Caminos – AUT SB 3 + E-Book
Schulbuchnummer 220296
ISBN 978-3-209-11769-4

Caminos – AUT SB 3 mit E-BOOK+
Schulbuchnummer 220297
ISBN 978-3-209-11772-4

www.oebv.at

ISBN 978-3-209-**11769**-4
9 783209 117694